WARRIORS

貓戰士

首部曲之III

祕密之森

Forest of Secrets

艾琳・杭特(Erin Hunter) 著

韓宜辰 譯

晨星出版

獻給蘇格拉底，他如今正與星族一起狩獵
還有愛彼．克魯登
他已經跟真的火心碰過面了

特別感謝基立．鮑德卓。

蕨掌：金棕色的虎斑公貓。導師：灰紋。

雲掌：白色的長毛公貓，本來叫雲兒。導師：火心。

亮掌：母貓，白毛中攙雜薑黃色的毛。導師：白風暴。

刺掌：金棕色的公虎斑貓。導師：鼠毛。

貓后　（懷孕或照顧幼貓的母貓）

霜毛：一身美麗的白毛、藍眼珠。

斑臉：漂亮的虎斑貓。

金花：有淡薑黃色的毛。

斑尾：淺白色的虎斑貓，也是最年長的貓后。

長老　（退休的戰士和退位的貓后）

半尾：黑棕色的大虎斑貓，少了半截尾巴。

小耳：灰色公貓，耳朵很小，是雷族裡最年長的公貓。

斑皮：小型的黑白花公貓。

獨眼：淺灰色母貓，是雷族裡最年長的貓，已經又盲又聾。

花尾：有著可愛花紋的母貓，年輕時很漂亮。

碎尾：黑棕色的長毛虎斑貓，眼盲，影族前任族長碎星。

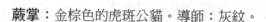

本集各族成員

雷族 *Thunderclan*

族長　**藍星**：藍灰色的母貓，口鼻處附近有銀灰色的毛。

副手　**虎爪**：暗褐色的虎斑大公貓，前爪特別長。

巫醫　**黃牙**：黑灰色的老母貓，有張扁平寬闊的臉，過去隸屬於影族。見習生：媒掌。

戰士　（公貓，以及沒有年幼子女的母貓）

白風暴：白色的大公貓。見習生：亮掌。

暗紋：烏亮的黑灰色虎斑公貓。

長尾：蒼白帶有暗黑色條紋的虎斑公貓。見習生：疾掌。

追風：動作敏捷的公虎斑貓。

柳皮：淺灰色的母貓，眼珠是特別的藍色。

鼠毛：黑棕色的小母貓。見習生：刺掌。

火心：英俊的薑黃色公貓。見習生：雲掌。

灰紋：體型穩重的灰色長毛公貓。見習生：蕨掌。

塵皮：黑棕色的公虎斑貓。

沙暴：淡薑黃色的母貓。

見習生　（六個月大以上，正在接受戰士訓練的貓）

疾掌：黑白相間的公貓。導師：長尾。

煤掌：小灰貓，母貓。導師：黃牙。

風族 *Windclan*

族長　**高星**：黑白花公貓，尾巴很長。

副手　**死足**：黑色公貓，一隻前掌扭曲。

巫醫　**吠臉**：棕色公貓，尾巴很短。

戰士　**泥爪**：毛色斑駁的黑棕色公貓。

裂耳：公虎斑貓。見習生：奔掌。

一鬚：年輕的棕色虎斑公貓。

見習生

奔掌：公貓。導師：裂耳。

貓后　**灰足**：灰色貓后。

晨花：玳瑁貓。

長老　**鴉毛**：黑色老公貓。

影族 *Shadowclan*

族長　**夜星**：年長的黑色公貓。之前叫夜皮。

副手　**煤毛**：瘦削的灰色公貓。

巫醫　**鼻涕蟲**：矮小的灰白色公貓。

戰士　**胖尾**：棕色的公虎斑貓。

濕足：灰色的公虎斑貓。見習生：橡掌。

小雲：矮小的公虎斑貓。

見習生

橡掌：黑色棕毛，公貓。導師：濕足。

貓后　**曙雲**：個子嬌小的虎斑貓。

族外的貓 *cats outside clans*

大麥：個子小，肥胖的黑白公貓，住在靠近森林的一座農場上。

公主：淺棕色虎斑貓，胸口和掌上有亮白色的毛，是寵物貓。火心的妹妹。

烏掌：烏溜溜的黑色大貓，尾巴尖端是白色。之前是雷族貓，和大麥一起住在農場。

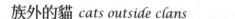

河族 *Riverclan*

族長　曲星：淺色的大虎斑貓，下顎變形。

副手　豹毛：母虎斑貓，身上有特殊的金色斑點。

巫醫　泥毛：長毛的淺棕色公貓

戰士　黑爪：煙黑色公貓。

石毛：灰色公貓，耳朵上有戰疤。見習生：影掌。

銀流：漂亮纖細的銀色虎斑貓，母貓。

見習生

影掌：暗灰色母貓。導師：石毛。

貓后　霧足：暗灰色貓后。

綠花：貓后。

長老　灰池：纖細的灰色母貓，有雜斑，口鼻處有疤痕。

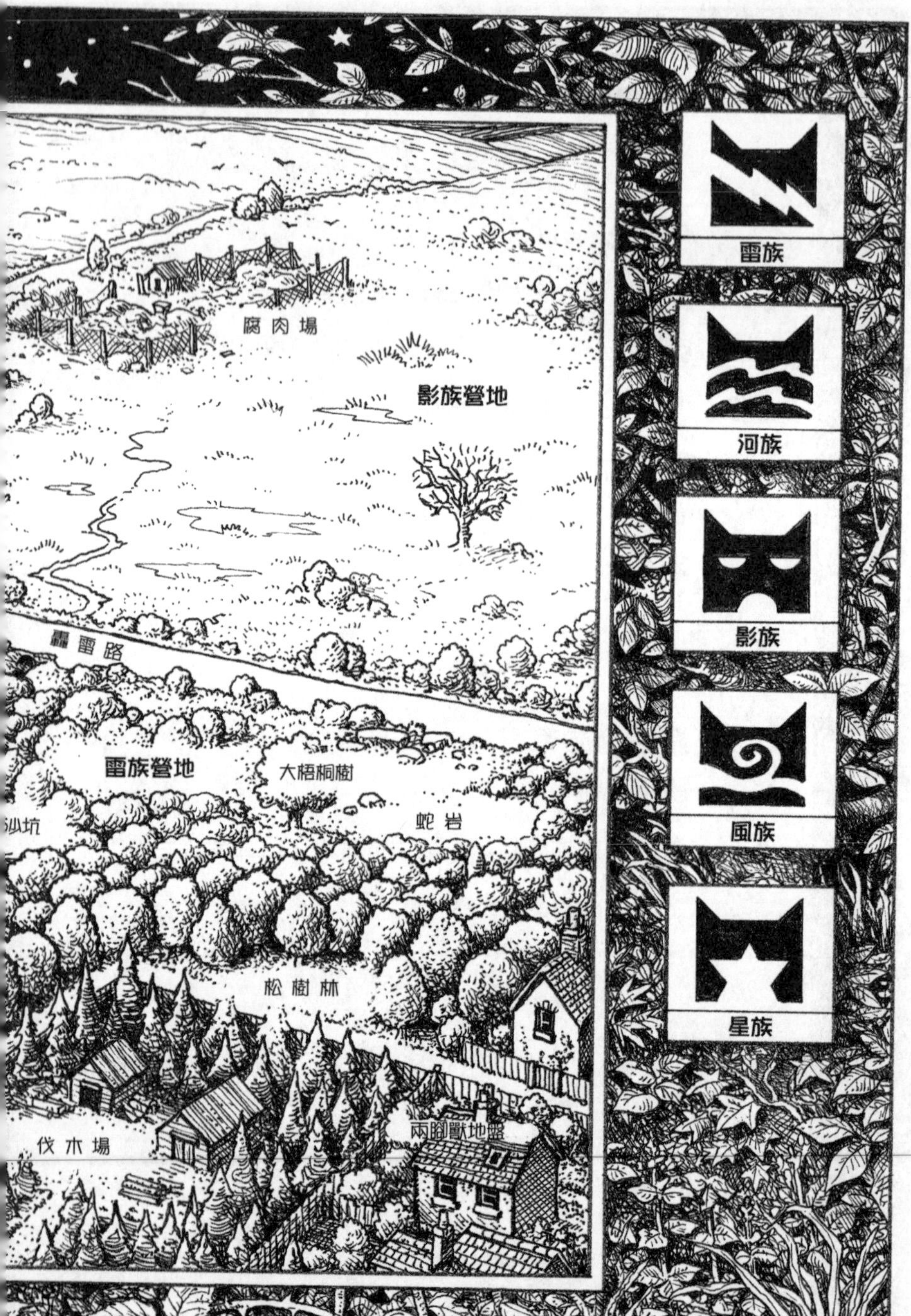
腐肉場
影族營地
轟雷路
雷族營地
大梧桐樹
沙坑
蛇岩
松樹林
伐木場
兩腳獸地盤
雷族
河族
影族
風族
星族

高岩山
大麥的
農場
風族營地
四喬木
瀑布
貓頭鷹
樹
河流
陽光岩
河族營地

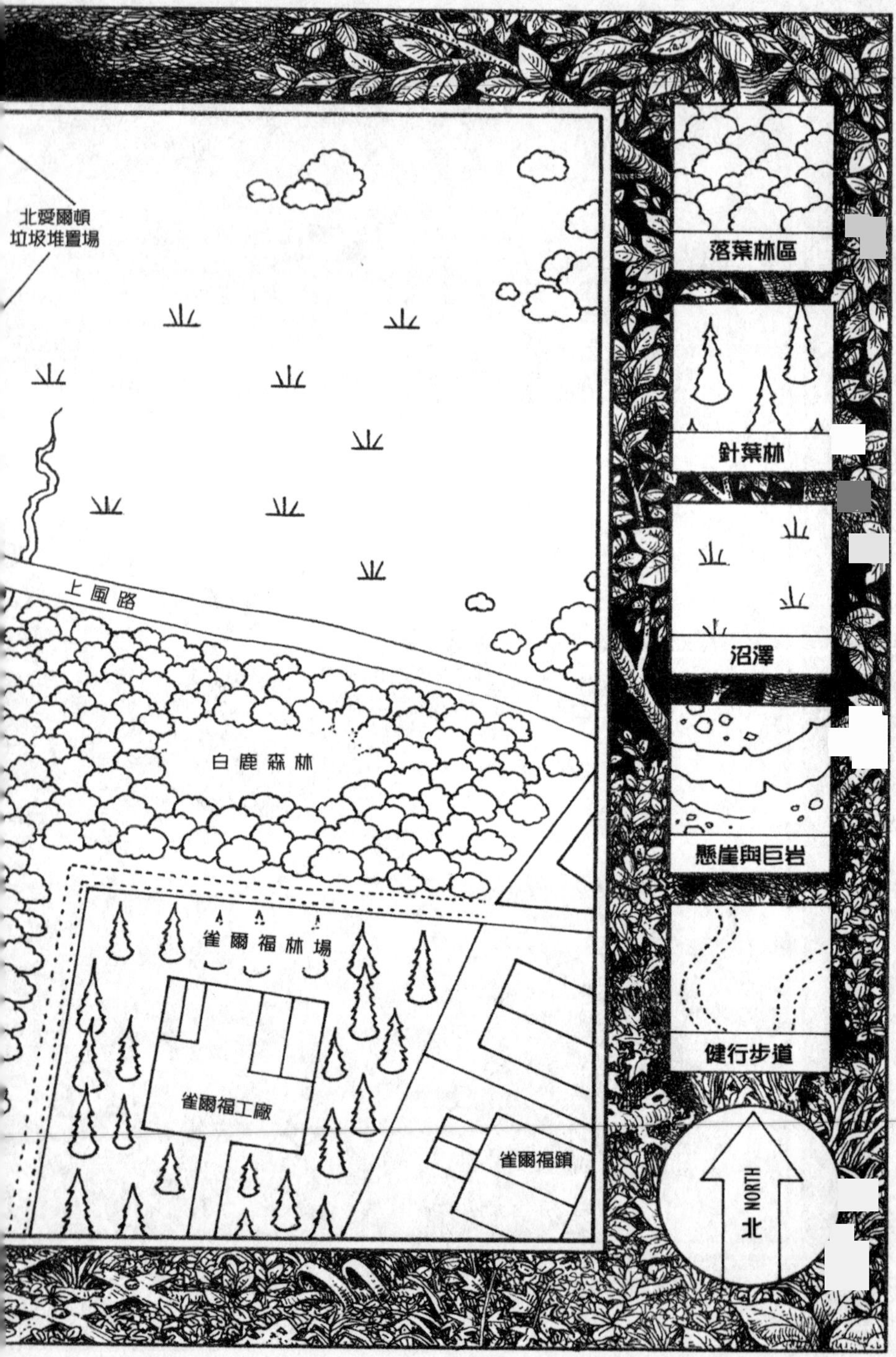
北愛爾頓
垃圾堆置場
上風路
白鹿森林
雀爾福林場
雀爾福工廠
雀爾福鎮
落葉林區
針葉林
沼澤
懸崖與巨岩
健行步道
NORTH
北

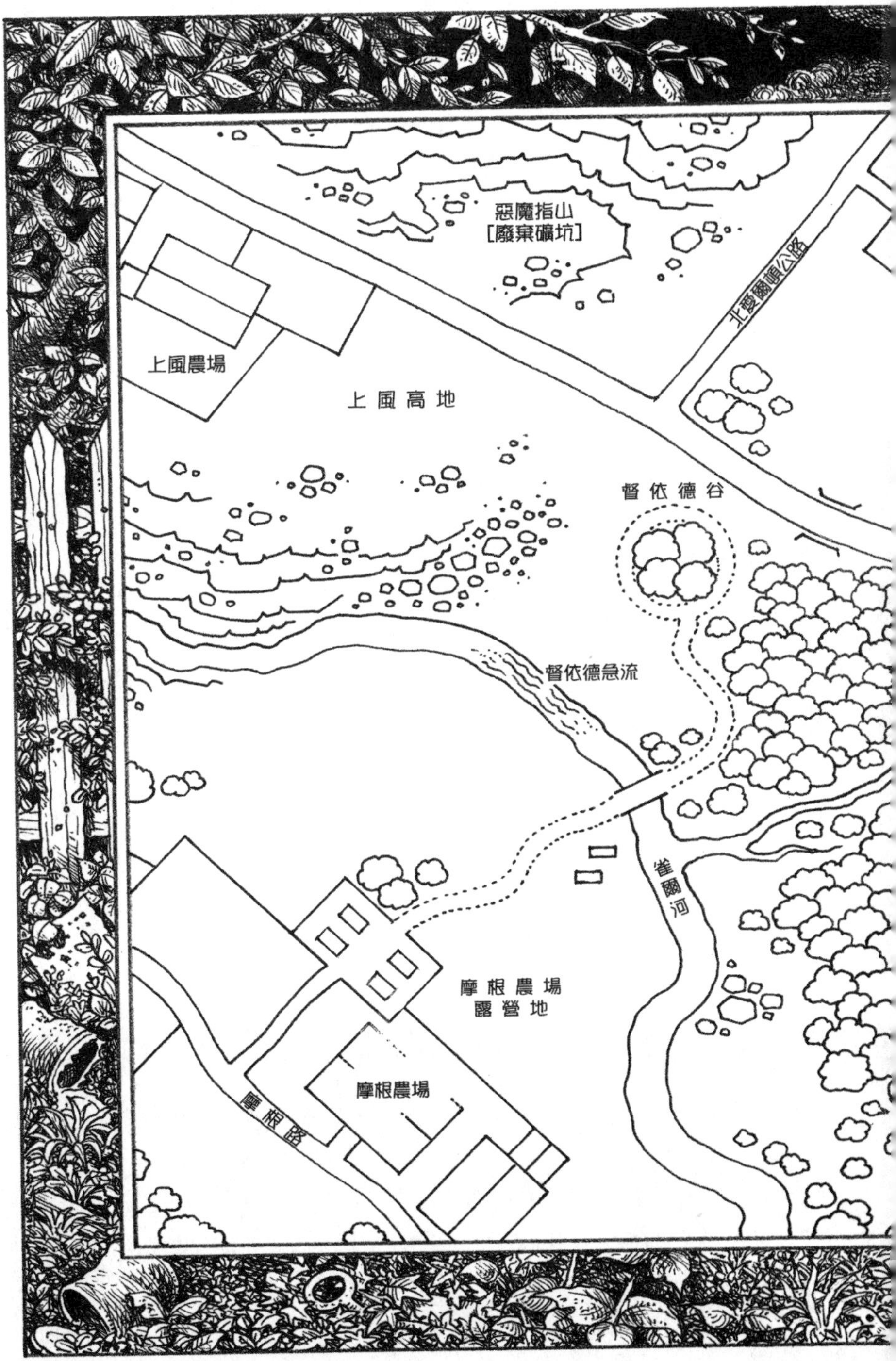
惡魔指山
[廢棄礦坑]
北麼爾鎮公路
上風農場
上風高地
督依德谷
督依德急流
雀爾河
摩根農場
露營地
摩根農場
摩根路

序章

寒冷像隻冰爪籠罩著田野和沼澤地，覆蓋了一切的白雪，在一彎新月下微弱地閃著光。除了樹枝上偶爾滑落的幾片雪，以及微風吹過乾蘆葦的簌簌聲，森林裡一片寂靜。就連小溪的低喃也被結滿水面的冰給覆蓋住了。

溪邊傳來移動的聲響，一隻大公貓從蘆葦間出現，他膨起全身紅褐色的毛好抵禦寒冷。他輕盈地邁著步子，不耐煩地抖掉腳底的雪。

在他前面有兩隻小貓，一面發出苦惱而微弱的喵喵聲，一面掙扎著往前走。在鬆軟的雪地裡他們辛苦地走著，腿和肚子的毛都糾結成小小的冰團，但只要一停下來，那隻公貓就推著他們往前。

這三隻貓沿著溪邊走；眼前的溪水漸漸變寬，距離岸邊不遠處有座小島，小島周圍長滿蘆葦，枯乾的枝梗突出冰面。在一片覆滿白雪的樹枝後頭，枯瘦的柳樹遮住小島中央。

「就快到了，」紅褐色的公貓鼓勵地說，

「跟我來。」

他滑下河岸，走進蘆葦間一條結了冰的狹窄通道裡，縱身躍進島上一塊乾燥的地面。兩隻小貓中年紀較大的那隻連滾帶爬地跟上，較小的那隻則倒在冰上，蜷伏在那兒可憐兮兮地叫著。不久那隻公貓又跳回小貓身旁，想推他站起來，但小貓實在累得動不了。公貓在小貓耳朵上舔了一下，算是安慰這隻無助的小東西，然後咬住他的後頸，叼著他踏上小島。

柳樹外是一片空地，空地上樹叢東一塊西一塊地長著，這裡也覆滿了白雪，雪地上交錯著許多貓腳印。空地上似乎一隻貓也沒有，暗處卻有雙眼睛在閃爍，盯著看公貓領著小貓走向最大的一處樹叢，消失在一排糾結的樹枝裡。

外頭的冷空氣不敵育兒室裡的溫暖和乳香。一個用苔蘚和滿天星做成的深窩裡，有隻灰色的母貓正在哺育一隻小虎斑貓。她抬起頭看著公貓走近並輕輕放下嘴裡的小貓。另一隻小貓搖搖晃晃地跟在公貓身後走進育兒室，想爬進巢穴裡。

「橡心？」母貓說，「你帶了什麼回來？」

「兩隻小貓，灰池。」橡心回答，「妳來照顧他們好不好？他們需要媽媽。」

「可是……」灰池琥珀色的眼睛裡充滿驚訝，「這是誰的孩子？他們不屬於河族，你是在哪裡找到他們的？」

「在森林裡。」橡心說話時眼睛並沒有看著母貓，「沒被狐狸吃掉算他們走運。」

「森林裡？」這位貓后的聲音因為不敢置信而沙啞，「橡心，別像老鼠那樣跟我說話。怎麼會有貓把自己的孩子丟在森林裡，尤其是在這種氣候下？」

橡心聳聳肩。「可能是獾，不然就是兩腳獸，我哪知道？我總不能把他們留在那裡吧？」他用鼻子指著較小的那隻，小貓一動也不動地躺著，只有呼吸時小小的肋骨上下起伏著。「灰池，拜託……妳其他的孩子都死了，如果這兩個小傢伙沒有妳照顧的話，也會死。」

灰池的雙眼蒙上了一層痛苦。她低頭看了看眼前這兩隻小貓，他們發出可憐的喵叫聲，張著的小嘴還是粉紅色的。「我有足夠的奶水，」她小聲地回答，一半像在對自己說，「我當然會照顧他們。」

橡心放心地呼出一口氣，分次叼起兩隻小貓放在灰池身旁。灰池輕輕地把他們推進肚皮凹處，緊挨著她自己的孩子。小貓們急切地吸吮起來。

「我還是不懂，」灰池把他們都安頓好後說，「禿葉季還沒過完，為什麼這兩隻小貓會孤伶伶地出現在森林裡？他們的媽媽一定急死了。」

紅褐色的公貓用他巨大的前爪戳著一塊苔蘚。「我可沒偷抱別窩小貓，妳千萬別胡思亂想。」

灰池凝視著他好一陣子。「不，我不認為他們是你偷來的，」她終於開口，「但是你沒跟我說事情的經過，沒錯吧？」

「我已經說了妳需要知道的事。」

「不，你沒有！」灰池的雙眼燃起怒意，「他們的媽媽呢？橡心，我懂得失去孩子的感受。我不希望這種痛苦發生在其他貓身上。」

橡心昂起頭瞪著灰池，喉嚨深處升起一陣輕聲的怒吼。「他們的母親大概是無賴貓吧，現在這種氣候可不適合出去找貓。」

「可是橡心──」

「拜託妳就好好照顧這些小貓行不行？」紅褐色的公貓跳起來，一個轉身走出育兒室。「我去拿一些食物來。」他回頭，拋下這麼一句就走了。

橡心離開後，灰池彎下頭看著小貓們，用舌頭舔拭他們的毛皮，弄暖他們的身體。他們身上的雪逐漸融化，幾乎把氣味都沖掉了，但灰池仍能嗅出一點森林、枯葉和霜地的氣味。在那氣味之下，還有一股更微弱的……

灰池停止舔拭。這真的是她嗅到的，還是出於想像？她再次低下頭，張嘴，吸著小貓的氣味。

她睜大雙眼，眨也不眨地凝望著育兒室外的幢幢陰影。她沒有猜錯。這兩隻沒有媽媽的小貓──橡心還拒絕解釋他們的出身──無疑帶有敵族的氣味！

第一章

寒冷的風挾著雪花吹在火心的臉上，他奮力走下通往雷族營地的深谷，嘴裡緊叼著剛才咬死的老鼠。綿密厚重的雪花讓他幾乎看不清方向。

聞著那隻老鼠的氣味，火心忍不住流起口水。打從前晚開始，他就沒吃過東西，而這正是禿葉季食物貧乏的殘酷現象。飢餓在他的肚子裡翻攪，但火心絕不會違反戰士守則：必須先讓族貓吃飽。

一股驕傲油然而生，暫時驅走了落進他火紅色毛皮上的白雪所帶來的寒意。火心想起三天前發生的那場戰役，他跟其他的雷族戰士一起協助風族，替這群沼澤地上的貓抵擋來自森林其他兩族的侵略。那場戰役有不少貓受傷，這讓那些還能狩獵的貓責任更加重大。

火心走進通往營地的金雀花隧道，撥開了蓋在荊棘上的雪，冰冷的雪堆立時落在他的頭頂上，他甩了甩耳朵。雖然營地外圍的荊棘稍稍阻擋了冷風，但營地中央的空地上卻不見半隻貓；積雪這麼深，貓兒們寧願待在自己的窩裡取暖。雪地上看得見斷裂的樹幹和枝椏，一排腳印從見習生的住處延伸到保護小貓的藤叢裡。看著這排腳印，火心不禁想起自從煤掌在轟雷路旁受傷之後，自己就一直沒再收見習生了。

火心踩著雪一步步走向營地中央，在靠近戰士窩的樹叢旁，把那隻老鼠放在新鮮的獵物堆上。這堆獵物實在少得可憐；能夠找到的獵物又瘦又乾，對一位餓壞了的戰士來說，還不夠塞牙縫呢！在新葉季來臨之前，是不會有更肥嫩的老鼠的，而新葉季離現在還有好幾個月。

就在火心掉頭準備繼續他的狩獵任務時，身後傳來一聲響亮的喵叫。他趕緊轉過身來。原來是副族長虎爪從戰士窩裡走出來。「火心！」

火心朝他走近，點著頭表達敬意，他感覺得到這隻大虎斑貓的琥珀色眼睛正炯炯有神地凝視著自己。對虎爪的疑慮再次淹沒他。這位副族長很厲害，備受尊敬，還是位傑出的鬥士，但火心覺得他心懷不軌。

「你今晚不用再出去狩獵了。」火心走近時，虎爪低吼著。「藍星要帶你和灰紋去參加大集會。」

火心的雙耳興奮地抽動著。大集會是四大貓族在滿月時舉行的和平聚會，能夠陪同族長參加是一項榮耀。

「你最好先吃點東西，」這位深色的副族長說，「月亮一升起，我們就上路。」接著便大步通過空地，往高聳岩走去，族長藍星的窩就在那裡。沒走多遠，他停下腳步，轉過他那顆大頭看著火心。「在大集會上，你只要記得自己是哪個族就行了。」他嘶喊。

火心不禁怒火中燒，覺得自己的毛全豎了起來。「你憑什麼這麼說？」他大膽地問，「你認為我會背叛自己的族嗎？」

虎爪轉身面對著火心，火心努力不讓自己在這隻繃緊肩膀的兇貓面前退縮。「上次戰鬥時我看到了，」副族長低吼，雙耳攤平在頭頂，不屑地繼續說，「我看到你放走河族戰士。」

火心的臉抽搐了一下，腦中閃過在風族營地爆發的那場戰役。虎爪說得沒錯，他的確讓一隻河族戰士毫髮未傷地逃走，但那並非出於懦弱或不忠。雖然其他雷族貓都不知情，但火心知道自己最要好的朋友灰紋深愛著逃走的那位戰士——銀流，因此他絕不能傷害她。

火心已經盡他所能地說服灰紋不要再去找銀流——因為他們之間的關係不僅違反戰士守則，也會讓彼此陷入險境。而火心也很清楚自己絕對不會背叛灰紋。

何況，虎爪沒有權利質疑其他貓對雷族的忠誠度，他當時竟然在戰場邊袖手旁觀，眼睜睜地看著火心與河族戰士纏鬥，不但沒有出手相助，還轉過身去。但這還不是火心對這位副族長最嚴厲的指控。他懷疑虎爪殺了雷族的前任副族長紅尾，甚至計畫除掉現任族長。

「如果你認為我不忠，就去告訴藍星好了。」他挑釁地說。

虎爪縮起嘴唇準備咆哮，他半伏著下身，伸出長長的利爪。「我不必勞煩藍星，」他發出嘶喊，「像你這種寵物貓，我自己來對付就行了。」

他又瞪了火心好一陣子，火心驚訝地發現那雙燃燒怒火的琥珀色眼睛裡，閃過一絲疑懼。**虎爪不確定我知道多少**，他猛然醒悟。

火心的朋友烏掌是虎爪的見習生，他曾目睹紅尾慘遭殺害的經過。虎爪想殺他滅口，因此火心把他送去跟大麥同住。大麥是隻獨行貓，住在風族領土的另一邊，一座兩腳獸農場附近。

火心曾想把烏掌的事告訴藍星，但這位族長拒絕相信她勇敢的副手會犯下這種罪行。

怒目瞪視虎爪的火心再次感到絕望，彷彿自己被一棵倒下的樹壓在地上。

虎爪一句話也沒說就轉身走開。火心看著他走遠，然後聽到戰士窩裡傳來聲響，看到灰紋從樹枝間探出頭來。

「你到底在做什麼？」他說，「竟然敢惹虎爪！他會把你變成烏鴉的食物！」

「誰也沒有權利說我對雷族不忠。」火心跟他爭辯。

灰紋低下頭，迅速地舔了舔胸前的毛。「對不起，火心，」他低聲說，「我知道一切都是因為我和銀流——」

「不，不是，」火心打斷他的話，「你也知道，虎爪才是問題的關鍵，不是你。」他抖了抖身體，甩開身上的雪花。「走吧，我們去吃東西。」

灰紋步出樹叢，跳著走向獵物堆。火心跟過去，叼起一隻田鼠，帶回戰士窩去吃。灰紋趴在他身邊，靠近外面的那排樹枝。

樹叢中央只有白風暴和其他幾位資深戰士捲著身體在睡覺。那些熟睡的身軀溫暖了空氣，幾乎沒有一片雪花能穿過厚厚的樹枝遮篷、落進窩裡。

火心咬了一大口田鼠肉，雖然硬而多筋，但對飢餓的他來說已是美味至極了。他三兩下就把田鼠吃得精光，總比什麼也沒吃好，何況這點食物已經給足他前往大集會所需要的體力。

等灰紋也狼吞虎嚥地吃完後，他們倆緊靠著對方，互相梳理冰冷的身體。對火心來說，能夠再次與灰紋這樣親近，他感到很欣慰，尤其是在那段麻煩期過後；那段時間裡，灰紋對銀流的愛情似乎破壞了他跟火心的友誼。即使火心仍舊為灰紋這段禁忌的戀情憂心，但與灰紋那次的並肩作戰又重新點燃了這份友誼，使他們跟從前一樣要好。如果想撐過這段漫長的禿葉季，他們就必須互相信任；更重要的是，火心知道自己需要灰紋的支持，來對抗虎爪日益高漲的敵意。

「不知道今晚會聽到什麼消息，」他在朋友灰色的耳朵旁低聲說，「希望河族和影族已經得到教訓，風族也不會再被趕出他們的領土了。」

灰紋不安地移動身體。「那場戰役可不只是為了爭取更多的領土，」他說，「食物也比以往更稀少了——河族打從兩腳獸搬進他們的領土起就在挨餓。」

「我知道，」火心抽動耳朵表示同情，他當然知道灰紋想替銀流那族辯護，「但把其他族趕出他們的領土，不能真正解決問題。」

灰紋含糊地贊同，沒再多說什麼。火心很能了解他的感受。自從他們跨越轟雷路，找到風族並把他們送回家以來，雖然只過了幾個月，但灰紋因為愛上銀流，自然也開始同情河族。這件事沒有簡單的答案，食物缺乏是四大貓族急欲解決的問題，至少會持續到禿葉季放開對森林的緊箍咒為止。

在灰紋規律的舔拭下，火心漸漸感到疲倦，但窩外樹枝發出的響聲讓他嚇了一跳。虎爪走進來，身後跟著暗紋和長尾；他們三個圍成小圈在樹叢中央坐下來時，還狠狠地瞪了火心一眼。火心從瞇成一條縫的雙眼觀察他們，暗自希望能夠聽到他們的談話。想也知道他們是在設計對付他的陰謀。只要虎爪的叛族行徑沒被揭發，火心在族裡就永無安寧之日；想到這點，火心的身體緊繃了起來。

「怎麼啦？」灰紋抬頭問。

火心伸了個懶腰，想讓自己放鬆下來。「我不信任他們。」他輕聲說，一面朝虎爪和另外二隻貓的方向抽動耳朵。

「這也難怪，」灰紋說，「如果被虎爪發現銀流的事……」他打了個冷顫。

火心往他身邊靠了靠安慰他，卻仍高豎起雙耳想捕捉虎爪的聲音。他覺得好像聽到自己名字，試圖悄悄爬近些，但就在這時候，他接觸到長尾的目光。

「看什麼看？你這隻寵物貓！」這位虎斑戰士向他嘶嘶叫，「雷族要的是忠心耿耿的貓。」說時還故意背對火心。

火心立刻跳了起來。「你有什麼資格質疑我們的忠誠？」他氣呼呼地說。

長尾對他理都不理。

「果然沒錯！」火心小聲但憤怒地對灰紋說，「虎爪顯然在散播對我不利的謠言。」

「可是你能怎麼辦呢？」灰紋聽來好像已經屈服於副族長的敵意了。

「我要再去跟烏掌談談，」火心說，「他可能還記得那場戰役中的某些事，我可以拿這些事來說服藍星。」

「可是烏掌住在兩腳獸農場，你必須跨越整個風族的領土才到得了那裡呢！你要怎麼解釋自己為什麼離開營地這麼久？這樣只會讓虎爪的謊言看起來更真實。」

火心知道自己甘願冒險來揭發真相。紅尾在好幾個月前一場對抗河族的戰役中死亡，但他從沒問過烏掌相關的細節，因為當時最重要的事是把這位見習生弄出虎爪的魔掌。

現在火心知道自己必須弄清楚烏掌當時究竟看到什麼，因為他愈來愈肯定他這位朋友知道一些事，能夠證明虎爪對雷族有多麼危險。

「我今晚就走，」火心輕聲說，「大集會後我就要開溜。如果我能帶點獵物回來，就可以說我是去狩獵了。」

「你冒的可是大險。」灰紋說完，在火心耳朵上迅速而深情地舔了一下。「虎爪也是我的問題。如果你要走，那我就跟你一起走。」

當火心、灰紋和其他雷族貓離開營地，穿過樹林，朝四喬木走去時，雪已經停了，天上的雲層也都散開了。地上的積雪在滿月的白光下閃閃發亮，樹枝和石頭上的白霜也閃著銀光。一陣微風吹來，將雪地的表面弄縐了，也帶來了眾貓的氣味。火心興奮地打了個顫。四大貓族的領袖定期在這座神聖的山谷內相聚，每逢滿月他們都會宣布一項協定，讓四大貓族在陡峭空地中央的四棵大橡樹下集合。

火心跟在藍星後面，藍星放低身體，準備爬完最後幾條尾巴長的距離，到達坡頂，然後從那裡俯視林間的空地。一塊巨岩聳立在橡樹間的空地中央，它那參差不齊的輪廓在雪地的襯托下成了一片黑影。火心一邊等藍星發出行動信號，一邊看著下方互相打招呼的別族的貓。他沒辦法不注意風族看到河族和影族貓時，怒目的瞪視和豎起的頸毛，顯然誰也沒忘記最近發生的那場打鬥；如果不是因為有協定，他們早就動手互扒對方的毛了。

火心認出風族族長高星就坐在巨岩上，身邊是他的副族長死足。就在不遠處，影族的兩位巫醫鼻涕蟲和泥毛肩並肩坐著凝望其他的貓，月光反射在他們的眼睛裡。

火心身旁的灰紋，全身肌肉緊繃，一雙閃著興奮眸光的黃眼睛往下凝望林間的空地。順著他的目光看去，火心看到銀流正從陰影裡現身，拖著一身銀黑相間的美麗皮毛在月光下挪移。

火心壓抑住嘆息，「如果你想去跟她說話，就得小心不被發現。」他警告朋友。

「安啦。」灰紋說。他用一對前腳在堅硬的地面上揉搓，等著再跟這隻河族貓相聚。

火心看了藍星一眼，期待她發出要大家下到空地的信號，卻看到白風暴走上前，在她身邊的雪地伏下。「藍星，」火心聽到這位高貴的白毛戰士在低語，「碎尾的事妳要怎麼說？妳會告訴其他貓族說我們在保護他嗎？」

火心緊張地等候藍星回答。碎尾以前叫碎星，是影族前一任的族長，他殺了自己的親生父親鋸星，又偷走了雷族的小貓。雷族為了報復他，情願幫助碎尾的族貓把他趕進樹林；但是沒過多久，碎尾就率領一群無賴貓攻擊雷族營地，雷族的巫醫黃牙在打鬥中抓瞎了他的雙眼，從此碎尾成了瞎眼的階下囚。儘管這位前任族長已經卸除星族給他的名號，並且受到嚴密的監控，但火心知道其他貓族還是認為雷族會殺死他，或把他趕進樹林，任他自生自滅。他們不喜歡聽到碎尾還活著的消息。

藍星仍然定定地注視著下方空地上的貓。「我不會說什麼，」她回答白風暴，「何況這不關其他族的事，碎尾現在由雷族管。」

「這話講得真漂亮。」虎爪低吼，他就坐在藍星的另一邊。「還是我們自個兒心虛呢？」

「雷族並不需要因為行事慈悲而感到愧疚，」藍星冷酷地反駁，「我看不出有什麼理由去自找麻煩。」虎爪還來不及提出抗議，藍星就突然起身，面對其他的雷族貓。「大家聽好，」她說，「誰都不准提到無賴貓的那場攻擊，也不要提起碎尾。這是我們族裡自己的事。」

等到群貓發出同意的喵聲，藍星才揮揮尾巴做出要雷族貓加入下面其他貓族的信號，接著他們便從樹叢間疾衝而下，虎爪緊跟在後，後腳濺起大堆雪花。

火心跳著跟在他們身後，當他滑出樹叢來到空地時，發現虎爪就站在不遠處，用懷疑的目光瞪著他。「灰紋，」火心轉過頭低聲喊道，「我想你今晚不該去找銀流，虎爪已經——」

火心驚訝地發現灰紋根本不在身邊，他四處張望，看到灰紋的身影消失在巨岩之後。一兩個心跳過後，銀流也繞過一群影族貓，跟過去了。

火心嘆了口氣，瞥了虎爪一眼，心裡想著這位副族長是不是看到他們離開。不過虎爪已經走開去找風族的一鬚了，這讓火心放心地鬆開肩上的毛。

他一步也不停地衝過空地，來到一群長老附近——包括雷族的斑皮和另外幾隻他不認識的貓，都蜷伏在葉子油亮的冬青樹叢下，那裡的積雪淺多了。火心一邊注意灰紋的動靜，一邊坐下來聆聽其他貓的交談。

「我還記得有一年的禿葉季比今年更糟。」說話的是一隻黑色的老公貓，他的口鼻已變成銀色，身體兩側也因為飽經戰役而傷痕累累，身上東一簇西一簇的短毛帶著風族的氣味。「那條溪整整凍了三個月。」

「對啊，鴉毛，」一隻虎斑貓后附和著，「而且食物更少，就連河族都難過日子。」

看見這兩位來自敵對陣營的長老竟然能夠不帶憎恨地冷靜交談，火心驚訝不已。他頓時想到，他們畢竟是長老，在漫長的生命中一定見過許多打鬥了。

「現在的年輕戰士啊，」那隻老黑貓瞥了火心一眼又說，「根本沒吃過苦。」

火心拖著步子走過樹叢下的枯葉堆，試著表現出謙恭的模樣。蜷伏在他旁邊的斑皮友善地對他揮動尾巴。

「藍星的孩子一定是在那個季節失蹤的。」雷族長老回憶著。火心豎起耳朵偷聽，他記得花尾提過藍星的小孩，他們在她當上副族長的那天出生。但他不知道她有幾個孩子，也不知道他們死時多大。

「你記不記得那個禿葉季的融雪？」鴉毛的話打斷了火心的思緒，他雙眼茫然，陷入回憶。「山澗裡的溪水漲得跟獾的巢穴一樣高。」

斑皮打了個冷顫。「我記得很清楚，雷族根本無法過溪到這裡參加大集會。」

「好多貓兒都淹死了。」河族貓后悲傷地回憶著。

「獵物也是啊，」鴉毛補充道，「活下來的貓都餓個半死。」

「星族保佑，希望這個季節沒那麼糟！」斑皮誠懇地喊著。

鴉毛呸了一口：「這些年輕的貓應付不來的。想當年啊，大家都那麼堅強。」

火心忍不住出言抗議：「我們有強壯的戰士——」

「誰叫你發表意見的？」那隻脾氣暴躁的老公貓低吼，「你又沒比小貓大多少！」

「可是我們——」火心的話才說一半，空氣中便傳來一聲尖銳的吼叫，所有的貓都安靜下來。他轉過頭，看到巨岩頂端坐著四隻貓，銀白的月光照出他們的輪廓。

「噓！」斑皮嘶了一聲，「大會就要開始了。」他對火心抽動耳朵，發出輕柔的咕嚕聲。

「別管鴉毛了，他只會怪東怪西。」

火心感激地看了斑皮一眼，把四隻腳掌放在身下，坐下來靜靜聆聽。

風族族長高星一開始就說他的族貓正逐漸從最近與河族和影族的戰役中恢復元氣。「我們有位長老死了，」他說，「但我們所有的戰士都還活著——隨時可以再戰。」他語重心長地補上一句。

河族族長曲星從喉嚨深處發出一聲威嚇的吼叫，影族族長夜星則是攤平雙耳，瞇起眼睛。

火心全身的毛都豎了起來。如果族長們開始打鬥，各族的貓也會加入戰局。以前大集會也發生過這種事嗎？他心裡想著。就算是影族膽大包天的新族長夜星，也不至於冒著激怒星族的風險，打破神聖的協定呀！

就在火心擔憂地望著毛髮怒豎的那幾隻貓時，藍星踏前一步。「高星，這真是好消息，」她柔聲說，「大家都應該為風族又再度強盛而高興。」

她看著影族和河族的族長，一雙藍眼睛在月光下閃閃發亮。夜星避開她的眼神，曲星則點了點頭，臉上的表情高深莫測。

當初是影族為了擴張狩獵區，在碎星殘酷的命令下率先將風族趕走的。河族趁著風族被放逐的機會到荒原上狩獵。但在碎尾被放逐之後，藍星以「樹林裡的生態有賴四大貓族來維持，應該讓風族回來」的理由，說服了其他族的族長。想到自己和灰紋跋涉了遙遠艱險的路程去找風族，將他們帶回他們荒涼的高地故鄉，火心打了個冷顫。

這件事也提醒他再次穿越高地去找烏掌的初衷。他不安地移動身體，其實他並不怎麼期待這趟旅程。**不過至少風族對雷族很友善**，他想，**所以我們應該不會在半路受到攻擊。**

「雷族的貓也在逐漸恢復中，」藍星繼續說，「上次的大集會之後，我們有兩位見習生當上戰士，現在他們改名為塵皮和沙暴。」

巨岩下的貓兒們發出贊同的嚎叫——火心注意到，這些叫聲主要來自雷族和風族。他看了看坐著的沙暴一眼，發現她驕傲地抬起淡黃色的頭。

大集會的氣氛現在已經緩和許多。火心還記得上次大集會上，族長們互控對方在自己領土以外的地方狩獵，但現在沒貓提那件事了。那次事件的主兇是碎尾所領導的一群無賴貓，他們襲擊雷族營地，但被打敗，不過這個消息似乎沒有傳開。藍星讓碎尾瞎眼的事變成祕密。

大會結束後，火心四處尋找灰紋。如果他們要去找烏掌，就必須趁其他族貓還在山谷，不會注意他們往那裡走的時候出發。

火心看到長尾的見習生疾掌就坐在影族一群年輕的貓中間。疾掌愧疚地轉開目光。如果換成其他時候，火心可能會叫他過來，要他去找自己的師父帶他回家，但此時的他只關心能不能立刻找到灰紋。他一看到灰紋左閃右躲地走過來，就把疾掌拋到腦後了。沒看到銀流的身影。

「你在這裡！」灰紋喊著，黃色的眼睛閃著光。

火心看得出來，灰紋很喜歡這場大集會，雖然他很懷疑大會裡的對話這位朋友究竟聽到了多少。

「準備好了嗎？」他說。

「你是說去找烏掌嗎？」

「別這麼大聲！」火心斷了一聲，緊張地往四周看。

「嗯，我準備好了，」這次灰紋放低聲音，「不能說我很期待這麼做，不過只要能夠擺脫虎爪，我什麼都肯幹——還是你有更好的點子？」

火心搖搖頭。「這是唯一的法子了。」

山谷裡仍然擠滿了準備四散離開的貓群，似乎誰也沒注意火心和灰紋去哪兒，直到他們快抵達通往風族高地的那片山坡時，身後才傳來一聲喊叫。

「嘿，火心！你們要去哪裡？」

是沙暴。

「呃……」火心用求助的眼神望了灰紋一眼，「我們想繞遠路，」他馬上編了個理由。「風族的泥爪說，我們的領土裡有個地方有很多小兔子。我們想帶點新鮮獵物回去。」他突然警覺到，沙暴可能會因此提議要跟他們一起去，於是又補充說：「如果藍星問起，請告訴她，好嗎？」

「當然。」沙暴打了個呵欠，露出一口白亮的利牙。「等我躺進溫暖又舒服的窩裡，我會想到你們正在追野兔的！」她尾巴一揮，走開了。

火心鬆了口氣，其實他並不想對她說謊。「趕快走吧，」他對灰紋說，「免得被其他貓看見。」

這兩隻年輕戰士滑進樹叢下方，悄悄爬上山坡。火心在山坡頂上停了下來，回頭看了看，確定他們沒被跟蹤後，就和灰紋跳過山谷邊緣，衝向沼澤地和它附近的兩腳獸農場。

這是唯一的法子了，火心一面跑一面對自己重複地唸著。他必須找出真相。不只為了紅尾和烏掌，也是為了全族的福祉。一定要阻止虎爪……以免他又伺機殺害貓兒。

第二章

火心謹慎地嗅了嗅，小徑上的積雪已經被兩腳獸踏平了。兩腳獸的巢穴裡有亮光，不遠處還傳來陣陣狗吠聲。他想起大麥說過，兩腳獸晚上會放開拴狗的鏈子。他只希望灰紋和自己能夠在被發現之前找到烏掌。

灰紋走過圍籬來到他身邊，冷風讓他的一身灰毛平貼在身體上。「聞到什麼了嗎？」他問。

火心抬起頭嚐了嚐空氣，幾乎立刻就聞到他們在尋找的氣味，那氣味薄弱但熟悉，是烏掌！「往這邊走。」他說。

他悄悄地沿著小徑走，腳掌下的地面堅硬而冰冷。他小心翼翼地追隨那股氣味來到穀倉門下方的裂縫，那裡的木頭已經朽壞。

他嗅著，吸進乾草味和那濃烈而新鮮的貓氣味。「烏掌？」他小聲地說。他沒聽到回答，更大聲地叫了一次，「烏掌？」

「火心，是你嗎？」一聲驚訝的喵叫從門

另一邊的暗處傳來。

「烏掌！」火心擠過裂縫，暗自欣慰不用再吹到冷風。四周充滿穀倉的各種氣味，他察覺到老鼠，忍不住流口水。穀倉裡光線很微弱，只有月光從一扇高懸在屋頂的小窗照下來。等他的雙眼習慣黑暗後，火心看到有隻貓在幾條尾巴的距離外站著。

他的朋友看來比他們上次相見時更為豐滿，毛色也光鮮許多。火心覺得自己和他比起來，一定顯得骨瘦如柴，而且又濕又髒。

烏掌發出高興的呼嚕聲走向火心，跟他碰了碰鼻子。「歡迎，」他說，「真高興見到你。」

「我們才高興見到你呢。」灰紋說，他跟在火心身後擠過門下的裂縫。

「後來你們有沒有安全地把風族送回他們的營地？」烏掌問。火心和灰紋在護送風族回家的途中，一直都跟他在一起。

「有，」火心說，「但說來話長了，我們不能——」

「喂，這是怎麼一回事？」另一隻貓的聲音打斷了他們。

火心一個轉身，攤平雙耳，準備在這位新來者形成威脅時大打出手。然後他才認出大麥，這隻黑白相間的獨行貓樂意讓烏掌分享他的家園。「嗨，大麥，」火心冷靜下來，「我們有事要跟烏掌談。」

「看得出來，」大麥說，「而且一定是很重要的事，才會讓你們在這種天氣越過沼澤地來這兒。」

「對，沒錯，」火心同意。他看了看烏掌這隻曾經是雷族見習生的貓一眼，這趟任務的急迫性在他全身流竄。「烏掌，我們不能再浪費時間了。」

烏掌一臉困惑。「你要跟我談多久都可以。」

「那我就讓你們去談吧，」大麥說，「要打獵也隨時歡迎，我們這裡老鼠多的是。」他友善地對這兩位訪客點點頭，然後從門下擠出去了。

「打獵？真的嗎？」灰紋問。火心感覺一股強烈的飢餓感緊扣著自己的肚子。

「當然，」烏掌說，「這樣吧，你們先飽餐一頓如何？然後再告訴我你們為什麼來這裡。」

「我知道是虎爪殺了紅尾，」烏掌堅稱，「當時我就在現場，親眼看到他下手。」

這三隻貓蜷伏在兩腳獸穀倉裡儲藏乾草的閣樓上，打獵並沒花掉多少時間。對飢餓的雷族戰士來說，有過在滿地白雪的樹林裡想盡辦法尋找獵物的經歷後，穀倉裡簡直到處都是老鼠。現在火心的身體變暖了，肚子也舒服而飽足，他真想盤起身體睡在柔軟芳香的乾草堆上。但他知道，如果他和灰紋想在被發現失蹤前回到營地，他就必須立刻跟烏掌談。「把你記得的一切都告訴我們。」他催促著，對烏掌鼓勵地點點頭。

烏掌凝視著前方，眼神暗了下來，回想起陽光岩的那場打鬥。火心看得出他的信心已經開始動搖。這隻黑貓迷失在自己的回憶裡，再次體驗到真相帶給他的恐懼和壓力。

「我肩膀受傷了，」他開口，「所以紅尾——你們也知道他當時是副族長——叫我躲進岩縫裡，等安全了再離開。我正準備衝進去，就看到紅尾攻擊一隻河族貓，我想是叫石毛的灰毛戰士吧。紅尾把石毛撞個四腳朝天，一副準備下手給他好看的模樣。」

「那他怎麼沒動手呢？」灰紋問。

「橡心突然出現，」烏掌解釋，「一口咬住紅尾的頸後，把他從石毛身上拉開。」回憶淹沒了他的腦海，他的聲音開始顫抖。「石毛逃走了。」他停頓了一下，下意識地伏低身體，好像害怕附近有什麼東西。

「然後呢？」火心溫柔地提醒他。

「紅尾對橡心呸了一口，質問河族戰士是不是都需要幫手才敢打架。」「紅尾也真勇敢，」烏掌加了句，「河族副族長體型比他大兩倍耶。然後……然後橡心說了一句很怪的話。他告訴紅尾：『雷族貓不該傷害那位戰士。』」

「什麼？」灰紋的眼睛瞇成兩條黃色的細縫，「這話沒有道理呀。你確定你沒聽錯？」

「我確定。」烏掌堅稱。

「但貓族們一天到晚打架，」火心說，「石毛有什麼特別的呢？」

「我不知道。」烏掌聳聳肩，迴避了他們追根究底的發問。

「橡心這樣說以後，紅尾有什麼反應？」灰紋問。

烏掌豎起雙耳，睜大眼睛。「他衝向橡心，送上一拳，這一拳讓橡心滾進突出的岩石下方。我……我看不到他們，但我可以聽到他們的怒吼。然後我聽到轟隆隆的聲響，岩石壓在他們身上！」他渾身顫抖地停下來。

「麻煩你繼續說下去。」火心說，雖然他不喜歡讓烏掌再想起這些，但他一定要知道真相。

「我聽到橡心發出尖叫，看到石頭下面露出他的尾巴。」烏掌閉上雙眼，像是要把那一幕給甩掉，然後他又再次睜開眼睛。「就在那時候，我聽見虎爪在身後喊我，命令我回營地去。我走了一小段路才想到，我完全不知道紅尾在岩石崩塌以後的情形，於是我又悄悄回去，路上都是奔逃的河族戰士。等我回到岩堆，紅尾正從塵土中衝出，尾巴翹得老高，全身的毛也都豎起，一副毫髮無傷的樣子，完全看不出身上有任何傷。他直直跑向站在陰影裡的虎爪。」

「然後就在那時——」灰紋開口。

「對。」烏掌屈伸著爪子，回想著那場打鬥。「虎爪抓住紅尾，把他按在地上，紅尾一直掙扎，但卻無法脫身。然後……」烏掌吞了一口口水，瞪著地上。「虎爪一口咬住紅尾的喉嚨，一切就這樣結束了。」他的下巴抵著腳掌。

火心靠向烏掌，挨著他的身體。「所以橡心是被石頭壓死的，那是個意外。」他自言自語。

「他不是被謀殺的。」

「但這還是不足以證明虎爪殺了紅尾，」灰紋開口，「我看這些事對我們一點幫助也沒有。」

火心看著他，心裡也覺得沮喪，他睜大眼睛坐起來，腳掌激動得發痛。「不，可以的。如果我們能證明落石的事，就表示虎爪說橡心殺了紅尾，而他為了報仇殺死橡心的話，都是謊言。」

「等一下，」灰紋插嘴，「烏掌，大集會時你並沒有提到落石。當時你的話聽來就像是紅尾殺了橡心。」

「是嗎？」烏掌眨著眼，努力想直視灰紋。「那不是我的本意，這才是事情真正的經過，我發誓。」

「正因為這樣藍星才不肯聽我們的，」火心激動地繼續說，「她不敢相信紅尾會殺掉別族的副族長，但紅尾並沒有殺他。這次藍星一定得把我們的話當一回事了！」

火心腦中塞滿了他們剛剛發現的一切，他有更多問題想問烏掌，但他可以嗅出這位朋友身上的恐懼氣味，看到他眼中的苦惱，彷彿敘述這個故事把所有他在雷族不快樂的回憶又帶了回來。「烏掌，你還有事要告訴我們嗎？」他溫柔地問。

烏掌搖搖頭。

「這件事對雷族意義重大，」火心告訴他，「希望現在我們有辦法說服藍星，虎爪會帶來威脅。」

「只要她肯信，」灰紋說，「真可惜你已經告訴她烏掌第一次說的話了，」他對火心補充說。「現在烏掌推翻之前的說詞，她根本不知道該相信哪一個。」

「但他並沒有推翻一切，」灰紋的急躁語氣讓烏掌變得有些畏縮，火心忍不住抗議，「只是我們誤會了，如此而已。我會想辦法說服藍星的。」他又補了一句：「至少我們現在知道真相了。」

這隻黑貓看來高興一點了，但火心看得出他不願再回想過去。他在烏掌身邊伏下，發出鼓勵的咕嚕聲，有好一陣子這三隻貓就這樣互相舔著。

然後火心站了起來。「我們該出發了。」他說。

「路上小心，」烏掌說，「要提防虎爪。」

「別擔心，」火心向他保證，「你已經讓我們有法子對付他了。」他從門下鑽出，走進雪地裡，灰紋跟在他身後。

「這裡冷死了！」他們在兩腳獸農場邊緣跳下圍籬時，灰紋叫道。「我們應該帶幾隻老鼠回族裡去。」他又說。

「是哦，」火心斥責道，「如果虎爪問你在這種天氣下怎麼找得到這麼胖的老鼠時，你要怎麼回答？」

月亮快要消失了，天色很快就會在黎明中泛白。雪地裡的冰冷滲入火心禦寒的厚毛。感受過穀倉的溫暖，火心覺得野外似乎更冷了，他的四隻腳也累得發痛。今晚經歷了好多事，但他們仍然得撐過風族領土，才能回到自己的營地休息。火心一直想著烏掌剛才告訴他們的事，他相信這位朋友說的是實話，但要讓族裡的其他貓相信，卻非常困難。像藍星就拒絕相信烏掌的第一次說詞。

其實那是因為火心以為紅尾殺了橡心，藍星因此拒絕接受紅尾會無故殺掉另一位戰士的事實。現在火心明白真正的經過了，橡心其實是意外死亡的……但是如果沒有辦法證明烏掌剛才說的話，火心怎麼能再次指控虎爪呢？

「河族戰士知道的。」他不禁大聲說出口，在沼澤地附近山坡，一塊突出的岩石下停住腳步，這裡的積雪沒那麼深。

「什麼？」灰紋說著趕上來，躲進石頭下，「知道什麼？」

「知道橡心是怎麼死的，」火心回答，「他們一定看到了橡心的屍體，能夠告訴我們他是被落石砸死，而不是死在貓戰士的致命攻擊。」

「沒錯，他屍體上的傷痕能夠證明這點。」灰紋同意。

「他們可能也知道，當橡心說雷族貓都不該攻擊石毛的話是什麼意思，」火心又說，「我們必須跟參與那場打鬥的河族戰士談一談，也許該找石毛聊聊。」

「可是你總不能直接走進河族營地，見貓就問啊，」灰紋反對，「想想大集會上的情勢多麼緊張——現在距離那場戰役還太近。」

「我知道有位河族戰士會很歡迎你。」火心低聲說。

「如果你是指銀流，那倒不錯，我可以問她，」灰紋同意，「拜託一下，我們可不可以趕在我的腳掌完全凍僵以前回到營地？」

兩隻貓繼續前進，疲憊使他們的身軀沉重，也讓他們走得更慢了。就在四喬木映入眼簾的時候，他們看見三隻貓正爬上山坡。一陣微風將風族巡邏隊的氣味傳到火心的鼻端。因為不想解釋他們為何出現在風族的領土裡，他快速地四下張望，想找地方掩蔽，但四周全是一片無垠的白雪，附近既沒有岩石，也沒有樹叢。而且很顯然地，風族貓已經看到他們了，還轉向朝他們走來。

火心認出副族長死足一腳高一腳低的走路姿態，還有虎斑戰士裂耳，和他的見習生奔掌。

「哈囉，火心。」死足一拐一拐走來，眼中帶著困惑。「你們要回家還遠著呢。」

「呃……對啊，」火心承認，低頭敬禮。「我們只是……我們聞到影族的氣味蹤跡，所以就跟到這裡。」

「我們的領土上有影族！」死足身上的毛全都豎直。

「那氣味很舊了，」灰紋急忙說，「完全不必擔心。很抱歉我們走進了你們的地盤。」

「我們很高興見到你們，」裂耳說，「要不是你們幫忙，我們早就被別族消滅了。現在我們很確定他們不敢再來，要來就得把雷族也考量進去。」

裂耳的稱讚讓火心覺得很不好意思。他和灰紋曾經幫過風族，但這一次卻因為被風族看到他們出現在自己的地盤而感到不安。「我們也該回去了，」他低聲說，「這裡看來很平靜。」

「願星族照亮你們的路。」死足感激地說。

另外兩隻風族貓也祝福火心和灰紋打獵豐收，然後就繼續往營地走去。

「運氣真不好。」火心說，一面和灰紋往四喬木走下去。

「為什麼？」灰紋問，「風族貓又不介意我們進入他們的領土，現在大家都是朋友了。」

「灰紋，用點腦筋吧，」火心說，「要是死足在下次大集會時，跟藍星說他見到了我們呢？藍星一定會納悶我們在這裡幹什麼！」

灰紋停下腳步。「老鼠屎！」他呸了一口，「我怎麼沒想到呢。」他的目光與火心的相遇，火心從他的眼裡看到自己不安的眼神。「要是被藍星發現我們在偷偷調查虎爪的事，她一定會很不高興的。」

他又繼續走，腳步逐漸加快，後來他們在雪地上跑起來，在四喬木那邊繞過山谷，進入雷族的樹林後，火心才放慢腳步，停下來嗅了嗅空氣，看看能不能嗅出獵物的氣味。灰紋也滿懷希望地在附近的樹根間嗅來嗅去，然後一臉失望地回來。

「什麼都沒有，」他抱怨說，「連一隻老鼠，甚至一根老鼠鬚都沒有！」

「沒時間繼續找了。」火心決定。他看到樹梢上的天空愈來愈亮。就快沒有時間了，他們離開營地的事愈來愈可能被發現。

當他們抵達峽谷時，黎明的光線更強了。拖著疲累酸痛的四肢、凍僵的肌肉，火心帶頭踩過圓石，走向金雀花隧道。他很欣慰終於到家了，縱身跳進隧道的陰暗入口。但才踏上營地，他就突然停步，害得他後面的灰紋直愣愣地撞了上去。

「快走呀，你這個大毛球！」灰紋含糊不清地喵著。

火心沒有回答。就在幾條尾巴外，虎爪坐在空地中央。他的頭從碩大的雙肩之間垂下，琥珀色的眼睛閃爍著勝利的光。

「想不想說說你們到哪裡去啦？」他低吼，「還有，從大集會回來怎麼會花這麼久的時間？」

第三章

「說呀！」虎爪挑釁地問。

「我們想狩獵。」火心抬起頭，迎向副族長琥珀色的目光。「族裡需要更多食物。」

「但我們什麼也沒找到。」灰紋補充說，一邊站到火心身旁。

「獵物都躲進他們窩裡去了，對吧？」虎爪發出嘶聲，上前幾步與火心面對面，嗅聞他的身體，然後輪到灰紋。「那為什麼你們兩個身上有老鼠的味道呢？」

火心跟灰紋交換了眼神。距離他們在兩腳獸的穀倉狩獵似乎已經過了好久，他早已忘記他們身上可能還帶著那些吞進肚裡的老鼠味。

灰紋以求助的眼神回望火心，雙眼因為焦慮而張得很大。

「應該讓藍星知道這件事，」副族長吼著，「跟我來。」

火心和灰紋除了服從之外，別無選擇。虎爪帶著他們走過空地，走向藍星在高聳岩下的窩。窩的入口就在一片地衣簾幕之後，火心看見族長捲曲著身體，顯然在睡覺，但虎爪一走進來，她立刻抬頭坐了起來。

「虎爪，有什麼事？」她的聲音有些困惑。

「這兩位英勇的戰士溜出去狩獵，」虎爪的語氣充滿輕蔑，「自己吃得飽飽的，卻沒替族裡帶回一丁點獵物。」

「真的嗎？」藍星冰藍色的眼睛轉向這兩位年輕戰士。

「我們不是在做狩獵巡邏。」灰紋含糊不清地說。

這倒是真的，火心暗想。嚴格來說，他們並沒有因為沒把獵物帶回家而違反戰士守則，但他知道這不成理由。

「我們吃掉抓到的第一隻獵物，以維持體力，」他說，「但之後卻再也找不到其他東西了。我們原本想帶獵物回來，但運氣不好。」

虎爪厭惡地哼了一聲，一副火心說的話他一句也不相信的樣子。

「就算是這樣，也說不過去，」藍星說，「獵物已經這麼稀少了，每隻貓都應該先替族裡著想，把抓到的食物跟大家分享才對。我對你們兩個感到非常失望。」

火心覺得很丟臉。在他還是寵物貓的時候，藍星讓他加入雷族，他一直想表現給她看，讓她知道她沒有白白信賴他。如果他能單獨跟藍星在一起，也許可以試著解釋這麼晚回營地的原因。但現在虎爪在一旁虎視眈眈，根本就不可能那樣做。何況，火心也還沒準備好把烏掌對陽光岩那場打鬥的最新說詞報告給藍星聽。他想先跟河族貓談談，好確定橡心的真正死因。

「對不起，藍星。」他低聲說。

「對不起可填不飽肚子，」藍星警告他，「你必須了解族貓的需要該擺在第一位，尤其是在禿葉季。在下次太陽升起之前，都由你們兩位來替本族狩獵，而且只有等其他貓都吃過以後，你們才能吃。」她的眼神變得溫柔。「看來你們倆都累壞了，」她注意到了，「現在去睡吧。但我要在正午前看到你們出去狩獵。」

「是，藍星。」火心點了點頭，退出族長窩。灰紋跟在他後面，全身的毛因為害怕和難堪而鬆垮垮的。「我以為她會砍斷我們的尾巴！」當他們轉彎走向戰士窩時，灰紋這麼說。

「算你們走運。」他們身後傳來一句低吼。火心轉頭，看到虎爪在他們後面走著。「如果我是族長，一定會好好處罰你們。」

火心感到全身的毛憤怒地豎起來，他縮起嘴唇準備怒吼。但是一聽到灰紋嘶聲提醒他別輕舉妄動，他勉強嚥下原本想說的話，掉過頭去。

「這就對了，寵物貓，」虎爪嘲弄地說，「滾回你家去吧。也許藍星信任你，但我可不！別忘了，你幫風族打仗的那一幕我看得清清楚楚。」他跳過這兩隻年輕的貓，搶在他們之前進了戰士窩。

灰紋顫抖地嘆了一口長氣。「火心，」他神情嚴肅地說，「你要不是貓族裡最勇敢的貓，就是個瘋子！看在星族的份上，別再去招惹虎爪了。」

「我又沒叫他恨我。」火心不高興地說。他滑進樹枝間，看見虎爪正準備在靠近窩中央，並在自己的位置上趴伏。這隻深色的虎斑貓對火心毫不理睬，轉了兩三圈，才盤起身體睡下。

火心走向自己的床。不遠處，沙暴和塵皮睡在一起。

看到火心走近，沙暴坐了起來。「從大集會回來後，虎爪就一直在找你們。」她小聲地說，「我就照著你的話告訴他，但我覺得他根本不相信。你們到底做了什麼事惹到他了？」

她那同情的眼神讓火心覺得很安慰，但火心實在很累，忍不住打了個大呵欠。「沙暴，對不起，」他含混不清地說，「讓我先睡一下，晚點再跟妳聊吧。」

他以為沙暴會很生氣，沒想到她卻站起身朝他走來。她踏上鋪在窩地上的柔軟苔蘚，在他身邊趴下，緊靠著他。塵皮張開一隻眼瞪視火心。他不滿地哼了一聲，故意轉過身去。

但火心已經累得沒力氣理會塵皮的嫉妒，他幾乎快睡著了。他閉上眼睛時最後的感覺，就是身邊沙暴的毛很溫暖。

⚡⚡⚡

火心沿著狩獵小徑走，感覺全身充滿活力，他張開嘴想探探獵物的氣味。他知道自己在作夢，但他的肚子仍因為對食物的期待而咕嚕個不停。拱狀的藤蔓垂懸在他頭頂上方，一道珍珠般的明亮光芒灑在他身上，無雲的天空好似滿月那樣。每片蕨葉捲鬚和每片草葉都在發亮，小徑兩旁長了一大叢的報春花，那蒼白的輪廓看來也像散發著光芒。火心感覺周圍充滿新葉季的潮濕暖意，那覆蓋著白雪的冰冷營地似乎有九條命那麼遠。

沿著小徑慢慢往上走，另一隻貓出現在火心面前。火心停下腳步，心臟怦怦跳，他認出那是斑葉。這隻玳瑁貓朝他走來，用她柔軟的粉紅色鼻尖跟火心碰了碰鼻子。

火心與她摩擦著臉，從身體深處發出一陣滿足的呼嚕聲。火心第一次來到樹林時，斑葉是雷族的巫醫，後來死在影族冷酷入侵的戰士之手。直到現在火心仍想念她，而她的靈魂也不只一次來到他的夢裡。

斑葉退後一步。「跟我來，火心，」她說，「我要給你看一樣東西。」她轉身輕巧地走開，不時回頭看看火心有沒有跟上。火心在她身後蹦跳著，一面欣賞著月光投在她身上的斑點。不久他們就來到山頂，斑葉領他走出金雀花通道，來到一個雜草叢生的高聳山脊。「你看。」她邊說邊抬起頭指了指。

火心眨了眨眼。眼前沒有熟悉的樹木和田野，而是一片看不到盡頭的閃爍水面。水波反射的光芒讓他眼花撩亂，他索性閉上雙眼。這些水是從哪裡來的？他甚至看不出這究竟是不是在雷族自家的地盤上——這片燦爛的銀色覆蔽了一切，掩蓋住原有的景觀。

斑葉的甜香體味瀰漫在他周遭的空氣裡。她的聲音在他耳邊響起。「火心，別忘了，」她小聲地說，「水能滅火。」

火心嚇了一跳，再次睜開眼。一股冷風吹動水面，也吹進他的身體。斑葉不見了。火心東看西瞧想找她，但眼前光亮開始消失，暖意也跟著不見了，他又感覺到腳下有草。不到一個心跳的時間，他再次陷入寒冷與黑暗裡。

「火心！火心！」

有隻貓在推他。火心想躲開，卻又聽到誰在喊他的名字。那是灰紋的聲音。火心強迫自己睜開眼，看到這隻大灰貓擔憂地伏在他面前。

「火心，」他又喊了一次，「快醒來，快中午了。」

火心咕噥著努力從窩裡爬起來。蒼白冰冷的光線透過樹枝照進窩裡。柳皮和暗紋仍在靠近樹叢中央的地方睡覺，但沙暴和塵皮已經出去了。

「你在睡夢中還一直喃喃自語，」灰紋告訴他，「沒事吧？」

「什麼？」火心還沒從夢境裡恢復過來。他總是在明白斑葉已死，自己只有在夢裡才能再跟她說話的苦澀心情中清醒。

「快到中午啦，」灰紋重複，「我們該去打獵了。」

「我知道。」火心說，奮力想讓自己清醒。

「那就快點。」他朋友又推了他一下，然後朝窩外走去。「我在金雀花隧道那邊等你。」

火心舔了舔一隻腳掌，然後揉揉臉，擦完臉後他突然想起斑葉的警告：「水能滅火」。她想告訴他什麼？火心回想起斑葉曾預言火能拯救全族。他跟著灰紋朝窩外走去，邊走邊察覺自己在發抖，但並不是因為寒冷。他感到麻煩正在集結，就像挾帶大雨的暴風雲。如果即將來臨的水能滅掉火，那什麼才能拯救雷族？斑葉的話表示雷族要大難臨頭了嗎？

第四章

火心跳上峽谷，腳下的雪硬而脆。太陽高掛在蔚藍的天空裡，陽光雖然不怎麼暖和，但這幅情景還是讓火心很高興，新葉季即將到來使他充滿希望。

他身後的灰紋也回應了火心的感受。「運氣好的話，陽光會把獵物引出來唷。」

「你再大搖大擺地走，獵物準會被你趕跑！」沙暴超過他時，故意取笑他。

灰紋的見習生蕨掌老實地提出抗議：「他才沒有大搖大擺地走！」而灰紋自己只用善意的低吼來回應。火心感覺四肢充滿新的活力，雖然他們今天的任務其實是個處罰，但誰都沒有說過他們非要單獨狩獵不可。能跟朋友在一起真好。

想起藍星指責他和灰紋不該只為自己獵食時那冰藍色的目光，火心就瑟縮了一下。他可以盡量捕捉獵物帶回去，來彌補自己對她撒謊的過錯。族裡實在太需要食物了。他和灰紋今早離開時，營地裡的獵物儲量幾乎已經見底，大多數的貓也都外出狩獵了。火心看到正準備回營地的虎爪，跟著清早的巡邏隊一起沿著峽谷走來。他嘴裡有一隻松鼠，長長的尾巴一路掃過雪地。經過火心身邊時，副族長不懷好意地瞇起眼睛，但並沒有放下嘴裡的獵物開口說話。

山坡頂上，沙暴跑在前面，灰紋則開始告訴蕨掌該如何在樹根尋找老鼠。火心看著他們，不免有種失落感，想起自己以前指導的見習生煤掌，如果沒發生那場意外，她現在也會跟他們在一起。可惜轟雷路上的那件事使她跛了腿，現在她只能待在窩裡跟巫醫黃牙在一起。

他拋開這些沉重的思緒，繼續向前爬行，一面張開嘴探測森林裡的氣味。一陣微風拂過雪地，一股熟悉的味道傳來，是兔子！

火心抬起頭，看到一隻棕毛的動物正在一處藤叢下嗅來嗅去，下方的雪地露出幾片草綠色的葉尖。他壓低身體擺出狩獵蹲伏的姿勢，然後小心地步步逼近。就在最後一刻，兔子察覺到他想要跳走，但已經太遲了。兔子還來不及發出叫聲，火心就撲了上去。

火心與高采烈地拖著那隻兔子回到營地，一進入空地，就看到清早的巡邏隊又讓獵物堆高高聳起了，心裡覺得很欣慰。藍星就站在旁邊。「幹得好，火心。」火心把兔子拉到獵物堆旁時，她開口。「麻煩你直接把兔子帶到黃牙窩裡去，好嗎？」

聽到族長稱讚他，火心滿心歡喜地拖著兔子走過空地，沿著一條蕨葉通道走進一處隱密的角落。通道上的樹葉已經枯黃，巫醫的窩就在岩縫中。

火心壓低身體穿過蕨葉，看到黃牙躺在窩的入口處，腳掌收攏在胸前。煤掌坐在她面前，一身煙灰色的毛蓬鬆鬆的，藍眼睛定定地注視著巫醫的大臉。

「好，煤掌，」黃牙這隻老貓用刺耳的聲音說，「獨眼的肉趾被凍裂了，我們該怎麼處理？」

「用金盞花葉防止感染，」煤掌立刻回答，「再塗一點耆草軟膏讓肉趾柔軟，以利傷口癒合。如果覺得痛，就給她吃點罌粟籽。」

「很好。」黃牙發出呼嚕聲。

煤掌坐得更直了，眼裡滿是驕傲。火心很清楚，黃牙這位巫醫並不會輕易發出讚美。

「好，現在你可以給她金盞花葉和軟膏，」黃牙說，「裂傷惡化才需要吃罌粟籽。」

煤掌站起來，正準備走進窩裡時，看到站在通道旁邊的火心。她高興地喵了一聲，腳步歪斜不自然地朝他走來。

尖利如爪的愧疚感刺進火心的心裡。在轟雷路那場意外碾碎煤掌的腿之前，她可是渾身上下充滿活力的，現在卻再也不能全速奔跑了，而且還得放棄成為雷族戰士的夢想。

但轟雷路上的那隻怪獸卻沒有碾碎她的活潑個性。她走近火心，雙眼轉動著。「獵物！」她驚喜地喊著，「是給我們的嗎？太好了！」

「也該是時候了！」黃牙咕噥道，仍坐在窩裡沒動。「告訴你，我們很歡迎兔子，」她又說。「太陽上升以後，族裡一半的貓都來過這裡，抱怨這裡痛或那裡痛的。」

火心將那隻兔子拖過空地，放在巫醫身前。黃牙用一隻腳戳了戳兔子。「這一隻總算還有點肉，」她勉強說，「好吧，煤掌，把金盞花葉和耆草拿給獨眼，然後就回來。如果妳動作夠快，可能還有些兔肉剩下來。」

煤掌發出呼嚕聲，走出窩外時尾巴末梢掃過黃牙的肩。

火心輕聲問：「她還好嗎？情況穩定了吧？」

「她沒事，」黃牙斥責他，「你不必一天到晚擔心。」

火心真希望自己做得到。煤掌是他的見習生，他總覺得她發生意外，他也有部分責任。當初該阻止她單獨到轟雷路上去的。

然後他突然清楚憶起那場意外發生的經過。虎爪要藍星到轟雷路上去跟他見面，但藍星病得很重，沒辦法去；當時營地裡只有少數幾位戰士留守，火心自己也正準備去完成一項緊急任務——找貓薄荷來治療藍星的綠咳症。他叫煤掌不要去見虎爪，讓他去就好；但煤掌並沒有聽話。虎爪把自己的氣味記號放得太靠近轟雷路邊緣，因此造成了意外。火心懷疑這其實是虎爪對藍星設下的陷阱，虎爪是主謀！

火心向黃牙道別，繼續回去狩獵。他重新下定決心，要讓虎爪的惡行曝光，為了遭到謀殺的紅尾，為了被趕出雷族的烏掌，也為了瘸腿的煤掌，更為了保護現在和未來所有雷族的貓，讓大家不會因為虎爪對權力的貪婪而身陷險境。

今天是他們被罰狩獵的第二天。火心決定不要浪費時間，他要去河族領土調查橡心究竟是怎麼死的。他伏在樹林邊緣，朝著冰凍的溪水那邊張望。冰雪上冒出乾枯的蘆葦，被風吹得沙沙作響。在他身邊的灰紋嗅著那陣風，風中其他貓的氣味讓他起了戒心。「我聞到河族貓的氣味，」他小聲說，「但氣味已經很舊了。我想我們可以安全跨越。」

比起遇見敵方的巡邏隊，火心更擔心被自家族貓發現。虎爪已經懷疑他叛族了，如果被副族長發現他們的行蹤，他們絕對不會有好下場的。「好，」他低聲回答，「我們走。」

灰紋自信滿滿地帶頭走過那片冰地，將重心放在腳掌，以免滑溜。一開始，火心還非常佩服灰紋的身手，後來他才想到灰紋已經有好幾個月都像這樣悄悄過河，去跟銀流私會。現在他更加小心地跟在後面，暗自擔憂冰面會承受不住他的重量而破裂，讓他掉進冰下寒冷刺骨的深水裡。這裡是陽光岩的下游，這條河本身就是兩支貓族的邊界。過河時，火心的毛全都豎了起來，他不斷回頭張望，想確定沒有自己族裡的貓在窺探。

他們一抵達對岸，就悄悄爬進一叢蘆葦底下，嗅聞著空氣尋找河族貓的蹤跡。火心很清楚灰紋深陷在沒有說出口的恐懼裡；當這位灰毛戰士從蘆葦枝梗間窺視時，身上的每塊肌肉都繃得緊緊的。「我們兩個一定是瘋了，」他低聲對火心說，「你要我答應你，想見銀流的話，就在四喬木見她；但現在我們卻在這裡，進了河族的領土。」

「我知道，」火心回答，「但沒有別的辦法了。我們一定要跟河族貓談談，而銀流比其他貓更可能幫我們的忙。」

其實火心就跟他的朋友一樣擔心。他們周圍全是河族貓的氣味，只是那些氣味都不算新。這讓火心覺得，自己又變成初次來到樹林裡的寵物貓，迷失在一個可怕又陌生的地方。

然後這兩隻貓利用蘆葦當掩護，開始往上游走。火心盡他所能地放輕腳步，就像在追蹤獵物時那樣，肚皮緊貼著雪地。他知道自己一身火紅色的皮毛在白色的雪地上有多醒目，頓時感到非常不安。河族貓的氣味愈來愈強烈了，他猜想營地應該也不遠了。「還有多遠？」他小聲地問灰紋。

「不遠了。看到上面那個島了嗎？」

他們來到一個地方，這裡彎曲的河道已經遠離雷族的領土，變得更加寬敞。在不遠的前方有座小島，小島周圍都是突出冰面的蘆葦苗床。矮小彎曲的柳樹長在岸邊，垂下的柳條輕拍著冰面。

「小島？」火心驚訝地重複著，「但河水沒有結凍的時候怎麼辦？他們游泳過河嗎？」

「銀流說這裡的水很淺，」灰紋解釋，「但我也沒去過那裡。」

在他們旁邊的地面是個逐漸往上斜的緩坡，遠離長滿蘆葦的島岸。坡頂上金雀花與山楂叢生，覆蓋白雪的地上偶爾露出幾株油綠的冬青樹。但蘆葦和樹叢之間的沿岸卻很荒涼，掩蔽不了獵物或貓的行蹤。

一直伏低身體往前走的灰紋，現在抬起頭嗅著空氣，謹慎地四處張望，然後毫無預警地突然從蘆葦中跳出，往山坡上衝去。

火心跟在他後面跑，腳掌在雪地上滑行。一直到衝進了前方的樹叢，他們才停下來，大口喘氣。火心留心聽著是不是有巡邏隊發出的警告叫聲，但是河族營地裡一點聲音也沒有。他撲地倒在枯葉上，放心地呼出一大口氣。

「我們可以從這裡看到營地入口，」灰紋告訴他，「我以前都是在這裡等銀流的。」

火心希望她趕快來。待在這裡的每一刻，都會增加他們被發現的機會。他移動身體，想看清楚山坡和小島上的營地，但只能勉強看到幾個移動的貓影。他急切地想看穿屏障在島嶼周圍的茂密樹叢，卻沒發現有隻虎斑貓正從他們藏身的地方走過，直到她只距離他們只有一條尾巴遠。她叼著一隻小松鼠，目光定定地注視著冰凍的地面。

火心伏低身體，動也不動，隨時準備在被這隻貓發現的時候撲上去，他的目光跟著她移動。他暗自慶幸，幸好她嘴裡的獵物的氣味蓋過了雷族入侵者的氣味。突然他注意到河族副族長豹毛帶領四隻貓，成一小隊出現在營地上。自從豹毛的巡邏隊在河族領土裡，遇上正準備帶風族回家的火心和灰紋，她就對雷族特別有敵意。接下來的打鬥裡死了一隻河族貓，豹毛對這件事始終耿耿於懷。如果她發現火心和灰紋，他們絕不會有機會解釋為什麼在河的這一邊。

火心鬆了口氣，幸好巡邏隊沒往這邊過來，而是跨越冰凍的水面往陽光岩走去——火心猜，他們大概是要去邊界巡邏。

終於，一個熟悉的銀灰色身影出現了。

「銀流！」灰紋發出咕嚕聲。

火心看著這隻河族母貓靈巧地走過冰面來到岸邊。他發現她的確很美，有顆形狀漂亮的頭顱和又厚又光滑的毛。難怪灰紋對她如此著迷。

灰紋站起來正準備喊她，卻又有兩隻貓出現，追上銀流。其中一隻是煙灰色的戰士黑爪，火心記得在大集會上看過他那長長的四肢和精瘦的身體，火心猜另一隻體型較小的貓準是黑爪的見習生。

「狩獵巡邏。」灰紋低聲說。

那三隻貓開始踏上山坡。火心發出噺聲，一半出於不耐，一半出於害怕。他原本希望能單獨跟銀流談的。怎麼樣才能讓她離開那些同伴呢？要是黑爪聞到入侵者的味道該怎麼辦？畢竟他嘴裡可沒塞滿能夠蓋住他嗅覺的獵物呀。

黑爪走在他的見習生前面，銀流則跟在距離他們一兩條尾巴長的後方。當巡邏隊接近樹叢時，銀流停下腳步，好像偵測到什麼意料之外的熟悉氣味似的，謹慎地豎直耳朵。灰紋發出一聲短而尖的噺聲，銀流的耳朵轉向聲音傳來的方向。

「銀流！」灰紋輕喊。

這隻母貓抽動著耳朵，火心呼出屏住的那口氣，她聽到了。

「黑爪！」她叫喚前面的戰士，「我要在這個樹叢裡抓一隻老鼠，你們不用等我。」

火心聽到黑爪發出同意的喵叫。不久銀流就滑步穿過樹枝，來到兩位雷族戰士的棲身處。她靠著灰紋，發出響亮的呼嚕聲，兩隻貓互相摩擦臉龐，顯然高興極了。

「我以為我們只能在四喬木見面，」他們親熱了一番後，銀流說。「你在這裡做什麼？」

「我帶火心來，」灰紋解釋，「他有點事情想問妳。」

自從上次戰役放銀流逃跑後，火心就沒跟她說過話。他猜想她應該也還記得那件事，因為她親切地對他點頭，不帶一絲防衛的敵意，不像在灰紋與她的戀情剛開始時，火心勸她不要再去見灰紋當下那般不友善，「火心，你想問什麼？」

「妳對橡心的葬身處，也就是發生在陽光岩的那場戰役知道多少？」火心單刀直入地問，

「妳當時在場嗎？」

「不在，」銀流回答，一副若有所思的樣子。「這件事很重要嗎？」

「對，很重要。妳能不能問問曾經在現場的其他貓？我需要——」

「我想可以更直接一點，」銀流打斷他的話，「我可以叫霧足親自來跟你談。」

火心與灰紋互看了一眼。這是好主意嗎？

「放心吧，」銀流說，似乎已經猜到他在擔心什麼。「霧足知道我和灰紋的事。她雖然不贊同，但不會出賣我。如果我出面，她會過來的。」

火心遲疑了一下，然後同意地點點頭。「那好吧，謝了。」

他話還沒說完，銀流就一轉身出了樹叢。火心看著她跳過雪地朝營地走去。

「她很美吧？」灰紋自言自語著。

火心沒說話，逕自坐下來等。時間一分一秒過去，他愈來愈緊張。如果他和灰紋繼續待在河族的領土上，鐵定會被他們發現，到時候想要全身而退就得靠運氣了。「灰紋，」他開口，「如果銀流不能——」

就在這時，火心看到那隻銀灰色的虎斑貓又從營地橫越冰面走來，身後還跟著另一隻貓。他們跑上山坡，銀流帶頭走入樹叢。她帶來的那個貓是隻苗條的貓后，有厚厚的灰毛和一雙藍眼睛。火心覺得自己一定在大集會上見過她。

看到火心和灰紋，這隻貓后突然停下，身上的毛因懷疑逐漸豎起，耳朵也塌了下來。

「霧足，」銀流小聲說，「他們是——」

「雷族貓！」霧足嘶叫了出來，「他們在這裡做什麼？這兒可是河族的領土啊！」

「霧足，妳聽我說……」銀流走向她的朋友，試著把她推向火心和灰紋。但是霧足動也不動。看到她眼中滿是敵意，火心忍不住感到氣餒。他怎麼會笨得以為，河族願意幫忙呢？

「他的事我一直替妳保密，」霧足對著灰紋歪了歪下巴，提醒銀流，「但是如果妳開始把整個雷族都帶進來，我可不會悶不吭聲。」

「別傻了。」銀流駁斥。

「沒關係，霧足，」火心馬上答腔，「我們沒搶走你們的獵物，也不是來這裡當間諜。我們只是想跟參與陽光岩那場戰役的貓談一談，就是橡心戰死的地方。」

「為什麼？」霧足瞇起眼睛。

「因為……這很難解釋，」火心說，「但我對星族發誓，這件事對河族絕對沒有傷害。」他又說。

這隻年輕貓后的心防似乎開始卸下，這次銀流一催，她就往前走，坐在火心身邊。

灰紋站起來，低頭避開垂下的樹枝。「如果你們兩位要談話，銀流和我就不奉陪了。」

火心張嘴想要抗議，想到要單獨留在敵營，他就開始警戒起來。但灰紋和銀流已經往樹叢外走去了。走進茂密的山楂樹枝前，灰紋回過頭。「噢，火心，」他低聲說，「回去以前，別忘了在味道重的東西裡打滾，好遮住河族的氣味。」他不好意思地眨眨眼。「狐狸屎就很不錯。」

「等一下，灰紋——」火心跳了起來，但太遲了，灰紋和銀流已經離開。

「放心吧，」霧足在他身後說，「我不會吃掉你的，你會讓我肚子痛。」火心轉身看到她那雙藍眼睛裡閃著笑意。「你是火心，對不對？」她繼續說，「我在大集會上看過你，聽說你以前是寵物貓。」她的語氣平淡，透露出一絲懷疑。

「沒錯，」火心悶悶不樂地承認，再度感受到那股熟悉的刺痛：部族貓總是對他的過去嗤之以鼻。「但我現在是戰士了。」

霧足舔了舔腳掌，然後慢慢把腳掌放在耳邊，雙眼仍直視著他的臉。「好吧，」她終於說，「我參與了那場戰役。你想知道什麼？」

火心沉默了一會兒，忙著整理紊亂的思緒。他只有這次機會來挖掘真相，絕對不能搞砸。

「快說呀，」霧足沉聲說，「我把孩子留在那裡，特地過來跟你說話。」

「不會太久的，」火心答應她，「妳對橡心的死知道多少？」

「橡心？」霧足低頭看著自己的腳掌，深吸了一口氣，才又抬眼看著火心。「橡心是我父親，你知道嗎？」

「不，我不知道，」火心說，「我很遺憾。我從來沒見過他，聽說他是偉大的戰士。」

「他是最優秀、最勇敢的戰士，」霧足同意，「他不該死的。那是場意外。」

火心心跳加快。他就是要知道這件事！「妳確定？」他問，「他不是被謀殺的？」

「他在打鬥中受了傷，但那傷並不足以致死，」霧足說，「後來，我們在一堆落石下面找到他的屍體。巫醫說他是被那些石頭壓死的。」

「所以並不是因為有哪隻貓……」火心低語著，「烏掌是對的。」

「什麼？」藍灰色的貓后皺起眉頭。

「沒事，」火心急忙說，「不重要啦。謝謝妳，霧足。這正是我想知道的。」

「如果你沒別的事——」

「不，霧足，等一下！還有一件事。在那場打鬥裡，我們有隻貓聽到橡心說，雷族貓都不該傷害石毛。妳知道這句話是什麼意思嗎？」

河族貓后沉默了一會兒，藍色的雙眼凝視著遠方，然後像要甩掉頭上的水似的，堅決地搖搖頭。「石毛是我哥哥。」她說。

「那橡心也是他的父親了，」火心想到，「是因為這樣，他才想保護石毛不受雷族貓的攻擊嗎？」

「不！」霧足的雙眼閃過藍色的火光，「橡心從沒想過保護我們當中任何一個孩子，他要我們成為像他一樣的戰士，榮耀全族。」

「那為什麼會……？」

「我不知道。」她聽來似乎很困惑。

火心盡可能地想壓下失望的感覺。他現在知道橡心的死因了，卻甩不掉橡心那句話絕對是箇中關鍵的感覺；要是他能夠弄明白就好了。

「我母親可能知道。」霧足突然喵著說。火心回頭看她，雙耳豎直。「灰池，」她又加了一句，「如果連她也無法解釋，就沒有貓能了。」

「妳能問問她嗎？」

「也許可以……」霧足的表情仍充滿防衛，但火心猜想，她就跟他一樣，對橡心說的那句話很好奇，「不過最好還是你自己去問。」

一開始還滿腔敵意的霧足竟會提出這個建議，讓火心驚訝地直眨眼。「我去問？」他問，「現在嗎？」

「不，」霧足沉默了一會兒才決定，「你繼續待在這裡就太危險了。豹毛的巡邏隊很快就會回來，而且灰池現在是長老了，很少離開營地。要她出來得費一番唇舌。不過別擔心，我會想出辦法的。」

火心點了點頭，勉強表示同意。他雖然急於知道灰池的想法，但霧足說得也沒錯。「我要怎麼知道該在哪裡見她？」

「我會叫銀流送口信過去，」霧足答應他，「現在快走吧。如果被豹毛發現，我就幫不了你了。」

火心對她眨眨眼。他真想舔一下這位年輕的貓后表示感謝，但怕得到耳朵被抓的報酬。霧足的敵意似乎沒那麼深了，卻不會忘記他們分屬不同的族。

「謝謝妳，霧足，」他說，「我不會忘記這件事的，只要有我能夠報答的地方——」

「你快走就對了！」霧足嘶了他一聲。當火心滑步走過她身邊，朝樹叢間隙走去時，又聽到霧足用愉悅地呼嚕了一句，「別忘了沾點狐狸屎喔。」

第五章

「真不敢相信我會做這種事！」火心衝過金雀花隧道，走進雷族營地時喃喃自語著。

他在樹林中找到一堆新鮮的狐狸屎，在裡面打滾直到自己滿身惡臭為止。現在誰也猜不到他去過河族領土了，但大家會不會讓他進入戰士窩又是另外一回事。至少他在回來途中逮到一隻松鼠，不至於空爪而回。

火心從金雀花隧道裡走出來時，看到藍星就站在高聳岩頂端。他醒悟到自己錯過了藍星召集全族的呼叫，因為其他貓都從各自的窩裡出來，在她下方集合。

火心把松鼠放上獵物堆，然後走去加入大夥兒。斑臉的孩子們從空地另一端的育兒室外跑來，後面就跟著斑臉。火心一下子就認出姪子雲兒那身白得發亮的皮毛；火心的妹妹公主仍然住在兩腳獸那裡，並不想放棄寵物貓的舒適生活，但火心對貓族生活的描述令她深深著迷，於是把長子送給了雷族。

但是到目前為止，族裡的貓仍難接受團體中又多了一隻寵物貓，雖然斑臉把他當成自己的親生孩子。火心從過去的經驗知道，雲兒必須有極大的決心才能在族裡立足。

雲兒繼續走近，火心聽到這隻小白貓正大聲對斑臉抱怨。「為什麼我不能當見習生？我就快跟霜毛的黃毛蠢小貓一樣大了耶！」

火心更好奇了。藍星一定是要替霜毛的兩隻小貓舉行見習生命名儀式了，他們的哥哥蕨掌和姐姐煤掌已經在幾個月前被收作見習生，火心猜想，眼前這兩隻小貓一定急著想擁有新名字。他真高興自己能及時回來目睹這一刻。

「噓！」斑臉小聲地對雲兒叮嚀。她要小貓們都跟在她身旁，替他們找了個位子坐下。

「要等到六個月大才能當見習生。」

「可是我現在就想當見習生了嘛！」

火心離開正在對倔強的雲兒解釋貓族傳統的斑臉，逕自走向群眾前方，在沙暴身旁坐下。在他坐下那一刻，沙暴警覺地轉過頭來。「火心！你到哪裡去了？聞起來就像隻死了一個月的狐狸！」

「對不起，」火心含糊地說，「是個意外。」他討厭這股惡臭的程度就跟其他貓一樣，更不喜歡對沙暴編出自己變成這股氣味的理由。

「那就離我遠點，等味道散掉再過來！」沙暴挪開了一條尾巴遠的距離，她的話雖然說得堅決，眼裡卻帶著笑意。

「回窩裡前把自己清乾淨。」另一個熟悉的聲音低吼。火心轉頭，看到虎爪就站在自己身後。「我可不要聞著那種臭味睡覺！」

火心在虎爪大步走開時難堪地點點頭，然後抬頭看著準備說話的藍星。

「我們聚集在此，賜與族裡的兩隻小貓見習生之名。」她的目光落向驕傲坐著的霜毛，霜毛的尾巴整齊地盤在腳掌上面，兩隻小貓就坐在她的兩側。藍星說話時，其中體型較大、很像他哥哥蕨掌的小黃貓不耐煩地站起來。

「好，兩位請上前來。」藍星熱情地邀請他們。

小黃貓衝上前，在高聳岩下方止步，他妹妹則是沉著地跟在後頭，一身純白的毛就跟她母親一樣，只是背上多了幾簇黃色斑點，以及有條黃色的尾巴。

火心閉上眼睛一會兒。不久前他才剛收煤掌為自己的見習生。他雖然期待也能成為這兩隻貓的導師之一，但他很清楚，如果藍星真的把這份榮耀給他，應該會提早告知，讓他有心理準備。

或許她再也不會選我了，火心邊想邊感到心酸，尤其在自己如此悲慘地辜負了煤掌之後。

「鼠毛，」藍星繼續說，「妳已證明妳是勇敢又有智慧的戰士，請務必將妳的勇氣與智慧傳給新的見習生。」

藍星說話時，鼠毛看來就跟那位剛有新名字的刺掌一樣驕傲。他們倆碰了碰鼻子，然後退到空地邊緣。火心聽到刺掌急切地喵叫，好像迫不及待地想對導師提出一大堆問題。

另一隻黃白相間的小貓仍站在高聳岩下方仰望著藍星。一旁的火心可以看到她的頰鬚在期待中顫抖。

「白風暴，」藍星宣布，「既然沙暴當了戰士，現在你可以收新見習生了。由你來當亮掌的導師。」

這隻大白貓原本趴在群眾前方，現在站了起來走向亮掌。藍星雙眼閃亮地等著他過去。

「白風暴，」藍星說，「你是技巧高超、經驗豐富的戰士。我知道你一定會把你知道和學到的東西都傳給這位年輕的見習生。」

「那當然，」白風暴發出咕嚕聲，「歡迎妳，亮掌。」他低下頭與她碰了碰鼻子，然後護著她走回群貓裡。

其他貓開始靠過來，向兩位新見習生道賀，並且開始用新名字稱呼他們。火心也走上前，卻不經意看到灰紋出現在眾貓後方的隧道附近。這位朋友一定是趁族貓都在聆聽藍星說話的機會，悄無聲息地溜回營地。

「都安排好了，」灰紋走向火心小聲地說，「如果明天天晴，銀流和霧足就會說服灰池離開營地去運動，我們就在中午時分碰面。」

「在哪裡？」火心問，不太肯定是不是要連著兩天都進到河族的領土。在那裡留下新鮮的雷族氣味實在太危險了。

「邊界外的林間有塊空地，距離兩腳獸的橋不遠，」灰紋解釋，「銀流和我以前常在那裡見面，那時我還沒……」

火心懂了。灰紋一直遵守承諾，只在四喬木那裡跟銀流見面，現在是因為火心想知道陽光岩那場戰役的事，他們才為此甘冒大險。「謝謝你。」他誠摯地低語。

然後火心走向新鮮的獵物堆準備挑樣東西來吃，因為對明天中午的會面充滿期待，他的四隻腳不停地抽動著。到時候他就知道灰池怎麼解開這個謎題了。

⚡⚡⚡

「就是這裡。」灰紋低聲說。

他和火心站在離河族邊界幾個兔子跳的距離，但仍在小溪這邊自己的領土上。這裡的地面下陷成一片深廣的山谷，谷裡長滿荊棘叢，雪花也飄了進來，一條已凍成冰柱的小溪在兩塊大岩石中間切出一條深溝。火心猜想，當新葉季來臨，冰雪消融後，這裡一定是個美麗又隱密的好地方。

兩隻貓從荊棘叢下擠過，在枯葉裡扒出兩個等候用的舒適巢穴。火心還在路上抓了一隻老鼠，準備當成禮物送給灰池。他把老鼠放在最乾燥的葉片上，一面試著忘記肚子有多餓，一面把腳掌收攏在身體下方坐定。他明知這場會面將讓自己和朋友身陷險境，違背戰士守則，還對族貓撒謊——可是他深信這一切都是為了雷族好。火心只希望自己所選擇的路是正確的。

禿葉季的微弱陽光在山谷的雪地上閃爍。中午來了又過去，正當火心以為不會有貓來這裡時，便聞到河族貓的氣味，也聽到一聲虛弱蒼老的抱怨從河那個方向傳來。

「這段路對我這把老骨頭來說，真是太遠了，我快凍死啦。」

「胡說，灰池，今天天氣好得很呢。」是銀流的聲音，「多運動對您有好處呀。」

火心聽到一聲算是回答的輕蔑哼聲。映入眼簾的三隻貓正從山谷一邊挑著好走的路走過來，其中兩隻是銀流和霧足，第三隻則是一位他從未見過的長老，她瘦骨嶙峋，皮毛東一塊西一塊的，有好幾處傷疤的臉因為年歲增長而轉白。

才走到山谷的一半，她就停下腳步嗅聞空氣，全身緊繃起來。「有雷族貓在這裡！」她嘶聲說。

火心看到銀流和霧足交換了個擔憂的眼神。「對，我知道，」霧足安撫這位年長的母貓，「可是沒關係。」

灰池懷疑地看著她。「什麼叫沒關係？他們在這裡做什麼？」

「他們只是想跟您談談，」霧足輕柔地說，「相信我。」

有大約一個心跳的時間，火心擔心這位長老會掉過頭大吼，拉起警報，幸好灰池按捺不下那股好奇心，她跟在霧足身後走著，不時嫌惡地甩甩踩進輕柔雪地裡的四隻腳。

「灰紋？」銀流小心翼翼地問。

灰紋把頭探出樹叢外。「我們在這裡。」

三隻河族貓走進長滿尖刺的樹叢裡。灰池一看到火心和灰紋，不自覺地緊張起來，黃色的眼睛裡燃燒著敵意。

「這位是火心，這位是灰紋，」銀流說，「他們——」

「有兩位，」灰池插嘴，「最好給我個好理由。」

「是的，」霧足對她保證，「他們都是好貓——至少在雷族如此。請給他們機會解釋。」

她和銀流都滿懷期待地看著火心。

「我們需要跟妳談談，」火心開口，感覺自己的頰鬚正緊張地抽動。他用一隻腳掌把那塊獵物推向她。「妳看，我帶了這個來給妳 。」

灰池瞄了老鼠一眼，「哼，不管你是不是雷族的貓，至少還懂得禮貌。」她伏下身，開始咬嚼那塊食物，露出年老斷裂的牙齒。「筋很多，不過還可以。」她一面大口吞嚥一面粗聲地說。

火心趁她還在享用美食的時候，努力搜尋適當的字眼來表達他想說的話。「我想請教妳，橡心生前說的一句話。」他大膽開口。

灰池抽動著耳朵。

「我聽說了陽光岩那場戰役中發生的事，」火心繼續說，「橡心死前，曾對河族的某位戰士說，雷族貓永遠都不該傷害石毛。妳知道這句話是什麼意思嗎？」

灰池嚥下最後一口老鼠肉，用鮮粉色的舌頭舔了舔嘴巴，但並沒有開口。她坐起身，把尾巴盤在腳掌上，若有所思地凝視了火心好長一陣子。火心覺得她似乎能看穿他腦中的一切。

「我想妳們該走了，」她終於開口對兩隻年輕的河族貓說，「去吧，出去。你也是，」她對灰紋補了一句。「我要單獨跟火心說話。我看得出他有必要知道這件事。」

火心忍著不提出抗議。但如果他堅持要灰紋留下，這位河族長老可能什麼都不肯說。他看了朋友一眼，發現灰紋眼中也有著同樣的困惑。灰池究竟要說什麼，竟然不讓自己族裡的貓聽？火心打了個冷顫，不是因為寒冷，而是因為某種直覺告訴他，這是個祕密，就跟烏鴉翅膀的陰影一樣黑暗。但如果這是河族內部的祕密，他實在想不出那跟雷族有什麼關係。從銀流和霧足交換的眼神來看，她們倆也一樣困惑，但她們毫無異議地退出樹叢。

「我們會在兩腳獸的橋附近等妳。」銀流說。

「不必了，」灰池不耐煩地嘶了一聲，「我老是老，但可沒老到分不清東西南北。我自己回得去。」

銀流聳聳肩，兩隻河族貓退了出去，灰紋跟在她們身後。

灰池沉默地坐著，直到三隻貓的氣味遠去。「好了，」她開口，「霧足跟你說我是她和石毛的母親嗎？」

「對。」火心原本的緊張感開始消失，取而代之的是對敵族這位年長貓后的尊敬。他感覺得出來她暴躁的脾氣下蘊藏著智慧。

「嗯，」這隻老貓以低沉的聲音說，「但我不是。」火心準備開口回應，她卻繼續說：「他們是我養大的，但我並不是他們的生母。橡心在禿葉季時，把才出生沒幾天的他們帶來給我。」

「但橡心是在哪裡找到他們的？」火心忍不住問。

灰池瞇起雙眼。「他說是在樹林裡找到的，好像是被無賴貓或兩腳獸丟棄在那裡，」她說，「但我並不笨，鼻子也一直很靈光。這兩隻小貓身上是有樹林的氣味，但裡面卻也攙雜了另一股氣味，雷族的氣味。」

第六章

「什麼？」火心驚訝得差點說不出話來，「妳是說霧足和石毛來自雷族？」

「對。」灰池在胸口舔了幾下，「就是這個意思。」

火心嚇呆了。「是橡心偷來的？」他問。

灰池豎直全身的毛，縮起嘴唇準備咆哮。「橡心是位高貴的戰士。他絕不會墮落到去偷別族的小貓！」

「對不起。」火心警覺地伏低身體，攤平了耳朵。「我沒有那個意思……只是這一切太不可思議了！」

灰池嗅了嗅，身上的毛緩緩放平。火心仍在思考灰池剛才說的話。如果橡心沒有偷走小貓，那也許是無賴貓從雷族營地裡搶走的——可是為什麼會這樣呢？再說為什麼要在小貓身上還殘留雷族氣味的時候，將他們丟掉呢？

「那……如果他們是雷族貓，妳為什麼要照顧他們？」他結結巴巴地問。哪個貓族會自願收留敵族的小貓，何況還是在獵物稀少的季節？

灰池聳聳肩。「因為是橡心要求的。他那時雖然還沒當上副族長，卻已是位優秀的年輕戰士。那時我才生下一窩小貓，但嚴寒的氣候只讓其中一隻活下來；我有足夠的奶水，而那兩隻小東西如果沒貓照顧，絕對撐不到第二天早上太陽出來的時候。他們身上的雷族氣味很快就淡掉了，」她繼續說，「即使橡心對他們的出身有所隱瞞，出於對他的尊敬，我也不會多問。幸好有橡心和我，這兩隻小貓才能長得壯健，現在他們也是出色的戰士了——為河族增光。」

「霧足和石毛知道這件事嗎？」火心問。

「你給我聽好，」灰池沉聲說，「霧足和石毛還不知情。如果你把我剛才的話告訴他們，我會扒下你的肝拿去餵烏鴉。」她伸出頭，呲牙裂嘴地說。即使她年事已高，看到她這副模樣，火心仍然不自覺地縮了一下。

「他們從沒懷疑我不是他們的生母，」灰池低吼，「我甚至覺得他們長得跟我有點像。」

她這麼說的時候，火心感覺靈光乍現，就像落葉動了一下，讓藏在底下的老鼠露了餡。灰池的話讓他心中一動，卻捕捉不到那個念頭究竟是什麼。

「他們向來對河族忠心耿耿，」灰池堅持，「我不希望失去這份忠誠。我聽過關於你的傳言，火心——我知道你曾是寵物貓——所以你應該比誰都明白，同時具有兩種身分的感受。」

火心知道，他絕不會讓任何貓體驗他也曾經歷過的那種無法完全隸屬於自己部族的不確定感。「我答應妳——絕不會告訴他們，」他鄭重地說，「我對星族發誓。」

老貓放鬆身體，伸展四肢，一雙前腳伸向前，臀部高高翹起。「我相信你的起誓，火心，」她回答，「我不知道這件事對你有沒有幫助。但這或許能說明橡心為什麼不肯讓雷族貓傷害霧足或石毛。雖然他宣稱對他們的背景毫不知情，但他絕對能像我一樣，從他們身上清楚聞出雷族的氣味。對他們來說，他們只效忠河族，但絕不洩漏半點口風的橡心，卻讓這件事變得複雜了。」

「非常感激妳告訴我這些，」火心呼嚕著說，盡可能地在語氣裡表達他的敬意，「雖然我還不清楚這件事跟我想知道的事有什麼關聯，但我相信它對妳我兩族都非常重要。」

「或許如此，」灰池邊說邊皺眉，「我把一切都告訴你了，現在你非得離開我們的領土不可。」

「那當然，」火心說，「我絕對會不著痕跡地離開。還有，灰池……」他在衝出樹叢前停了一下，迎向她黃色的目光。「謝謝妳。」

⚡⚡⚡

火心回到營地時，腦中仍是一片混亂。霧足和石毛身上流著雷族的血！但他們現在完全屬於河族了，對自己身具兩族血統的事毫不知情。火心想到，效忠血統並非總是等於效忠部族，像他自己寵物貓的出身，就沒影響他對雷族的忠誠。

現在霧足證實了橡心的死因，或許藍星願意相信虎爪殺了紅尾一事。火心決定也拿灰池剛才的話，問藍星雷族營地裡是否曾有一對小貓失竊？她也許知道。

火心抵達空地後就直奔高聳岩。接近藍星的窩時，他聽到兩隻貓在說話，也聞到藍星和虎爪的氣味。當副族長走出遮擋窩口的地衣簾幕時，火心迅速地貼緊岩壁，把自己藏起來。

「我會派一支狩獵巡邏隊到蛇岩去，」這隻深色虎斑貓回頭喊著，「那邊已經有幾天沒有貓狩獵了。」

「好主意，」跟著他出來的藍星表示同意，「食物還是很少，願星族讓融雪期快點來臨。」

虎爪贊同地咕噥一聲，大步走向戰士窩，並沒注意到匍匐在岩石邊的火心。

他走了以後，火心走進族長窩的入口。「藍星。」看見族長轉身走回窩時，他喊道。「我想跟妳談談。」

「好，」藍星冷靜地說，「進來吧。」

火心跟在她後面走進窩裡，地衣簾幕又垂擺回原位，隔絕雪地反射的亮光。藍星在光線微弱的窩內面對他坐下。「什麼事？」她問。

火心深吸了一口氣。「妳還記得烏掌說過，紅尾在陽光岩那場戰役中殺了橡心的事嗎？」

藍星的身體緊繃起來。「火心，這件事已經結束了，」她咆哮著，「我告訴過你，我有充分的理由認定那不是真的。」

「我知道。」火心表示尊敬地低下頭，「但我又有新的線索。」

藍星沉默地等待著。火心無法判斷她是否在沉思。「橡心不是被誰殺死的——不是紅尾，也不是虎爪，」他繼續說，一面緊張地體認到現在改變主意已經太遲了，「橡心是被一堆落石砸死的。」

藍星皺起眉頭。「你怎麼知道？」

「我……我又去見烏掌了，」火心承認，「上次大集會後去的。」他早有藍星會勃然大怒的心理準備，沒想到這位族長還是很冷靜。

「所以你那天才會遲到。」她推斷。

「我必須找出真相，」火心急忙說，「而且我——」

「等一下，」藍星打斷火心，「烏掌一開始告訴你是紅尾殺了橡心，現在他改變說詞了？」

「不，並沒有，」火心說，「是我誤會他了。紅尾對橡心的死也有責任，因為是他把橡心趕到懸崖下，石頭落下來才會壓死橡心。他不是蓄意要殺死他的。說紅尾會蓄意殺害一隻貓，」他提醒藍星，「這點妳是不會相信的。何況……」

「何況什麼？」藍星還是一樣冷靜。

「為了確定這件事，」火心對族長坦承，「我跨過河去跟一隻河族貓談過了。她說那是真的：橡心是被落石砸死的。」他看著自己的腳掌，鼓起勇氣迎接藍星因為他擅入敵族領土而勃然大怒，但當他再度抬起頭時，這位族長的眼神裡毫無怒氣，只有熱切的興趣。

她對他點點頭，於是火心又繼續說下去。「所以我們可以確定，虎爪對橡心的死因撒了謊——他並沒有為了替紅尾復仇而殺橡心，橡心是被落石壓死的。那麼虎爪有沒有可能也對紅尾的死撒謊呢？」

火心說話時，藍星的表情變得困惑，她瞇起雙眼，在窩內微弱的光線下，只剩一絲細細的藍光。她嘆了口氣。「虎爪是優秀的副族長，」她小聲地說，「這可是很嚴重的指控。」

「我知道，」火心低聲同意，「可是藍星，妳難道看不出虎爪有多陰沉嗎？」

藍星把頭垂在胸前，沉默了好久好久，久到火心開始猜想自己是不是該走了，但她並沒有叫他退下。

「還有一件事，」他大著膽子說，「關於兩隻河族貓的事。」

聽到這裡，藍星抬起了頭，雙耳也轉向前。突然間火心對散播那位喜怒無常的河族長老的謠言感到遲疑，但他覺得藍星必須知道真相，於是又有了說下去的勇氣。「烏掌告訴我，橡心在陽光岩戰役中，曾阻止紅尾攻擊一位叫石毛的河族戰士。橡心還說雷族貓都不該傷害石毛。我……我剛好見到某位河族長老，她說橡心在霧足和石毛小時候就把他們帶去給她。那時是禿葉季，她說如果小貓們沒有受到照顧就活不下去了。那位長老——灰池——就哺育他們，她還說……他們身上有雷族的氣味。這有可能是真的嗎？我們營地有沒有小貓失竊過？」

有幾個心跳的時間，火心以為藍星沒在聽他說話，因為她一動也不動。然後她站起來向前走了幾步，直到鼻子幾乎碰到火心的鼻子。「這種胡說八道的話你竟然也相信？」她嘶聲說。

「我只是覺得應該——」

「火心，我真沒想到你會這麼做。」藍星咆哮著，雙眼閃爍如冰，頸背上的毛也豎了起來。「竟然走進敵族領土去聽那種無稽之談？你相信河族貓說的話？你最好多想想自己應盡的責任，而不是到這裡來說些污衊虎爪的話。」她打量了他好一陣子，「也許虎爪懷疑你對雷族不忠是對的。」

「對——對不起，」火心結巴起來，「但我認為灰池說的是真話。」

藍星呼出一口長氣。之前她所表現出來的濃厚興趣都消失了，現在她的表情冰冷而疏離。

「你走吧，」她下令，「去做點有意義的事——適合一位戰士做的事。再也——再也——別對我提這件事，懂了嗎？」

「是，藍星。」火心開始退出窩外，「那虎爪呢？他——」

「出去！」藍星不屑地發出命令。

火心慌忙地遵命，四隻腳在沙地上狂奔。他出了族長窩，衝過空地，一直跑到他和藍星之間隔了好幾隻狐狸身長的距離才停下來休息。他簡直混亂極了。一開始藍星似乎準備聽他說話，但一提到失竊的雷族小貓後，她就拒絕再聽下去。

一陣突如其來的寒意襲捲了火心。萬一藍星開始懷疑他是怎麼跟河族貓說到話的？萬一她發現灰紋和銀流的事，那該怎麼辦？還有虎爪會有什麼反應？曾有那麼短短的一刻，火心還期待自己能讓藍星明白這位副族長有多陰險。

慘了，他想，現在她再也不會相信任何對虎爪不利的話了，我搞砸了！

第七章

帶著滿腔的困惑和難過，火心走向戰士窩，在抵達窩口前他遲疑了。他並不想冒遇見虎爪的風險，也沒心情跟朋友們吐露心事。

他幾乎是下意識地走向通往黃牙窩的蕨葉隧道。當時煤掌正一跛一跛地跳出來，差點跟他撞個滿懷。火心砰地一聲跌坐在地上，煤掌緊急煞住腳步，濺得火心一身雪花。

「對不起啊，火心，」她喘著氣，「我沒看到你。」

火心甩掉身上的雪。看到煤掌，見她閃動調皮光芒的藍眼睛和亂糟糟的毛，他的心情突然輕鬆了起來。煤掌還是見習生的時候，就是這副模樣；意外發生後有一陣子，火心一直擔心這樣的煤掌永遠消失了。「妳急什麼呀？」他問。

「我要替黃牙找藥草，」煤掌解釋，「下了這麼多雪，好多貓都病了，讓她的藥草存量少了好多。我想在天黑以前盡量多找一些。」

「我也去幫忙吧。」火心自告奮勇。藍星叫他做點有用的事，而如果他要替巫醫採集藥草，就連虎爪也無法從中找碴。

「太好啦！」煤掌快樂地喊。

他們並肩走過空地，朝金雀花隧道走去。火心得放慢步伐才能跟煤掌走在一起，即使煤掌注意到了這點，似乎也並不介意。

還沒抵達金雀花隧道，火心就聽到小貓的尖叫聲。他轉頭凝視長老窩附近一株倒樹的枝椏。碎尾的窩就在枝椏間，一群小貓把碎尾團團圍住。

自從藍星讓碎尾在雷族的領土住下，他就一直單獨待在這裡，旁邊有幾位戰士守衛。這條路不常有貓經過，小貓們並沒有理由靠近他。

「惡棍！叛徒！」發出嘲弄的是雲兒。火心看見這隻小白貓衝向前，用一隻腳戳了戳碎尾的肋骨，然後急忙跑出圈外。其他的小貓也有樣學樣，喊著：「你抓不到我！」

今天輪到暗紋看守這隻瞎眼貓，但他根本就不想趕走小貓。他坐在一隻狐狸身長以外的地方，四腳收攏在身下，興致盎然地凝望著。

碎尾氣急敗壞地搖頭，但那雙失明的眼睛讓他無法報復。他那身深色的虎斑毛看來既稀疏又毫無光澤，寬寬的臉上布滿傷痕，其中不乏導致他瞎眼的爪痕。再也看不出他曾是位驕恃嗜血的前族長碎星。

火心與煤掌交換了一個憂慮的眼神。他知道不少貓都認為碎尾應該受折磨，但看到這位前族長蒼老無助的模樣，他不由得心生憐憫。辱罵聲此起彼落，憤怒開始在他體內升起。「等我一下。」他對煤掌說，然後匆匆朝空地邊緣走去。

他看到雲兒撲上這隻瞎眼公貓的尾巴，用尖利如針的牙齒一口咬住。碎尾踩著不穩的腳步移開，然後朝他的方向揮出一掌。

就在這時，暗紋跳著站起來，嘶聲威脅：「叛徒，你敢碰那隻小貓，我就把你的皮一層一層給扒下來！」

火心憤怒得說不出話來。他跳向雲兒，咬住他頸後的毛，一個迴身把雲兒甩離碎尾。

雲兒不滿地抗議。「住手！很痛耶！」

火心把他重重放在雪地上，咬著牙發出一聲低吼，「回家去！」他命令其他小貓。「回到媽媽身邊去，快走！」

小貓們望著他，恐懼的眼睛睜得老大，然後匆忙跑開，躲進育兒室裡。

「至於你——」火心嘶聲對雲兒說。

「別管他，」暗紋搶著說，然後走上前，站在雲兒身邊，「他做不出什麼事的啦。」

「暗紋，不要插手。」火心吼道。

暗紋經過他身邊，差點撞倒他，然後又大步走向那位囚犯。「寵物貓！」他回頭冷笑。

火心全身緊繃。他想撲向暗紋，要他把這句侮辱的話吞回去，但又壓抑住了。現在不是戰士互鬥的時機，何況他還得教訓雲兒。

「你聽到了沒？」他低頭瞪視這隻小白貓質問，「寵物貓？」

「聽到又怎樣？」雲兒反抗地咕噥著，「什麼是寵物貓？」

火心深吸了一口氣，原來雲兒完全不知道自己的身世在雷族的意義。「寵物貓就是跟兩腳獸住在一起的貓，」他謹慎地解釋，「有些族裡的貓並不相信寵物貓能夠成為優秀的戰士。我也是寵物貓，因為我跟你一樣，都出生在兩腳獸家裡。」

火心的話讓雲兒的眼睛愈睜愈大。「這是什麼意思？」他說，「我是在這裡出生的呀！」

火心凝視著他。「不，不是的，」他說，「你的母親是我妹妹公主，她住在兩腳獸的巢穴裡。你還很小的時候她就把你交給了雷族，希望你成為戰士。」

有好一陣子，雲兒就像冰雕一樣，站著動也不動。「你怎麼不早告訴我呢？」他問。

「對不起，」火心說，「我……我以為你早知道了。我以為斑臉會告訴你這件事。」

雲兒退到幾條尾巴長的距離之外，那雙藍眼睛裡的驚嚇逐漸被冰冷的理解所取代。「難怪其他貓都討厭我，」他呸了一口，「他們認為我永遠成不了大器，因為我不是出生在這個潮濕的樹林。真夠蠢！」

火心掙扎著想說出一些適合的話來安慰他。他不由得想起公主在把兒子交給雷族時有多興奮，自己又是怎樣承諾她「雲兒會有多麼美好的生活」。現在他卻強迫雲兒去回想過去，猜想他在被雷族接納前會遭遇的困難。這隻小貓會不會認為，火心和公主的決定是錯的？

火心嘆了口氣。「或許很蠢吧，可是事情就是這樣。我清楚得很。你聽好，」他耐心地解釋，「像暗紋那樣的戰士，認為身為寵物貓是壞事。這只不過表示我們得加倍努力，讓他們看看有寵物貓血統並沒什麼好丟臉的。」

看到雲兒又打起精神，克服了這個大發現帶給他的驚嚇，火心感到很欣慰。但他不確定這隻小貓是不是真的懂得戰士守則的涵義。「會攻擊打鬥，並不見得能成為戰士，」他警告雲兒，「真正的戰士──最優秀的戰士──既不殘暴也不卑劣。他不會用爪子攻擊一個無法還擊的敵手。那樣做有什麼榮譽可言？」

雲兒低下頭，不敢直視火心的眼睛。火心希望自己這番話是對的。他四處張望，找尋煤掌的身影，他看到她走向碎尾，正在替他檢查剛才被雲兒咬住的尾巴。「沒有受傷。」她對這隻瞎眼的公貓說。

碎尾動也不動地趴著，一雙瞎了的眼無神地看著自己的腳，沒有回答。火心不太情願地走過去，用腳掌推了推這隻老貓。「來，」他說，「我們回窩裡去吧。」

碎尾沉默地轉身，讓火心領著他回到枯樹枝下滿是落葉的坑洞。暗紋看著他們拖著步伐走過，輕蔑地揮了揮尾巴。

「好啦，煤掌，」火心安頓好碎尾後說，「我們去找藥草吧。」

「你們要去哪兒？」雲兒又恢復一身精力，邊說邊朝他們跳過來。「我可不可以一起去？」

火心還在遲疑，煤掌卻說：「噢，讓他一起來嘛，火心。他只是因為太無聊才會惹麻煩，我們也需要幫手啊。」

雲兒的雙眼閃著興奮的光芒，喉嚨發出呼嚕聲，以他那毛茸茸的小身體來說，那個咕嚕聲算是很洪亮的了。

火心聳聳肩。「好吧。但是只要犯了一個錯，在你還來不及說『老鼠』前，就得給我回到育兒室去！」

一拐一拐走著的煤掌，帶領他們沿著溪谷走向山谷，那裡是見習生們受訓的地方。太陽已經開始下沉，在雪地上投下長長的藍色影子。雲兒蹦蹦跳跳地走在他們前方，一會兒看看岩石上的小洞，一會兒又追逐著想像中的獵物。

「地上都是雪，你要怎麼找藥草？」火心問，「不是全都被凍住了嗎？」

「還是有野莓，」煤掌說，「黃牙叫我去找圓柏——它對咳嗽和肚子痛蠻有效的——和金雀花，把它弄成糊狀可以敷在斷腿和傷口上。噢，還要找治療牙痛的赤楊樹皮。」

「野莓！」雲兒一個箭步從旁邊跑來，「我去幫妳找一堆來！」他又往山谷另一邊的樹叢衝去。

煤掌興致高昂地揮動尾巴。「他很熱心，」她注意到，「等他當了見習生，會學得很快。」

火心不置可否地發出一個聲音。雲兒的精力旺盛讓他想起煤掌剛當上見習生時的模樣，只不過煤掌絕不會嘲笑像瞎眼碎尾那樣可憐無助的貓。

「哼！如果他是我的見習生，最好現在就開始聽話。」火心咕噥道。

「哦，是嗎？」煤掌對火心做出一個取笑的表情，「你這位導師還真嚴格——把見習生都嚇得全身寒毛倒豎了！」

接觸到她滿懷笑意的目光，火心感覺自己放鬆多了。就跟往常一樣，跟煤掌在一起總能提振他的精神。他要停止擔憂雲兒，去做他們原本該做的工作。

「煤掌！」雲兒的吶喊聲從山谷遠處傳來，「這裡有好多野莓——快來看！」

火心轉過頭，看到兩塊岩石中間的隙縫裡長著一叢墨綠色的小樹，這隻小白貓就蜷伏在樹叢下方。靠近樹幹的地方長著鮮紅色的莓果。

「看起來好好吃喔。」他們走近時雲兒這麼說。他張大嘴巴準備大吃一口。

就在這時，煤掌發出一聲驚呼。火心驚訝地看到她往前衝，在雪地上用那隻受傷的腿快速奔跑。「不，雲兒！」她吼著。

她滾向那隻小貓，把他撞得四腳朝天。雲兒嚇得尖叫，兩隻貓跌在地上。火心跳過去，擔心雲兒會弄傷已經受傷的煤掌，當他跑到他們身旁時，只見煤掌抽身離開雲兒，喘著氣坐起來。「你碰到它了嗎？」她質問。

「沒——沒有，」雲兒結結巴巴地說，完全搞不清楚狀況。「我只是——」

「看。」煤掌推著他轉身，直到他的鼻子距離那株樹叢只剩一隻老鼠的身長。火心從沒聽過她用這麼嚴峻的口氣說話。「只能看，不能碰。這是紫杉，紫杉莓的毒性很強，所以又叫死莓。就算只吃一顆，也會讓你丟掉小命。」

雲兒的眼睛睜得像滿月那麼圓。他第一次說不出話來，只是恐懼地凝視著煤掌。

「好了，」她放軟語氣，在他肩上安慰地舔了幾下。「這次沒有出事。但現在仔細看清楚，這樣你就不會再犯同樣的錯了。而且絕對——聽到了沒，絕對——不能把你不知道的東西吃下肚。」

「好，煤掌。」雲兒答應。

「那再去找莓子吧。」煤掌推著小貓站起來，「只要找到就叫我一聲。」

雲兒走開了，走著走著還回過頭來一兩次。火心從沒見過他這麼聽話。這隻小貓雖然大膽，這次卻真的被嚇到了。「煤掌，幸好有妳在，」他說，同時感到一股愧疚，因為他毫不知情而沒能及時警告雲兒。「妳從黃牙身上學了好多哦。」

「她是很棒的老師。」煤掌回答。她把身上的幾塊雪甩掉，跟在雲兒後面走上山谷。火心走在她身邊，再次放慢腳步配合她。

這次煤掌注意到了。「你知道，我的腿已經復原到極限了，」她低聲說，「我不願意離開黃牙的窩，可是我也不能永遠住下去。」她轉向火心，所有淘氣神色都從眼裡消失，藍色深眸子裡取而代之的是痛苦和不安。「我不知道我將來能做什麼。」

火心靠過去，把臉靠在她身上摩擦，安慰她。「藍星會知道的。」

「也許吧。」煤掌聳聳肩，「我還是小貓時，就想變得跟藍星一樣。她好高貴，甚至把整個生命都奉獻給雷族。但是火心，如今我還能奉獻什麼呢？」

「我不知道。」火心承認。

部落貓的一生有一定的路線，從小貓到見習生再到戰士，有時候是變成貓后，然後在年老時光榮退隱為長老。火心不知道如果貓嚴重受傷而無法繼續戰士生涯，例如執行長途巡邏、狩獵和打鬥任務，該怎麼辦。就連在育兒室裡照顧小貓的貓后也曾經當過戰士，因此才有能力餵養和保護孩子。

煤掌勇敢又聰明，意外發生前她有用不完的精力和對部族的熱忱。這些總不該被漠視吧？

都是虎爪的錯，火心鬱悶地想著。是他布下導致她發生意外的陷阱。「妳應該去見藍星，」他大聲建議，「問問她的意見。」

「或許我會去。」煤掌聳聳肩。

「煤掌！」雲兒刺耳的喵聲打斷了他們，「快來看我找到了什麼！」

「來了，雲兒！」煤掌一跛一跛地走過去，一邊好脾氣地對火心說，「這次大概是找到毒茄了。」

火心看著她走遠，暗自希望藍星會有辦法替煤掌在族裡找到一個好職務。煤掌說得沒錯：藍星是個好族長，而且不只是在打鬥時，她真心關懷每一隻貓。

想到這裡，火心回憶起藍星聽到灰池故事時的反應，他感到更加困惑。當他告訴藍星，河族的兩隻貓其實出身雷族，她的表情為什麼那麼怪異呢？這件事讓她大發雷霆，甚至憤怒到忽視虎爪所帶來的危險。

火心搖搖頭，緩緩地走在煤掌後頭。這些貓身上藏著不被知曉的祕密，而他才剛開始感覺到，這一切可能遠超出自己所能理解的範圍。

第八章

火心蜷伏在育兒室裡，看著一窩小貓吸吮他們母親的奶水。看見這些代表部族未來的小不點，他一時感到興奮。

然後他突然想起：雷族裡並沒有這麼小的貓啊，他們是從哪裡來的？他的目光從小貓身上移向母貓，但除了波浪般一片銀灰色的皮毛外，什麼也看不到。這隻貓后沒有臉。

火心壓抑住驚懼的呼喊。這隻貓后在他的注視下，銀色的身形開始消失，最後只剩下一片漆黑。小貓們蠕動著，發出混合了害怕和失落的細聲尖叫。一陣冷風吹起，把育兒室裡的溫暖一掃而空，火心跳了起來，想在這片風狂漆黑裡追尋那些無助的小貓。「我找不到你們！」他嗚咽著，「你們在哪裡？」

然後出現了一股柔和的金黃色光芒。火心看到另一隻貓坐在自己面前，把小貓們護在身體底下。那是斑葉。

火心張嘴想跟她說話，她露出充滿慈愛的

表情，然後就消失了。火心發現自己在戰士窩的苔蘚床上亂扒。

「你非得那麼吵不可嗎？」塵皮發著牢騷，「弄得大家都睡不著。」

火心坐起來。「對不起。」他含糊地說，還忍不住朝窩中央虎爪睡覺的地方瞄了一眼。副族長以前就抱怨過火心作夢時會發出吵嘈的聲音。

幸好，虎爪不在。火心可以從透過樹枝的光，看出太陽已經升上樹梢了。他迅速清理儀容，不想讓塵皮看出自己被這個夢搞得心神不寧。害怕又孤單的小貓……他們的母親消失了。那是預言嗎？如果是，又代表什麼意思？現在族裡並沒有那麼幼小的貓啊。還是那是指之前的雷族貓——霧足和石毛？他們真正的母親也消失了嗎？

他繼續舔拭自己，塵皮又瞪了他一眼，然後才穿過樹枝走出去，窩裡只剩下火心和還睡在原處的長尾和追風。

火心發現灰紋還是不在，床也是冷的，大概清早就出去了。溜去找銀流了，他猜。他試著想像朋友陷入熱戀的感受，卻也忍不住擔心起來，渴望回到他們還一起當見習生時的單純時光。火心從樹枝間探出頭，看到營地上的白雪在寒冬的陽光下閃閃發亮。沒有融雪的跡象。

沙暴趴在一小塊蕁麻上，身體壓著一塊食物。「早啊，火心，」她高興地說，「如果你想吃東西，最好動作快點，已經沒剩多少食物了。」

火心這才發覺肚子很餓，彷彿一整個月沒吃東西了。他趕緊跑到新鮮的獵物堆旁。沙暴說得沒錯，只剩幾塊食物了。他選了一隻椋鳥，帶回蕁麻地跟沙暴一起吃。「我們今天得去打獵了。」他滿嘴食物地說。

「白風暴和鼠毛已經帶他們的見習生出去了，」沙暴告訴他，「亮掌和刺掌簡直等不及了！」

火心猜，不知道灰紋是不是也帶他的見習生出去了，但過沒多久他就看到蕨掌從見習生窩走出來。這隻淡棕色的虎斑貓四處看了看，小跑步地走向火心。

「你有沒有看到灰紋？」他問。

「抱歉，」火心聳聳肩，「我起床時他已經走了。」

「他每次都不在，」蕨掌難過地說，「再這樣下去，疾掌很快就會比我先當上戰士了——還有亮掌和刺掌也是。」

「別胡說。」火心說。他突然氣起灰紋和他對那隻河族母貓的迷戀。戰士不能這樣忽略自己的見習生。「蕨掌，你沒問題的啦。如果你願意，可以跟我一起去打獵。」

「謝謝。」蕨掌發出呼嚕聲，看來高興多了。

「我也要一起去。」沙暴自告奮勇地說，並吞下最後一口食物，她用舌頭在嘴巴外舔了一圈。三隻貓在沙暴帶頭下走進金雀花隧道。

「好，蕨掌。」他們抵達訓練山谷邊緣後，火心問道：「哪裡是尋找獵物的好地方呢？」

「樹底下，」蕨掌回答，揮動尾巴指了指。「老鼠和松鼠會到樹下找堅果和種籽吃。」

「很好，」火心說，「那我們來看看你說得對不對。」

他們走進山谷，途中遇到斑臉，她正歡喜地看著自己的孩子在雪地上爬來爬去。「他們需要活動活動，」她解釋，「一直下雪讓他們都不耐煩了。」

雲兒跟同窩的幾隻小貓坐在紫杉樹叢下，他鄭重地跟他們解釋這些是毒莓，絕對——絕對不能吃。這隻小貓一副認真的模樣，讓火心覺得很好玩，經過他們時他還打了聲招呼。

山谷頂端的樹下，積雪並不厚，露出一道道棕色的地面。三隻貓躡手躡腳地往前走，火心聽到細碎的腳步聲，也嗅到老鼠的氣味。他自動壓低身體，擺出狩獵的伏姿滑向前，腳步輕巧得幾乎不帶重量，以免驚動獵物。老鼠沒察覺自己陷入危險中，正背對火心啃著一顆掉落的種籽。火心在距離老鼠一條尾巴遠時才猛地跳起，叼著獵物勝利地轉向他的朋友們。

「抓得好啊！」沙暴喊著。

火心把獵物埋在土裡，準備待會兒再取走。「下一隻就看你的了，蕨掌。」他說。

蕨掌驕傲地抬起頭，踏著大步往前走，雙眼左右逡巡著。火心發覺有隻畫眉鳥正在一株冬青樹下啄莓子，但這次他並沒有出手。

見習生蕨掌幾乎也在同一時間注意到那隻鳥。他偷偷摸摸、一步一步地悄悄接近，搖擺著臀部準備撲擊。但在一旁觀看的火心認為他等太久了。黑鳥察覺到蕨掌的動靜，趕忙拍翅往上飛，蕨掌疾追過去，一個大跳躍，把鳥兒從空中打落。

蕨掌一腳踩著獵物，轉頭看著火心。「我沒抓住時機，」他承認，「我等太久了，對不對？」

「也許吧，」火心回答，「但不必垂頭喪氣，重要的是你抓到了。」

「回去後可以拿去給長老。」沙暴說。

聽到這句話，蕨掌顯得很高興。「對，我——」他才開口，就被一聲尖叫給打斷，一個恐懼的嚎叫聲從山谷方向傳來。

火心轉身一跳。「是小貓的聲音！」

他帶著沙暴和蕨掌往聲音的方向奔去。他衝出樹林，往山谷頂端跑，然後往下望。

「天哪！」沙暴驚呼。

就在他們下方矗立著一個黑白相間的龐大動物；火心聞到獾的濃濃臭味。他以前雖然常聽到獾在樹叢裡走動的聲響，但從沒在野地裡見過牠。這隻獾伸出巨大如鉤的腳掌，伸進兩塊大岩石中間，只見雲兒在岩縫裡抖個不停。

「火心！」他哀號，「救救我！」

火心感覺全身上下的毛都豎起來了。他衝下山谷，伸出前腳準備攻擊，隱約感到沙暴和蕨掌就跟在他後面。火心對準獾的側面猛揮一爪，這隻大猛獸立刻吼著轉向他，大嘴一張一合。一切發生得如此迅速，如果蕨掌沒有從一邊跳上來刮擊獾的眼睛，火心可能已經被逮住了。

獾轉過頭，朝向被沙暴咬住的後腿，狂踢把沙暴甩開，把她扔進了雪裡。

火心又衝上去揮擊獾的側面。幾滴鮮紅色的血濺在雪地上。獾發出怒吼，開始往後退，當沙暴站起身呸著走上前時，牠轉過身，笨拙地沿著深谷跑了。

火心轉身面對雲兒。「你有沒有受傷？」

雲兒爬出岩縫，無法控制地顫抖著，「沒——沒有。」

火心稍稍放心了一點。「怎麼回事？斑臉呢？」

「我不知道。我們本來在玩，然後我一轉身，就看不到他們了。我想到要來找你們，然後獾就出現了……」他驚恐地喵了一聲，趴著把頭放在腳上。

火心伸長脖子安慰地舔了他一下，這時他聽到沙暴說，「火心，你看。」

火心轉身。蕨掌側躺著，鮮血從他的後腿淌進雪地裡。

「我沒事。」他哼著，勇敢地想站起身。

火心趕過去檢查他的傷口。幸好，蕨掌腿上的傷口長卻不深，也幾乎停止流血了。「感謝星族保祐，你很幸運，」他說，「你也救了我，使我免於被大咬一口。蕨掌，你那麼做真的很勇敢。」

火心的稱讚使這位見習生雙眼發光。「那不算勇敢啦，」他顫抖著聲音說，「我根本沒時間多想。」

「對戰士來說，這樣的表現已經好得不能再好了，」沙暴說，「不過獾怎麼會在白天出沒呢？牠們通常是在夜間獵食的啊。」

「一定是餓了，就跟我們一樣，」火心猜，「否則牠不會攻擊像雲兒這麼小的貓。」他轉向小貓，輕輕推他站起來。「來，我們回營地吧。」

沙暴扶著蕨掌站好，走在他旁邊，蕨掌一跛一跛地爬上谷頂，走向深谷。火心和雲兒走在後頭，雲兒跟得緊緊的。

當他們來到深谷前，斑臉正好衝了出來，慌亂地喊著雲兒的名字。其他貓被她緊張至極的哀號給驚動了，也匆匆跟在她身後出現。火心發現當中有追風和塵皮；然後他的心沉了下去，虎爪也跟在後面走出隧道。

斑臉撲向雲兒，焦急地舔遍他全身。「你跑到哪裡去了？」她責罵，「我到處找你！你不該這樣跑掉。」

「我沒有！」雲兒抗議。

「怎麼回事？」虎爪擠到大家前面。

火心開始解釋，斑臉則繼續撫平雲兒身上亂七八糟的毛。「我們把獾趕走了，」他告訴副族長，「蕨掌真是勇敢。」

他說話時，虎爪一直用凶狠的琥珀色眼睛瞪他，但火心毫不退縮；這一次他沒有理由感到愧疚。

「你最好去找黃牙，讓她看看你的腿，」副族長很不高興地對蕨掌說，「至於你嘛……」他轉過身，恐嚇地逼近雲兒。「你在幹什麼，故意找碴嗎？你以為戰士們除了救你，就沒事幹了嗎？」

雲兒塌下耳朵。「對不起，虎爪。我不是故意要惹麻煩的。」

「不是故意的！難道沒有比到處瞎闖更高明的事可做嗎？」

「他還小嘛。」斑臉趕緊打圓場，用溫柔的綠眼睛凝視著副族長。

虎爪縮起嘴唇，準備發出怒吼。「他比這裡所有的小貓加起來都還會惹麻煩，」他咆哮，「是該讓他學到教訓的時候了。不如讓他做點真正的工作。」

火心想要表示反對。因為這次雲兒真的不是故意惹禍；他被嚇成這樣，已經足以作為從斑臉身邊跑開的懲罰了。

但虎爪還沒說完。「你可以去照顧長老，」他下令，「清理他們骯髒的床，替他們找乾淨的苔蘚，確保他們有食物可吃，而且還要替他們抓蝨子。」

「蝨子！」雲兒喊道，在憤怒中忘了最後一絲恐懼。「我才不要！他們為什麼不自己抓？」

「因為他們是長老，」虎爪咬著牙說，「如果你想當見習生，就得開始了解部族的生活方式。」他瞪著雲兒。「快去，在我說停之前，都得一直做下去。」

雲兒滿臉不服氣，但他可不敢三番兩次地公然反抗虎爪。他用熾熱的藍眼睛瞪了瞪副族長，然後跑向隧道。斑臉發出憂愁的喵聲，也跟了過去。

「我總是說把寵物貓帶進族裡是件壞事。」虎爪對塵皮叫著，邊說還邊瞪了火心一眼，好像在看這位年輕戰士敢不敢抗議。

火心轉過頭。「來，蕨掌，」他吞下內心的憤怒，為這件事爭論毫無意義。「我們去找黃牙。」

「我回去看看能不能找到獵物，」沙暴提議，「希望別被獾找到了！」她邁開腳步爬上深谷。火心在她身後喵著道謝，然後跟蕨掌走向營地。這位見習生的腿瘸得蠻嚴重的，而且看來很累。

接近金雀花隧道時，火心驚訝地看到碎尾跌了出來，身邊是黃牙，兩位守衛暗紋和長尾緊跟在後。

「這樣帶他出來，我們一定是瘋了，」長尾嘀咕著，「要是他跑掉怎麼辦？」

「跑掉？」黃牙吼道，「那你一定認為刺蝟會飛囉？他哪裡都不會去，你這個蠢毛球。」她仔細地清掉一塊大圓石上的雪，引導碎尾走過去。碎尾在石頭上坐定，瞎眼的臉迎向陽光，嗅著空氣。

「天氣真好，」黃牙自言自語，靠著他盤起自己骨瘦如柴的灰色軀體。火心從沒聽過她講話這麼溫柔。「雪很快會融化，新葉季就要來了。到時候獵物又多又肥，你也會覺得更舒服些。」

火心聽著，突然想起一件祕密——**黃牙是碎尾的母親**。這件事連碎尾自己都不知道，他對黃牙親切的話語也毫無反應。看到這位巫醫眼中的痛苦，火心縮了一下。她被迫棄養碎尾，因為巫醫是不能有孩子的。後來她又把他弄瞎，拯救收養她的雷族免受無賴貓的侵略。

但她依舊愛他，儘管對他而言，她就跟雷族的任何一隻貓一樣平凡。火心差點想發出同情她的嚎叫。

「這件事我得告訴虎爪，」暗紋嘟囔著，在他們坐著的岩石下來回踱步。「他並沒下令讓囚犯離開營地。」

火心大步走過去，將自己的鼻子按進暗紋的臉。「我明明記得，藍星才是族長，」他呸了一聲，「你想她會聽誰的話呢——你還是巫醫？」

暗紋挺直後腿，咧起嘴唇，露出一口利牙。火心聽到身後的蕨掌發出警戒的嘶聲。他全身緊繃，準備接受這位老戰士的襲擊，但打鬥還沒開始，黃牙的一聲狂吼就打斷了他們。

「少囉唆了！蕨掌是怎麼回事？」她扁平的臉從岩石邊上探了出來，臉上滿是擔憂。

「他被獾抓傷了。」火心告訴她，還瞪了暗紋最後一眼。

這隻老巫醫身手不太靈光地跳下來檢查蕨掌的腿，對著傷口嗅聞。「你不會死的，」她哼著，「去我窩裡。煤掌在裡面，她會給你一些藥草敷在上面。」

「謝謝，黃牙。」蕨掌說完就一跛一跛地走開了。

火心跟了過去，在走進金雀花隧道前還回頭看了一下。黃牙又爬回岩石上，身體緊靠著碎尾，輕柔地舔著他的毛。火心只聽見她發出輕柔的聲響，那是貓后對自己的孩子才會發出的聲音。

但碎尾依舊一點反應也沒有，甚至沒有轉頭面對這隻母貓，舔她的身體作為回報。

火心難過地走進隧道。沒有什麼情感連結比母子之間的更強烈了。黃牙仍清楚感受到那股親密連結，即使碎尾惹出那麼多麻煩——殺死自己父親、用殘忍的領導作風毀掉自己的族，還帶領一群無賴貓攻擊雷族；但在黃牙內心深處，他仍是她的孩子。

那麼，火心疑惑起來，霧足和石毛怎麼會跟他們的母親分開呢？橡心為什麼要把他們帶到河族？更怪的是，為什麼雷族從沒找過他們？

第九章

在黃牙的窩裡，火心解釋著事情發生的經過，煤掌則檢查蕨掌腿上的刮痕，並給他草藥糊敷傷口。

「你今晚最好睡在這裡，」這隻灰毛的母貓告訴見習生，「但我很確定，你的腿過一兩天就會完全康復。」她高興地說，絲毫沒因為自己的腿再也無法復原得那麼好而語帶尖酸。她轉向火心，又加了句：「雲兒剛剛來過，他說他得替長老抓蝨子，所以我給了他一些老鼠膽汁。」

「那是幹嘛用的？」蕨掌問。

「身上塗了老鼠膽汁，蝨子很快就會掉下來，」煤掌回答，藍色的眼裡閃爍著笑意。「但之後可別去舔腳掌，那味道很臭哦。」

「我想雲兒一定很愛做這種事，」火心扮了個鬼臉，「只可惜虎爪非要處罰他不可，因為我不認為被獾攻擊是他的錯。」

煤掌聳聳肩，「跟虎爪爭是沒用的。」

「沒錯，」火心同意，「總之，我想去看看雲兒怎麼樣了。」

才走進長老窩，他就聞到老鼠膽汁的惡臭，不禁皺起鼻子。小耳側躺著讓雲兒在他一身灰毛裡抓蝨子。當雲兒把幾滴膽汁按進他的後腿時，這位長老抽動了一下。「小心點，小伙子！收起你的爪子。」

「已經收起來了啊，」雲兒小聲嘀咕，扭曲的臉上滿是憎惡。「好，這樣就行啦。小耳，弄好啦。」

在一旁緊張看著的花尾看了火心一眼。「你的同類很有效率嘛，火心，」她吼道，「不行過來，雲兒，」當雲兒帶著沾滿膽汁的苔蘚朝她走近時，她又補了一句：「我很確定自己沒有蝨子。如果我是你，也不會弄醒獨眼。」她對捲曲著身體睡在倒坍樹幹旁的一隻老貓點點頭。「要是打擾她，她可不會感謝你。」

雲兒看了看周圍，沒有其他長老了。「那我可以走了？」他問。

「你晚一點再來找獨眼，」火心說，「可是最好把那張髒床鋪弄出去。來，我幫你。」

「新床鋪要是乾的哦！」小耳喊道。

火心和雲兒扒起那些老舊的苔蘚和滿天星，分幾次運出營地。火心教雲兒在雪地上擦摩腳掌，清掉上面的老鼠膽汁。「現在我們再去找些新鮮的苔蘚來，」他說，「來吧，我知道一個好地方。」

「我累了，」跟在火心身後的雲兒抱怨著，「我不想做了。」

「哦，可惜你別無選擇，」火心斥責道，「高興點吧，事情還可能更糟呢。我有沒有告訴過你，我還是見習生的時候，得獨自去照顧黃牙呢？」

「黃牙！」雲兒睜大雙眼，「哇，她脾氣一定超爛的！她有沒有弄傷你？」

「她只用罵的啦，」火心回答，「但那也夠兇了！」

雲兒發出噗哧的笑聲，火心欣慰地發現他不再抱怨了。當他們走到那塊長滿苔蘚的空地時，雲兒還盡責地把苔蘚從雪地裡挖出，然後照火心的吩咐，把最濕的部分甩掉。

在他們嘴裡叼滿苔蘚走在回營地的路上時，火心看到有隻貓溜出金雀花隧道，跳上深谷。從龐大的身軀和條紋的皮毛來看，那是虎爪，絕對錯不了。

火心瞇起雙眼。副族長離開隧道前，還左右張望了一下，才迅速消失在深谷的入口處，鬼鬼祟祟的模樣讓火心感到不安。一定有什麼事情不對勁。

「雲兒，」他把嘴裡的苔蘚放在地下，「把你的那堆苔蘚拿去給長老，然後再回來拿我這堆。我得去辦點事。」雲兒滿嘴苔蘚地喵了一聲答應，就繼續往隧道走去。火心轉身往回跑上山坡，來到虎爪消失的地方。

副族長已經不見了，但他的氣味蹤跡和大大的腳印仍留在雪地上，火心毫不費力就能跟蹤。他小心控制速度，不要趕上，以免被虎爪看到或聞出來。

氣味蹤跡經過伐木區，直直朝大松林而去。火心猛然驚覺，虎爪一定是要去兩腳獸的地盤。他的心懸吊在恐懼裡。副族長是要去找他的妹妹公主嗎？或許虎爪太氣雲兒了，所以想要傷害他的母親。火心從沒把公主的住處洩漏給族裡的貓知道，但虎爪既然熟悉雲兒，從他身上分辨她的氣味並非不可能的事。他盡量安靜地移動著。氣味蹤跡繞過一叢金雀花，但他卻被眼角某個移動的東西吸引住了。那是隻老鼠，正在某株樹叢下走動。

火心並不想停下來打獵，但這隻老鼠根本就是自投羅網。他本能地伏低，擺出狩獵姿勢，悄悄地朝獵物靠近。他猛然一撲，正好撞在老鼠身上，然後花了點時間把老鼠埋進雪裡，才繼續跟蹤虎爪。火心擔心副族長在他耽擱的這段時間裡已經做了什麼事，因此走得更快了。

他剛繞過一株倒下的樹幹，就一頭撞上從另一個方向大步跑來的虎爪。

副族長驚訝地退後。「鼠腦袋！」他嘶聲說，「你在這裡幹什麼？」

火心的第一個反應是可以鬆一口氣了。虎爪不可能有時間抵達兩腳獸的家並傷害公主。然後他才發覺這位副族長正用那雙充滿懷疑的琥珀色眼睛瞪著他。**絕不能被發現我在跟蹤他**，火心恐懼地想著。

「我……本來是想告訴雲兒找鋪床材料的好地點，」他結結巴巴地說，「之後就想不如也來打打獵。」

「我可沒看到什麼獵物。」虎爪咆哮。

「就埋在後面那邊。」火心歪了歪頭指向來路。

這位戰士眯起眼睛。「拿給我看。」

火心因為虎爪的懷疑而氣得七竅生煙，同時又暗自慶幸自己幸好真的抓到了獵物。

火心帶頭往回走，從雪地裡把剛才埋的那隻老鼠扒出來。「滿意了吧？」

副族長皺著眉。火心幾乎可以讀出他的心思：他很想找理由來責備火心，這回卻沒辦法。

最後他咕噥著說：「那就繼續吧。」他低下頭撿起火心抓到的那隻老鼠，大步往營地的方向走去。火心看他走遠後，又開始沿著蹤跡往兩腳獸的家狂奔。他至少可以看看虎爪到過哪裡。他邊跑邊不時把耳朵向後轉。虎爪會回過頭來跟蹤他，這個念頭在他腦中盤旋不去，但他什麼也沒聽到，於是慢慢鬆懈下來。

虎爪的氣味蹤跡停在圈住兩腳獸地盤的圍欄外。火心在樹下來回走著檢查地面，雪被許多腳印給攪亂了——他無法辨認所有的腳印。這裡也有很多奇怪的氣味，表示有不少貓來過，而且還是最近的事。

火心憎惡地皺了皺鼻子。貓的氣味混合著死了好久的獵物和兩腳獸的垃圾味。除了虎爪的氣味外，他根本無法一一辨出。火心坐下清理自己的腳掌，一面思索著。看不出來虎爪是來這裡會見不知名的貓，或只是經過那些貓走的路。當他正準備回營地時，身後卻傳來一聲呼喚。

「火心！火心！」

他嚇了一跳，轉過身來。坐在兩腳獸花園末端圍欄上的是他的妹妹公主。火心立刻奔向圍欄，跳上去坐在她身邊。公主發出深沉的呼嚕聲，用臉摩擦著他的臉。「火心，你好瘦！」她喊完退開了一點，「你吃的東西夠嗎？」

「不夠，但族裡的貓也都沒吃飽，」火心承認，「這種天候沒什麼獵物。」

「你餓嗎？」他妹妹問，「我在兩腳獸的巢穴裡有一碗吃的，如果你要，就去吃吧。」

有幾秒鐘的時間火心大為心動。想到有食物填飽肚子，而且還不用花力氣去抓，他忍不住流起口水。但常識戰勝了欲望：他不能帶著一身兩腳獸的氣味回到營地，戰士守則也禁止他在餵飽全族的貓之前先吃。「謝了，公主，但我不能吃。」他說。

「希望你們把雲兒餵飽，」公主擔憂地說，「我等你好多天了，告訴我他過得如何。」

「他過得很好，」火心回答，「他很快就會當上見習生了。」

公主的雙眼發出驕傲的光芒，火心感到全身起了一陣不確定的刺痛。他知道把頭胎生下的小貓交給雷族，對妹妹的意義有多重大，他絕不會讓她懷疑小貓在雷族適應得不好。「雲兒健壯、勇敢，」他告訴她，「又聰明。」**嘰嘰喳喳、被寵壞、還沒大沒小呢**，他在心裡嘀咕。等雲兒習慣部族的生活後，遲早會變得更有規矩。「他一定能成為優秀的戰士。」他說。

公主發出高興的呼嚕聲。「有你教導他，他當然會囉。」

火心一陣發窘，抽動著耳朵。公主以為他當戰士很容易，不知道他在族裡遭遇多少問題，也不了解當他發現影響全族的事後，要做出正確的決定有多麼困難。

「我得走了，」他說，「我很快會再來看妳。等新葉季來臨，我會帶雲兒一起來。」他熱情地舔別公主，而公主則因為想到快要見到寶貝兒子，而發出更興奮更大聲的呼嚕聲。

火心沿著虎爪的氣味蹤跡往回走，邊走邊留意有沒有獵物。在告訴虎爪自己是來狩獵以後，他知道他最好帶夠分量的獵物回營地。後來他才察覺到一個陌生的聲音，他必須停下腳步想一想，才明白那是什麼。有水滴落在某處。他四處張望，看到荊棘叢的頂端，有銀色的水滴在慢慢擴大，水滴逐漸膨脹，在陽光下閃著光芒，然後落在雪地上，把雪融出一個小洞。

火心抬起頭。現在四周都有水的滴答聲，一陣和風吹拂著他身上的毛。一股強烈的興奮感從他心頭升起，他明白這嚴酷的禿葉季終於已進入尾聲。新葉季很快就要來臨了，到處又會充滿獵物。雪開始融了！

第十章

火心一回到營地，就看到藍星正從育兒室走出來。他迅速把獵物放在新鮮的獵物堆上，然後向她走去。

「火心，有什麼事？」族長問。她口氣冷淡，火心的心一沉，知道這表示她還沒有原諒他詢問雷族失蹤小貓的事。

他尊敬地點頭。「藍星，我在兩腳獸的家附近打獵，然後——」

「為什麼到那裡去？」藍星打斷他的話，「火心，有時候我真的覺得你在兩腳獸家附近花太多時間了。」

「我——我只是想那裡可能會有獵物，」火心結巴起來，「總之，我在那裡的時候，聞到一些奇怪的貓氣味。」

藍星立刻警戒起來，雙耳翻向上，眼睛直視火心。「有多少隻？是哪一族的？」

「我不確定有幾隻，」火心承認，「但至少有五、六隻。不過他們並沒有任何貓族的氣味。」想起那股氣味令他皺起鼻子。「他們聞起來臭得很，所以我確定他們也不是寵物貓。」

藍星露出深思的表情，火心鬆了一口氣，他發現族長對他的敵意似乎開始消退。「這氣味有多新？」她問。

「還蠻新的。但我在那裡沒看到任何貓。」**除了虎爪以外**，他默默在心裡加了句。但火心決定不把事情的這部分告訴藍星。族長沒有心情再聽任何對她副手的指控，何況他也沒有證據證明，虎爪跟那些不知名的貓有關聯。

「或許是兩腳獸家那邊的無賴貓？」藍星猜測，「謝謝你，火心。我會叫往那邊走的巡邏隊多注意一點。我不認為這件事對雷族有什麼威脅，不過小心些總是沒錯。」

火心走向營地，嘴裡緊緊啣著一隻田鼠。陽光從蔚藍的天空灑下，離他見到妹妹公主才不過兩天，現在大部分的雪都已經融化了。花苞開始鼓脹，小小的綠葉也逐漸蓋滿樹木。更重要的是，獵物又開始出現在樹林裡了。要補充獵物堆已經容易許多，雷族這幾個月來頭一次可以吃飽。

火心抵達空地，看到貓后們正將老舊的床鋪扒出育兒室。他把獵物放進獵物堆，正要走去幫忙時，高興地發現雲兒也在。

「我要告訴其他小貓那個找苔蘚的好地方！」他拖著一堆床鋪蹣跚走過時驕傲地說。

「好主意，」火心同意。他注意到，即使虎爪已撤掉雲兒服務長老的工作，他還是來幫忙了。或許這隻小貓終於對收養他的這個部族有了一點效忠之情。「不過要小心獾哦！」

這時，火心看到金花從育兒室走出來，推著一球滿是泥土的苔蘚，圓滾滾的肚子裡正懷著小貓。

「哈囉，火心，」她說，「看到太陽真好，是吧？」

火心在這位貓后的肩上友善地舔了一下。「新葉季很快就要來啦，」他說，「剛好是妳要生小貓的時候呢。如果妳——」話才說到一半，他就聽到身後傳來虎爪叫喚的聲音，於是他跳著轉身。

「火心，如果你除了跟貓后嚼舌根之外，沒事情可做的話，我有件工作分派給你。」

火心把憤怒的回應吞下肚。他整個早上都在打獵，現在只不過停一下下去跟金花說話。

「我要你帶巡邏隊沿河族的邊界走一趟，」副族長繼續說，「那邊已經好幾天沒巡過，現在雪融了，我們有必要把氣味記號翻新一下。還要確定河族貓沒在我們領土裡狩獵，如果有，你知道該怎麼做！」

「是的，虎爪。」火心說。刺蝟一定長翅膀了，他想，不然虎爪怎麼會選他率領巡邏隊呢！然後他想到精明的虎爪絕不會在大庭廣眾對他表現出敵意。這位副族長會小心地用對待族裡其他戰士的方式待他，免得被藍星察覺。

但我還是不信任你！火心想。他大聲地問：「我該帶誰一起去？」

「隨便你。難道要我扶著你的腳掌讓你去選嗎？」虎爪輕蔑地加了一句。

「不了，虎爪。」火心已經快控制不住自己的舌頭了，他實在很想一爪揮向副族長那張有傷疤的臉。他向金花匆匆道了聲再見，就往戰士窩走去。沙暴在窩裡，正側躺著奮力舔拭自己，灰紋和追風則在附近互舔身體。

「誰要去巡邏？」火心喊道，「虎爪要我們去河族邊界巡邏。」

一提到河族，灰紋立刻站了起來，追風起得稍慢些，而沙暴也停止舔拭，抬頭看著火心。「我正想稍微休息一下呢，」她抱怨，「我從天亮以後就一直在打獵。」但她的語氣很和善，火心想，和他剛加入雷族時的敵對是兩個樣子，而且她立刻站起來，甩了甩身體。「好吧，」她說，「帶路吧。」

「蕨掌呢？」火心問灰紋，「你要不要帶他一起去？」

「白風暴和鼠毛把見習生都帶出去了，」追風解釋，「所有的見習生——一群笨蛋！他們要替長老們獵食。」

火心帶頭走出營地，跳上深谷時，他感覺到腳掌微微發抖。似乎有好幾個月，沒好好在腳掌不會凍僵的情況下奔跑了，他想伸展一下肌肉。「我們往陽光岩那邊走，」他說，「然後順著邊界到四喬木。」

他踩著輕快的步伐走過樹林，但速度並沒快得忽略新長的蕨葉開始舒展捲鬚，和從綠葉中探出頭來的淡色報春花苞。空氣裡滿是小鳥的歌唱和萬物生長的新鮮氣息。

巡邏隊來到森林邊緣時，火心放慢腳步。他聽見前方有終於不受冰封而潺潺淌流的水聲。「我們就快到邊界了，」他壓低了聲音說，「從現在開始，我們要提高警覺，河族貓可能在這裡出沒。」

灰紋停下來，張開嘴吸進風裡的氣味。「我沒聞到什麼不尋常的氣味。」他稟報。火心想不知道他是不是因為銀流不在附近而感到失望。「而且現在河流解凍了，他們會有一大堆獵物，」灰紋又說，「何必跑來這裡偷我們的？」

「我才不信任河族，」追風咆哮著，「要是不盯住他們，他們會把你身上的毛都偷掉。」

火心看到灰紋身上的毛開始豎立。「那就走吧。」他匆忙地說，想讓他的朋友分心，免得他說出什麼話洩漏了自己遊走於兩族的祕密。「我們走。」他衝出樹林來到一片空地。眼前的景象使他突然停步，那個夢的記憶如同雷響般湧進他的腦海裡。

前面的地面平緩地伸進河裡——或者說這裡以前曾是河流的水道。因為融雪，水位上漲，湍急的河水衝破了河岸，漲高的河水拍打著距離火心腳前不到一隻兔子身長的青草。蘆葦頂端剛好突出水面。再往上游看去，陽光岩在波光粼粼的銀色湖面上成了座灰色的小島。

雪的確開始融了，但河水卻也氾濫了。

第十一章

「星族呀！」沙暴驚呼。

另外兩隻貓也咕噥著同意，但火心卻嚇得說不出話。他立刻認出那片閃著波光的巨流，回想起斑葉說過的不祥預兆：「水能滅火。」

恐懼使他渾身冰冷，他急著想弄清楚這片洪水會帶給雷族何種威脅，沒發覺灰紋正想引他注意，直到這隻大灰貓緊緊靠在他身旁。灰紋琥珀色的眼裡滿是焦急，不用問火心也知道為了什麼：他的朋友在擔心銀流。

對岸的河族領土地勢更低，洪水可能氾濫得更遠。至於小島上的營地……火心不知道有多少已經陷在水中。雖然仍有顧忌，他卻也開始喜歡銀流了，甚至對霧足和灰池也不由自主地生出敬意。他不願想像他們已被趕出營地，或者更糟的，被水淹死。

追風走到水邊，凝視著河面。「河族可不會喜歡這幅景象，」他說，「這樣也好，他們就不會到我們這裡來了。」

火心查覺到追風語調裡的滿足讓灰紋全身緊繃。他警告地瞪了他的朋友一眼，「那我們就不能巡邏邊界了，」他說。「最好回營地去報告這件事。走吧，灰紋。」他堅定地加了這句話。他看見灰紋眼裡充滿痛苦，又對那高漲的河面望了一眼。

⚡⚡⚡

藍星一聽到這個消息，立刻跳上高聳岩，發出族貓熟悉的召集令：「請所有能夠自行獵捕食物的成年貓在高聳岩下集合！」

貓兒們立刻從自己的窩裡走上空地。火心不疾不徐地走到群眾前，發現雲兒跳著跟在斑臉後頭（儘管他還太小，根本不能參加集會），心裡很不高興。他看到黃牙和煤掌在蕨葉隧道入口聆聽著，就連碎尾都被鼠毛推著從窩裡出來。

晴朗的早晨進入尾聲，大片雲層聚集遮蔽了太陽，原本的微風也轉成疾風，刮過空地，吹平了伏在高聳岩周圍的貓身上的毛。火心打了個哆嗦，不知道是因為寒冷還是憂懼的緣故。

「雷族的貓啊，」藍星說，「我們營地可能有危險。雪雖然開始融了，但河水也衝過了河岸。我們部分的領土已經被淹沒了。」

族裡驚慌聲四起，但藍星提高聲音蓋過了這些呼喊。「火心，告訴大家你看到了什麼。」

火心站起來，描述河水如何高漲到靠近陽光岩的地方。

「聽起來沒那麼危險嘛，」暗紋在他說完後說，「我們還有一大片土地可以獵食，洪水的問題就讓河族去擔心好了。」

贊同的低語響成一片，火心注意到虎爪仍然保持沉默。他坐在高聳岩下方，全身除了尾巴末端抽動外，動也不動。

「安靜！」藍星厲聲說，「洪水也可能馬上就漫延到這裡。這種事比貓族間的對峙還要重要，我不想聽到有河族貓死於這場洪水。」

火心注意到她說話時眼神灼灼，彷彿那些話有更深層的含意。他困惑地想起藍星在他提到河族戰士時有多麼憤怒，然而現在她強烈的情緒卻顯示出發自內心的同情。

斑皮的聲音從長老群中響起：「我記得好幾個月以前洪水來襲，各族都有貓溺死。獵物也淹死了，所以即使我們腳下是乾地，也只有挨餓的份。這不只是河族的問題。」

「說得好，斑皮，」藍星說，「我記得那時候的情形。我也希望不會再看到那種事。但既然洪水已經發生，我要下令：所有的貓都不准單獨外出，小貓和見習生至少要有一位戰士陪伴，才能離開營地。巡邏隊要去查探洪水究竟氾濫了多遠——虎爪，這件事由你去辦吧。」

「是，藍星，」副族長說，「我也會派出狩獵巡邏隊。我們必須在洪水漲得更高以前，囤積足夠的獵物。」

「好主意，」藍星同意。她再次提高音量對全族說話：「集會結束，大家回去幹活兒吧。」她輕巧地跳下高聳岩，走去跟斑皮和其他長老說話。

火心等著看虎爪是不是選他去巡邏，意外注意到灰紋正從貓群中溜走。火心走向他，在他準備衝進金雀花隧道前趕到他面前。「你想去哪兒？」他在這隻灰毛戰士耳邊低語，「藍星說不准任何貓單獨外出耶。」

灰紋回他一個擔憂的眼神。「火心，我一定要去看看銀流，」他辯駁，「我一定要知道她好不好。」

火心發出長長一聲惱怒的嘆息。他了解朋友的感受，只是這探訪伴侶的時機簡直糟透了。「你要怎麼過河？」他問。

「我會想辦法，」灰紋堅強地說，「不過是水罷了。」

「不要這麼鼠腦袋行不行！」火心厲聲說，同時想起上次灰紋掉進冰裡，被銀流救起的情形。「你差點淹死過一次了，那樣還不夠嗎？」

灰紋沒有回答，只一個大轉身，又準備衝進隧道。

火心回頭看了一眼。空地上的其他貓在虎爪的分派下圍成小圈，準備出發巡邏。「等等，灰紋！」他喊著，灰紋在隧道出口停了下來。「在這裡等一下。」

等他確定灰紋確實照著他的話做之後，便跳著走過空地朝副族長前進。「嘿，虎爪，」他說，「灰紋和我準備好了。我們去檢查陽光岩下游的河族邊界，可以吧？」

虎爪瞇起眼睛，顯然很不高興火心擅自選定要巡邏的地點。但他沒有理由回絕，尤其在藍星還聽得到的範圍內。「好吧，」他沉聲說，「有辦法的話，也帶點食物回來。」

「是，虎爪，」火心邊回答邊點頭，然後轉身跑回灰紋身邊。「好啦，」他喘著氣，「我們是去巡邏，這樣至少不會被懷疑我們去了哪裡。」

「可是你——」灰紋準備反駁。

「我知道你非去不可，」火心說，「所以我要跟你一起去。」

火心感到有些愧疚。就算是去巡邏，他和灰紋也不該跨越邊界。藍星要是知道她的兩位戰士竟然冒生命危險進入敵方的領土，一定會大發雷霆，特別是在自己這族迫切需要他們的時候。但火心就是無法坐視，讓灰紋單獨行動。他的朋友可能會被洪水沖走，再也回不來。

「謝謝你，火心，」他們走進隧道時灰紋低聲說，「我不會忘記你為我做的事。」

兩位戰士並肩爬上嶙峋的陡坡，朝樹林前進，經過他們之前那趟巡邏的路線時，火心注意到地面泥濘不堪。融雪早已像傾盆大雨般浸濕了大地，根本不用等河流氾濫成致命的大洪水。

他們來到樹林邊緣時，火心發現水面漲得更高了。陽光岩幾乎快被淹沒，流經岩石旁的河水湧起小漩渦。「我們不可能過得去。」他說。

「我們往下游走，」灰紋建議，「或許可以走踏腳石過去。」

「可以試試看，」火心不確定地說。就在他準備跟朋友過去時，好像聽到了什麼——除了呼嘯的風和湍急的水流聲外，還有一聲微弱的哀鳴。「等等，」他喊道，「你有沒有聽到什麼聲音？」

灰紋回過頭，兩隻貓就這樣豎起耳朵站著，想聽個究竟。然後火心又聽到了——是遇到危險的小貓發出的驚懼喵叫。

「他們在哪兒？」火心嘀咕著，一面四處張望，還跳上樹去看。「看不到他們啊！」

「那裡！」灰紋揮動尾巴指向陽光岩的方向，「火心，他們會淹死的！」

火心看到流水正把纏著樹枝和殘幹的一團東西沖上陽光岩。兩隻小貓搖搖晃晃地站在上頭，小小的嘴巴張得老大，發出求救的哀鳴。流水仍繼續拖拉著那團東西，眼看就要把它沖走了。「來吧，」他對灰紋喊，「我們得想辦法接近。」

火心深深吸了口氣，踏進洪水裡。水立刻浸濕他全身，冰冷麻痺的感覺從腳掌向上蔓延。他踩出的每一步，都因為水流的拉力而難以站穩。

在他身後的灰紋也撲通下水，但當水淹到他肚皮的毛時，他就停步了。「火心……」他的喉嚨好像哽住了。

火心轉身對他安慰地點點頭。他明白河水讓灰紋恐懼萬分，尤其他幾個月前還差點淹死，「你別動，」他說，「我想辦法把那團東西推過來。」

灰紋渾身打顫地點頭，連話也說不出來了。火心繼續向前走了幾步，然後跳進水裡開始游泳，本能地快速滑動四腿，讓自己在黑水中行進。他們在陽光岩上游；如果星族保佑，他應該會被水帶到小貓那邊。

有一陣子波濤洶湧，他完全看不見小貓的蹤影，只聽見他們恐懼的哀鳴。後來陽光岩光滑的灰色岩面在他身旁隆起，他猛力踢著，害怕自己一旦錯過這驚險的一秒，就會被沖過頭。

水流旋轉著，火心的腳也急切地踢著，河水將他沖上岩石，他幾乎喘不過氣來。他緊抓住粗糙的岩面，奮力與湍急的水流對抗，然後發現兩隻小貓就在自己面前。

他們非常幼小——火心猜他們還在需要母親哺育的年紀。一隻黑色，一隻灰色，毛緊貼在瘦小的身軀上，閃亮的藍眼睛圓睜著，裡面滿是驚恐。他們蜷伏在糾結著樹枝、樹葉和兩腳獸垃圾的一團雜物上，一看到火心，就連滾帶爬地往他這邊漂來。河水潑濺在他們身上，那團雜物突然傾斜，小貓們的哀鳴聲也更大了。

「別亂動！」火心大喊，瘋狂地逆水拍踏著。他忽然想到，或許可以爬到岩石上，再把小貓們拉上去，但他不確定陽光岩過多久就會完全淹沒在水裡。最好的打算還是只有把那團雜物推向灰紋。他回過頭，看到灰紋已經移動到下游，站定位置，準備在那團東西向他流過去時一把抓住。

「開始吧，」火心低語，「星族保佑啊！」他縱身一躍離開岩石，用嘴推著那團東西把它帶進水裡。小貓們抽噎著，在殘枝上趴低身體。

火心使盡全身力氣，用鼻子和腳掌將那團樹枝往前推。他可以感覺四肢的精力正一點一滴地流失，身上的毛全濕了，冷得快無法呼吸。他抬高頭把眼裡的水眨掉，驚嚇地發現竟然看不到灰紋和河岸。整個世界好像除了滾滾流水、隨時都會散開的樹枝團，以及兩隻嚇壞了的小貓外，什麼都不剩。

然後他聽見灰紋的聲音似乎就在附近：「火心！火心，在這裡！」

火心再次推動樹枝，試著把它推向聲音來源。但樹枝突然轉開，他的頭泡在水裡。在嗆咳中，他勉強回到水面，看見灰紋就在不遠處的乾地上來回踱步。

看到自己快游到岸邊，火心鬆了口氣。他再次把模糊的目光鎖定在兩隻小貓身上，恐懼傳遍他全身。那團樹枝開始散開了。

火心絕望地看著小灰貓身體底下的樹枝開始鬆開，那個小傢伙撲通一聲掉進水裡。

第十二章

「不！」灰紋大喊著，馬上跟在陷溺的小灰貓後頭衝下水。

火心看不到他們了。仍留在樹枝團上的小黑貓絕望地尖叫，想要抓住被流水沖散的樹枝。火心用盡最後一絲力氣將自己推向前，咬著那個小傢伙的頸背，拍打著游向乾地。

沒多久他就感覺到腳下有石頭，能夠站起來了。他累得全身麻木，步履蹣跚地把小黑貓放在洪水邊緣的草地上。小貓的眼睛閉著，看不出是不是還活著。

他往下游張望，看到灰紋從陰影中嘩啦一聲探頭出水，嘴裡緊緊咬著小灰貓。他拍打著游向火心，輕輕地把小貓放在地上。

火心用鼻子頂著兩隻小貓。他們動也不動地躺著，但火心仔細凝視過後，發現他們呼吸時身體微弱地上下起伏。「感謝星族。」他低聲說，開始照著以前在育兒室觀察到貓后對待孩子的方式，用舌頭舔拭小貓全身，弄醒他們並讓他們暖和起來。灰紋趴在他身旁，也同樣地舔起了小灰貓。

小黑貓很快就扭動起身體，咳出一大口河水。過了一陣子，小灰貓才有反應，最後也咳出水，睜開眼睛。

「他們活過來啦！」灰紋喊著，聲音裡充滿欣慰。

「對，但沒有母親，他們活不了多久，」火心說。他細心地嗅著小黑貓。河水把他原有的氣味沖掉了大部分，但他仍能辨別出微弱的氣味。「河族的，」他毫不驚訝地說，「我們得帶他們回家。」

想到要跨越那高漲的河水，火心幾乎勇氣全消。為了救小貓，他差點淹死，而且他覺得很累，四肢又冷又僵，毛也濕透了。他現在只想爬回窩裡，好好睡上一個月。

仍趴在小灰貓身邊的灰紋看來也有同感。他那厚厚的灰毛緊貼在身上，圓睜的琥珀色眼睛充滿憂慮。「你想我們過得了河嗎？」他說。

「我們非過不可，不然小貓會死掉。」火心強迫自己站起來，再次咬住小黑貓的頸背，往下游走去。「我們試試看能不能像你說的那樣，踩著踏腳石過河。」灰紋叼著小灰貓跟在他後面，走過岸邊濕漉的草地。

當河水還在平常高度時，踏腳石是河族貓過河的便橋，兩塊石頭間最長的一段不到一條尾巴的長度，而河水兩岸的營地都受河族的管轄。

現在洪水完全淹沒了石頭。但在水面下、原來石頭的地方，有棵樹皮掉光的枯樹橫亙在河面上。火心猜，這棵樹的樹枝大概被淹沒的踏腳石給卡住了。「感謝星族保祐！」他喊，「我們可以利用這棵樹過河。」他調整了一下嘴裡的小貓，朝著分叉斷裂的樹幹底端前進。小貓眼看洶湧的河水離自己的鼻子不到一隻老鼠的身長，嚇得喵喵叫，軟弱地掙扎著。

「你們兩個，別動！」灰紋輕柔地喊著，並把小灰貓放下來調整一下位置。「我們要帶你們去找媽媽。」

火心不確定自己叼著的這隻嚇壞了的小黑貓，是否到了可以聽懂他們說話的年紀，但至少小黑貓的身體又放鬆了，比較容易叼了。他奮勇走向樹幹，一面把頭抬得高高的，好讓小黑貓遠離水面。幸好不需要游泳和縱躍，他就順利到達樹幹旁，用爪子緊緊扒住鬆軟腐爛的木頭。一登上樹幹，他就得拿出全副心神好在滑溜的樹幹上站穩，他謹慎而輕慢地讓自己踏出的每一步都呈直線，朝著對岸走去，腳下洶湧的河水虎視眈眈，彷彿要把樹幹和上面的貓都沖到下游去。火心回頭，看到灰紋帶著小灰貓跟在後頭，一臉不成功便成仁的表情。

樹幹末端裂成許多斷裂的枝椏，火心壓低身體擠過去，謹慎地不讓碎裂的木頭傷到小黑貓。樹枝愈來愈細，落腳處也愈來愈難找，他就快找不到能支撐自己重量的地方了，而從這裡到對岸，還有幾隻狐狸身長那麼遠。火心深吸了一口氣，屈伸著後腿，然後一個大跳躍。前爪碰到河岸了，後腿還在湍急的河流中猛踢。水潑濺上來，小黑貓又開始掙扎；火心緊咬住小黑貓的頸背，前爪陷進軟土奮力拉起自己，終於安全站上河岸。他步履蹣跚地往前走了幾步，才輕輕放下小黑貓。

火心四周張望，看到灰紋在不遠處的下游爬出水面。灰紋把小灰貓放在地上，甩了甩身體。「河水難喝死了。」他大聲抱怨。

「往好的方向想吧，」火心提議，「至少它蓋住你的氣味。河族貓絕不會知道，你這位戰士闖進他們的領土。如果他們真發現——」

他話才說了一半，灰紋身後就有三隻貓從樹叢裡衝出來。火心認出他們是河族副族長豹毛和兩位戰士黑爪和石毛，於是凝神戒備著。他強迫疲累的四肢移動，叼起小黑貓沿著河岸走到灰紋身旁，而那位灰毛戰士也勉強站起身，兩隻貓同時放下嘴裡的負擔，面對他們的敵手。

火心不知道河族貓是不是聽到他剛才對灰紋說的話，只知道自己和灰紋已經累得無法對抗勇猛強壯的巡邏戰士了。他試著將備戰精力凝聚到凍僵的四肢，卻覺得一陣天旋地轉。幸好，河族戰士在離他幾條尾巴遠就停下腳步。

「這是幹什麼？」豹毛吼著，金色斑點的毛全豎立起來，雙耳攤平。站在她身邊的黑爪縮起嘴唇咆哮。「你們為什麼擅闖我們的領土？」他質問。

「我們沒有擅闖，」火心低聲說，「我們從河裡救起你們的兩隻小貓，想帶他們回家。」

「你以為我們差點淹死很好玩嗎？」灰紋衝口而出。

石毛走上前，來到近得能夠嗅聞小貓的距離。「真的！」他睜大一雙藍眼睛，「他們是霧足失蹤的孩子！」

火心驚呆了。他知道霧足最近生了小孩，卻沒想到救起的就是她的孩子。這個事實讓他頓感欣慰，但絕不能讓這些河族貓知道，霧足在雷族有朋友。

豹毛並沒有放鬆肩上的毛。「我們怎麼知道你們真的救了小貓？」她咆哮著，「你們可能是想偷走他們。」

火心瞪著她。他真不敢相信，自己冒生命危險衝進洪水救貓之後，竟然會被指控為小偷。「少鼠腦袋了！」他罵道，「在河水結冰、雷族能夠在冰上行走的那段期間，我們都沒偷你們的小貓了，會在這種時候偷嗎？我們剛剛差點淹死耶！」

豹毛深思起來，但黑爪卻大步走近，把頭惡狠狠地探到火心面前。火心咆哮著做好反擊的準備。

「黑爪！」豹毛尖叫著，「退後！讓這兩位自己去跟曲星解釋吧，看他相不相信他們。」

火心想張嘴抗議，又把話吞回了肚裡。他只有跟河族貓回去這條路可走，畢竟在全身虛脫的狀況下，他和灰紋就算想打架，也毫無勝算可言。至少灰紋有機會得知銀流好不好。「好吧，」火心說，「只希望你們族長會明察秋毫。」

豹毛帶頭沿著河岸走，黑爪叼起一隻小貓，擺出威脅的姿態，大步走在火心和灰紋旁邊。石毛叼起另一隻小貓殿後。

他們來到作為河族營地的小島。火心看到隆起的乾地上有一道寬闊的急流，將小島一分為二，在幾根低垂的大柳樹枝下驟然轉彎。蘆葦叢裡不見貓的蹤影，火心只看到銀色的河水拍打著掩藏營地的樹叢。

豹毛停下腳步，睜大雙眼，神情警戒。「河水在我們離開營地後又漲了。」她說。

她說話時，一聲吼叫從他們身後的坡頂傳來；這裡也是以前火心和灰紋躲著跟銀流說話的地方。「豹毛！這裡！」

火心轉頭看到河族族長曲星從樹叢間現身，淡淡的虎斑毛全浸濕了，亂糟糟得狼狽不堪，扭曲的下巴讓他看來像在模仿巡邏隊和他們的階下囚。

「怎麼回事？」豹毛走近族長問道。

「營地淹大水，」曲星回答，平淡的語氣裡露出一絲沮喪，「我們只好搬到這上面來。」

他說話時，又有兩三隻貓小心翼翼地從樹叢間鑽出來。火心注意到，當灰紋發覺其中一位是銀流時，精神一振。

「你帶誰回來了？」曲星繼續說，瞇起眼睛看著火心和灰紋。「雷族間諜嗎？你認為我們的麻煩還不夠是不是！」

「他們發現了霧足的孩子。」豹毛告訴他，一邊對石毛和黑爪點頭，示意他們把小貓帶到前面來。「還說他們把小貓從水裡救出來。」

「我才不信！」黑爪怒氣沖沖地說，並把叼著的小貓放下來。「絕不能相信雷族！」

一聽到小貓，銀流迅速轉身，再度消失在樹叢裡。曲星走上前去，嗅著兩隻可憐的小傢伙。現在他們漸漸從剛才的苦難中恢復過來，正設法坐起身來，不過仍是一副落湯雞的模樣。

「霧足的孩子在營地大淹水時失蹤。」曲星說，碧綠而冰冷的目光轉向火心和灰紋。「你們怎麼會找到他們？」

火心與灰紋互換了個惱怒的眼神，疲憊已經磨掉他們的好脾氣。「因為我們會飛。」他諷刺地說。

一聲響亮的吼叫打斷了他。霧足從樹叢中衝出來，奔向他們。「我的孩子！我的孩子在哪裡？」她在兩團小東西身上趴下，狂野地瞪視周圍，好像其他貓想把小貓從她身邊搶走似的。

然後她急切地舔著小貓，想要同時安慰他們倆。石毛輕輕靠過去，在她耳邊安慰她。

銀流緩緩走來，站到父親曲星身邊，凝視著這兩隻雷族貓。火心發現，她的目光瞥向灰紋時，帶著明顯的冷淡，他大大鬆了口氣，確定銀流不會出賣他們。

接著更多貓出現在銀流身後，好奇地聚在一起。火心認出了灰池，她也絲毫沒有露出之前見過他的神色。河族的巫醫泥毛則在霧足身邊伏下，檢查兩隻小貓的身體狀況。

河族所有的貓都濕透了，毛緊貼著身體，顯示他們比以往更瘦削。在火心的印象裡，河族貓都是豐滿、毛色光鮮的，河裡的魚也能讓他們填飽肚子。但那是在銀流告訴他，說兩腳獸整個綠葉季都待在河邊，偷走或嚇走他們大部分的獵物之前。到禿葉季時，兩腳獸已經離開森林，但河族卻因為河水冰封，依舊無法獵食。融雪不僅沒有帶來他們極需的食物，反而將他們全數趕出了營地。

火心雖然同情他們的遭遇，卻仍能看出他們不友善的眼神，從他們攤平的耳朵和抽動著的尾尖感受到敵意。火心知道他和灰紋必須很努力才能說服曲星，他們是真的救了小貓。

至少，這位族長願意給他們解釋的機會。「說說看事情是怎麼發生的。」曲星命令道。

火心就從他聽到小貓哀鳴，並看到他們被困在河中央的一團殘木上說起。

「雷族貓從什麼時候起會冒生命危險救我們了？」火心正說到他是如何把小貓推過洪流帶上岸時，黑爪輕蔑地吼著。

火心忍住憤慨，曲星則對戰士嘶了一聲。「安靜，黑爪！讓他說完。他到底有沒有說謊，我們很快就會知道。」

「他沒說謊。」臉仍貼著小貓的霧足，卻抬起眼來。「雷族為什麼要在大家都餵不飽自己的時候，來偷我們的小貓？」

「火心的話很合理，」銀流冷靜地說，「洪水再次高漲，我們不得不離開營地，躲進這些樹叢，」她對火心解釋。「等我們回來準備帶走霧足的小貓時，卻只找到兩隻，另外兩隻不見蹤影。整個育兒室的地面都被洪水沖走了。他們一定是被沖到河邊，才會被你看到。」

曲星緩緩點頭，火心發覺河族貓的敵意沒那麼強烈了——除了黑爪例外，他背對著雷族戰士，厭惡地哼了一聲。

「既然如此，我們很感激你們。」曲星說，儘管那語氣勉強得好像他難以忍受必須欠雷族貓一份情。

「對，」霧足說，她又抬起頭，溫柔的眼神閃著感激的光芒。「要不是你們，我的孩子早就沒命了。」

火心低下頭接受。在一股衝動下，他又問，「我們還幫得上什麼忙？如果你們不能回營地，獵物又因為河水結冰而少了一大半——」

「我們不需要雷族的幫助，」曲星咆哮，「河族貓有能力照顧自己。」

「少蠢了。」說話的是灰池，她瞪視著這位族長。火心對她生起新的敬意；他猜想大概沒幾隻貓敢用那種語氣跟曲星說話。「你別驕傲過頭了，」這位長老粗聲說，「即使雪融了，我們要怎麼餵飽自己？你明明知道這裡一條魚也沒有，河水根本就中毒了。」

「什麼？」灰紋驚喊著，火心也驚訝地連話都說不出來。

「全都是兩腳獸害的，」灰池對他們解釋，「上個新葉季，河水還很乾淨，裡面也有很多魚，現在卻滿是來自兩腳獸營地的垃圾，髒得要命。」

「河裡的魚也都中毒了，」泥毛補充，「吃下毒魚的貓全都生了病。這個禿葉季裡肚子痛的貓，比我當上巫醫以來治療過的所有貓還多。」

火心呆望著灰紋，然後將視線轉回飢餓的河族貓身上。他們大部分都不敢正視他的眼睛，彷彿讓別族貓知道自己有難是很丟臉的事。「那就讓我們來幫忙吧，」他對大家極力主張，「我們會在我們的領土裡獵食，然後送來給你們，直到洪水消退、河水恢復乾淨為止。」

即使在他提出這個建議時，他也很清楚自己違背了只效忠自己部族的戰士守則。要是藍星發現，他竟然打算把雷族珍貴的獵物分給別族，一定會大發雷霆的。但火心實在無法袖手旁觀別族的災難。藍星也說過，**我們的福祉有賴森林裡四大貓族來維護**，他提醒自己。這自然也是星族的意願。

「你真的願意為我們那麼做嗎？」曲星一字一字緩慢地問，眼睛因為懷疑而瞇了起來。

「是的。」火心說。

「我也會幫忙。」灰紋也答應，還瞥了銀流一眼。

「那麼河族要感謝你們，」曲星咕噥著，「在洪水消退、我們重返營地之前，我們的族貓絕不會對你們挑釁。但那之後我們就會照顧自己。」他轉身，帶頭走回樹叢。他手下的貓都跟過去，邊走邊回望火心和灰紋。火心看得出來，並非所有的貓都信任他們自願幫忙的提議。

最後離開的是霧足，她推著小貓站起來，引導他們爬坡。「謝謝你們，」她低聲說，「我不會忘記你們的恩情的。」

河族貓消失在樹叢裡，現在只剩下火心和灰紋了。他們再次走下山坡，前往河邊，灰紋不可置信地搖搖頭。「替別族獵食？我們一定是瘋了。」

「不然還能怎麼辦？」火心反駁，「讓他們餓死嗎？」

「不行！但我們一定得小心，被藍星發現就慘了。」

被虎爪發現也一樣，火心在心底補充，**他已經懷疑灰紋和我在河族有朋友了，而我們的所作所為可能快要證明他是對的。**

第十三章

這是一個陰冷灰暗的早晨，火心不情願地爬出溫暖的窩，走去推了推灰紋。

「幹什……？」灰紋轉了個身，把尾巴圍在鼻端又躺了下來。「火心，走開啦。」

火心低下頭，在他碩大的灰色肩膀上撞了一下。「起來，灰紋，」他在朋友耳邊輕聲說，「我們要去幫河族獵食。」

話一出口，灰紋立刻坐直，打了個大大的呵欠。火心其實也跟朋友一樣累。在替河族提供新鮮獵物的同時，還要兼顧自己在雷族的職責，花掉他們大部分的時間和精力。他們已經帶獵物過了幾次河，目前為止還算幸運，行蹤並沒有被族貓發現。

火心一面伸展身體，一面好奇地張望窩內。其他戰士們還蜷伏在苔蘚上呼呼大睡，不可能提出什麼怪問題；而虎爪還只是巢穴裡一團深色的虎斑毛。

火心從窩口的樹枝間滑出來，剛開始他以

為其他貓都在沉睡，結果卻看到斑臉出現在育兒室門口。

她抬起頭嗅了嗅空氣，然後好像很討厭迎面那股濕冷的風似地，立刻退了回去。

火心回頭看了看灰紋，他正忙著甩掉身上的苔蘚。「好啦，」他說，「可以走了。」

他們跳著走過空地，前往金雀花隧道。才剛抵達入口，身後就響起一個熟悉的聲音：「火心！火心！」

火心當場僵住，轉過身來。雲兒蹦蹦跳跳地走向他，邊喊著，「火心！等等我！」

「火心，」灰紋嘀咕著，「為什麼你的同類總在最糟糕的時候出現啊？」

「誰知道。」火心嘆口氣。

「你們要去哪裡？」雲兒在兩位戰士面前止步，興奮地喘著說。「我可不可以一起去？」

「不行，」灰紋告訴他，「只有見習生才能跟戰士出去。」

雲兒嫌惡地瞪了灰紋一眼。「可是我也快要當上見習生了，對不對？火心？」

「快了，但現在還沒有。」火心提醒他，努力想讓自己保持鎮靜。如果他們在這逗留，全族都會被吵醒，並且會想知道他們在幹什麼。「雲兒，這次你不能跟我們去。我們有特殊戰士任務要辦。」

雲兒的一雙藍眼睛好奇地睜圓。「是祕密嗎？」

「對，」灰紋嘶了一聲，「尤其不能告訴好奇的小貓。」

「我絕對不會說出去，」雲兒滿口答應，「火心，求求你讓我跟嘛。」

「不行。」火心與灰紋惱怒地互看一眼，「雲兒，聽好，你回育兒室去，待會兒我或許會帶你去練習狩獵，好不好？」

「喔……好吧。」雲兒一臉不高興，但還是轉過身，拖著腳步往育兒室的方向走去。

火心看著他走進去，才閃身進入隧道。不久之後，他跟身邊的灰紋就奔上山谷。

「只希望雲兒不會告訴全族我們一早就出去辦特殊任務。」灰紋噴著氣說。

「待會兒再擔心這件事吧。」火心也喘著氣。

他們走向踏腳石，那棵倒下的樹還在，能讓他們踩著過河，而在那附近狩獵意謂著他們能縮短叼獵物的距離，也比較不容易被發現。

等他們抵達森林邊緣，天色也更亮了，但太陽仍藏在大片灰雲之後。風裡挾帶著幾滴雨。火心覺得，在這種情況下，所有有頭腦的獵物都會縮在洞穴裡。他抬頭嗅著空氣，微風帶來松鼠的氣味，是新鮮的，而且就在不遠處。他開始小心翼翼地在林間潛行，很快就看到那隻松鼠在一棵橡樹下的枯葉堆裡找東西。他看到他的獵物坐起身，兩隻前掌捧著橡果啃。

「如果他知道我們在這裡，」灰紋在他耳邊輕聲說，「會一溜煙跑上樹的。」

火心點頭。「你圍過去，」他小聲地說，「從側邊包抄。」

灰紋滑步走開，灰色的身體悄然無聲地閃進樹影裡。火心則是駕輕就熟地伏低身體，擺出狩獵的姿勢，慢慢地向松鼠逼近。他看到松鼠豎起耳朵，好像警覺到什麼似地轉了轉頭；也許松鼠看到灰紋一閃而過，也許是他身上的氣味起注意。

趁松鼠分神的時候，火心一個飛撲跳上空地，用爪子把松鼠釘在林間地上，灰紋適時上前一擊，松鼠停止了掙扎。

「幹得好。」火心哼著。

灰紋呸著吐出滿嘴的毛。「肉老了點，又硬，不過還能吃。」

他們繼續狩獵，又獵了一隻兔子和幾隻老鼠。雖然看不到太陽，但火心知道快正午了。「最好趕快把這些食物帶去給河族，」他說，「營地那邊要不了多久就會開始找我們了。」

他帶頭走到倒塌的樹旁，叼著一隻松鼠和一隻老鼠，讓他走起來有些蹣跚。看到河水並沒上漲，他鬆了口氣；幾次過河下來，現在這麼做已經容易多了。儘管如此，他從樹枝間走過時還是會感到不安，畢竟只要雷族貓剛好巡邏到森林邊緣，就會發現他們。

他和灰紋游過最後一段大約幾隻狐狸身長的距離，爬出水面來到河族領土。他們甩掉身上的水後，迅速走向河族充作臨時營地的樹叢。

這裡一定有守衛，因為他們還沒到，豹毛就從樹叢間現身了。「歡迎。」她說，語氣比上次見到他們救了兩隻小貓時還要友善許多。

火心跟著她走進山楂樹枝底下時，想起自己和灰紋曾經躲在這裡等著見銀流。自從洪水迫使河族離開原有營地起，他們一直很勤奮，找苔蘚做床鋪，在一株大樹叢根部旁清理出一片空地，存放捕獲的獵物。今天河族捕獲的不過是少得可憐的兩三隻老鼠和畫眉鳥，這使得雷族戰士的捐贈顯得更有必要。火心把獵物放在那一堆上，灰紋也照做了。

「又有新鮮獵物了？」石毛出現，身後跟著銀流。「太好了！」

「我們要先餵飽長老和剛生下孩子的貓后。」豹毛提醒他。

「我帶些東西去給長老，」銀流自告奮勇。她意有所指地看了灰紋一眼，然後說：「你可以幫忙吧。麻煩你把那隻兔子叼過來，好不好？」

火心突然緊張起來。**銀流不會在她自己的營地裡，冒險跟灰紋獨處吧？**之前幾次，她都一直跟他們保持距離。

灰紋可不需要她再次開口。「沒問題。」說完叼起兔子，跟著銀流走出樹叢。

「他們這樣就對了，」石毛說，「火心，你要不要把這隻松鼠帶去給剛生下孩子的貓后？這樣他們就能親自向你道謝。」

火心同意了，感覺有些茫然。他跟在石毛身後，看到眼前這位有一半雷族血統的河族戰士，心裡有種怪怪的感覺，尤其石毛自己對這件事一無所知。

火心很高興在草草搭成的育兒室裡再次見到霧足，她伸長身體側躺，讓小貓們滿足地吸吮她的乳汁。但火心還是很擔心灰紋，一跟貓后們打過招呼，幫她們撕開松鼠以後，他就低聲對石毛說：「你能不能告訴我灰紋去哪兒了？我們該在族裡發現我們失蹤前趕回去。」

「好呀，往這邊走。」石毛說。他帶火心走到更遠的土丘，只見三、四位長老正趴在滿天星和蕨葉墊上，埋頭大嚼獵物。那隻兔子除了幾塊皮，已經沒剩下什麼了。

灰紋和銀流靜靜地看著，並肩坐在一起，身體沒有接觸，尾巴盤在腳掌上。他們一看到火心，就跳起來走向他。灰紋黃色的眼睛燃燒著興奮和恐懼。

「火心！」他大喊，「你絕不會相信銀流剛才告訴我的事！」

火心瞥向自己身後，但石毛已經消失在樹叢裡了。

剛吃飽的長老們一臉睡意，誰都沒有注意到灰紋。

「好了，什麼事？」火心說，全身的毛不安地豎直。「壓低聲音說吧。」
灰紋看來簡直像要炸開了。「火心，」他呢喃著，「銀流懷了我的孩子！」

第十四章

火心的心臟怦怦亂跳，他的目光從灰紋落向銀流。她快樂地顫抖著，綠色的眼睛裡閃著驕傲。「你的孩子？」他警戒地重複著，「你們倆瘋了嗎？這簡直是場災難！」

灰紋眨眨眼，不敢直視他朋友的眼睛，「也……也不一定啦。我是說，生下來的孩子會永遠跟我們在一起啦！」

「可是你們是不同族啊！」火心反駁。從灰紋不安的表情不難猜出，他朋友其實很清楚小貓可能帶來的困擾。「灰紋，你甚至不能說這些孩子是你的。還有銀流，」他又說，轉向這隻河族貓。「妳也無法跟任何族貓說孩子的父親是誰。」

「我不在乎，」銀流堅持，迅速在胸前舔了一下。「我自己知道就夠了，這才是重點。」

但這點灰紋看來倒是不太肯定。「不讓孩子知道就太蠢了，」他咕噥著，「我們又沒做什麼見不得光的事。」他靠向銀流，無助地望了火心一眼。

「我知道你的感受，」火心沉重地同意，「可是那沒用。灰紋，你明明知道的，這些貓將屬於河族。」想到未來這件事可能導致多少麻煩，他的心沉了下去。等小貓們長大成為戰士，灰紋搞不好還得跟他們打鬥！他的心得一分為二，一半效忠他的血親，一半效忠自己這族和戰士守則。火心實在看不出來，他有什麼辦法能夠同時對兩邊效忠。

霧足和石毛也經歷過這種狀況嗎？他想。他們的雷族父母是否也必須與他們對打？他想到設法保護他們不被雷族攻擊的橡心：這位河族戰士是怎麼對他們解釋的？這是完全無解的情況，而現在一切又會在即將誕生的小貓身上重演。

不過火心知道，現在說這些一點用也沒有。他的眼睛逡巡著樹叢的輪廓，以防有貓走近，然後說：「我們該走了，正午了。營地那邊會找我們的。」

灰紋輕柔地跟銀流碰了碰鼻子。「火心說得對，」他低語，「我們得走了。妳別擔心。」他又說：「他們會是森林裡最美麗的小貓。」

帶著滿眼的眷戀，銀流瞇起眼睛，發出深沉的呼嚕聲。「我知道。我們會有辦法度過難關的。」她站著凝視火心和灰紋離開樹叢，走下山坡，往氾濫的河水走去。灰紋不斷回頭，一副依依不捨的樣子。

火心感覺胸前彷彿壓了一塊又冷又硬的大石頭。**再過多久**，他想著，**這件事就會被發現呢？**

即使火心極力想把這件事從腦中拋開，在他們穿過樹幹走回雷族領土時，他仍覺得滿腔的沉重與擔憂。但現在更重要的事是，想好一套說詞，這樣才好跟發現他們不在的貓兒解釋。

「我想我們應該狩獵一下，」他告訴灰紋，「那麼至少——」

森林邊緣傳來興奮的喵嗚聲打斷了他的話。「火心！火心！」

火心不敢置信地呆望著一個白色的小身影從樹林邊緣的蕨葉中衝出來。是雲兒！

「噢，老鼠屎！」灰紋小聲咒罵。

火心走過草地，一顆心沉了下去。「雲兒，你在這裡做什麼？」他質問，「我叫你留在育兒室啊。」

「我跟出來了，」雲兒驕傲地宣布，「從營地那邊就開始了唷。」

看著這隻小貓閃亮的藍眼睛，火心煩亂地領悟到，他們想用起個大早去狩獵的理由偷溜回營地，已經毫無希望可言了。雲兒一定看到他們過了河。

「我跟著你們的氣味蹤跡一直到踏腳石，」雲兒繼續說，「火心，你和灰紋到河族的地盤去做什麼啊？」

火心還沒想好要怎麼回答，另一個聲音響起——一個低沉、凶暴的吼聲：「對，這個我也想知道。」

火心抬頭看到虎爪踏著棕色的枯蕨葉走來，頓時覺得全身的力氣都從腳底流失了。

「火心真勇敢！」雲兒說。火心半張著嘴站立，緊張讓他整個腦子都化成片片毛絮。「他去辦特殊戰士任務唷——這是他親口跟我說的。」

「真的呀？」虎爪嘶聲說，閃著大感興趣的眼神。「那他有沒有告訴你，那是什麼特殊戰士任務呢？」

「沒有，可是我猜得出來。」雲兒興奮得渾身顫抖，「他是跟灰紋去監視河族的。火心，你有沒有——」

「安靜，小鬼！」虎爪斥責，「怎樣？」他對火心挑釁。「這是真的嗎？」

火心望了灰紋一眼。他朋友僵在那裡，一對黃眼睛滿載恐懼地望著副族長；看來是說不出什麼有幫助的話了。

「我們想去看看洪水氾濫到多遠。」火心說。這倒不全是謊話。

「哦？」虎爪頓了頓，故意往四周看了看，才問道：「那其他巡邏隊員呢？你們一定是被誰派去的吧？」火心還沒回答，他又開口：「但我雖然派出了所有的巡邏隊，可沒派你們。」

「我們只是想……」灰紋軟弱地說。

虎爪對他毫不理睬，只是將自己的大頭直探到火心的面前，近得火心都能聞到副族長那熱烘烘又難聞的口氣。「我說啊，寵物貓，你對河族實在太友善了。你可能是過去當間諜的——但也可能是替他們當間諜的。你到底心向哪一邊呢？」

「你沒有權利這樣指控我！」憤怒讓火心全身的毛都豎了起來，「我完全效忠雷族。」

虎爪喉嚨裡升起低沉的咆哮。「那我們把這趟探險告訴藍星，你一定也不會介意囉？我們來看看她相不相信你對雷族忠誠。至於你……」他低頭瞪著雲兒，雲兒想勇敢地迎向他琥珀色的目光，但又忍不住往後退了一兩步。「藍星的命令是不准小貓單獨離開營地。還是你自認不必遵守族裡的命令，就像你的寵物貓同類那樣？」

頭一次，雲兒沒有回答，一雙藍眼睛裡盡是恐懼。

ϟϟϟ

他們抵達營地，火心看到藍星正站在高聳岩下方。一隊由白風暴、長尾和鼠毛組成的巡邏隊正在向她報告。

「溪水一直氾濫到轟雷路，」火心聽到白風暴說，「如果水不退，我們就沒辦法去參加下次的大集會了。」

「還有時間——」看到虎爪走近，藍星的話說了一半就停了，「有什麼事？」

「我帶了這幾隻貓來見妳，」副族長說，「一隻不聽話的小貓和兩個叛徒。」

「叛徒！」長尾重複，帶著不高興的目光，盯著火心，「我就知道寵物貓會這樣。」他輕蔑地說。

「夠了，」藍星下令，語氣裡帶著一絲咆哮。她對巡邏隊的貓點點頭。「你們可以走了，都下去吧。」等他們走開後，她轉向虎爪。「告訴我這是怎麼回事。」

「在你下令沒有戰士陪同，小貓或見習生都不准外出以後，」虎爪開口，用尾巴指了指雲兒，「我看到這隻小貓離開營地。我想抓他回來，但當我走進深谷，卻發現他是追蹤某個氣味蹤跡出來的。」他停了一下，挑釁地斜睨了火心和灰紋一眼。「氣味蹤跡通往陽光岩下游的踏腳石。那邊除了這兩位剛從河族領土回來的——」他憤慨地說：「——大戰士之外，還會有誰！我問他們去做什麼，他們卻亂編了個故事想矇混過去，說是去檢查洪水氾濫得有多遠。」

火心鼓起勇氣準備迎接藍星的怒火，但這位族長卻還是冷靜以對。「是真的嗎？」她問。

在從踏腳石往回走的路上，火心思考了一下，如果再對藍星撒謊，他惹下的麻煩肯定超乎想像。現在，看著她臉上的智慧和藍眼睛裡洞悉一切的目光，他知道自己必須說實話。「是的，」他承認，「我們可以解釋，可是……」他瞥了虎爪一眼。

藍星閉上眼睛好長一段時間。當她再次睜開眼睛，露出前所未見的高深表情。「虎爪，這事我來處理就好，你可以走了。」

副族長似乎想要拒絕，但在藍星澄澈的目光下，他一句話也沒說。他隨便點了個頭，大步走向新鮮的獵物堆。

「好了，雲兒，」藍星轉向這隻小白貓，「你知不知道我為什麼下令，不讓小貓和見習生單獨外出？」

「因為洪水很危險，」雲兒繃著臉說，「可是我——」

「你違背了我的命令，就必須接受處罰。這是族裡的規矩。」

有好一會兒，火心以為雲兒會抗議，但他欣慰地發現這隻小貓只是低頭說了聲：「是，藍星。」

「虎爪前不久才要你去幫長老的忙，對不對？很好，你就繼續做這件事。能夠替族裡其他貓服務是項榮譽；還有你必須學習，服從族裡的規矩也是一種榮譽。去吧，看看他們有沒有事情要你去辦。」

雲兒再次低頭鞠躬，然後就跑上空地，尾巴翹得高高的。火心懷疑他其實還蠻喜歡照顧長老的工作，而且這項處罰可能根本不重。他忍不住擔心雲兒仍然沒有學到尊重部族生活方式的教訓。

藍星在地上坐定，腳掌收攏在身體底下，「告訴我事情的經過。」她詢問兩位戰士。

火心深深吸了口氣，解釋他和灰紋是如何救起兩隻河族的小貓，然後被河族戰士帶進了營地。

「只不過我們沒辦法進入他們的營地，」他說，「那裡已經被淹沒了。他們現在住在高地的樹叢裡。」

「原來如此……」藍星喃喃自語。

「他們並沒有多少掩蔽，」火心繼續說，「而且很難捕獲獵物。他們說兩腳獸污染了河流，吃魚的貓都生病了。」

他說話時望見灰紋露出擔憂的表情，他朋友似乎覺得，透露這麼多河族的弱點有些危險。有些貓，火心知道，會把現在看成侵略河族的大好機會；但他相信藍星不會這樣做。她從來不趁火打劫，更不會在禿葉季時趁虛而入。

「所以我們覺得有必要做些什麼，」他把話說完，「我們……我們自願在我們的領土上替河族獵食，然後把獵物帶過河去給他們。今天虎爪就是看到我們從那邊回來。」

「我們不是叛徒，」灰紋補充，「我們只是想幫忙。」

藍星轉向他，然後又回頭看著火心。她一臉嚴肅，但眼睛裡閃著一絲了解。「我明白，」她小聲地說，「我甚至尊敬你們的善意。所有的貓都有活下去的權利，無論他們屬於哪一族。但你們也清楚知道，不該擅自作主。你們羅織藉口溜出營地，還對虎爪撒謊——或說，你們沒有對他全盤吐實，」火心還來不及反駁，她又說，「而且你們不顧自己的族，先替別族狩獵。這不是戰士該有的作為。」

火心不安地吞了口口水，轉頭望向灰紋。他的朋友低垂著頭，羞愧地看著自己的腳掌。

「這些我們都很清楚，」火心承認，「我們覺得很抱歉。」

「感到抱歉不見得就夠了，」藍星說，語調有些尖銳，「你們必須接受處罰。既然你們的作為不像戰士，我們就看看你們是不是記得當見習生的情形。從現在起，你們要替長老狩獵，服侍他們。你們狩獵時還要有位戰士在旁監督。」

「什麼？」火心忍不住衝口而出。

「你們違反了戰士守則，」藍星提醒他，「既然你們不值得信任，就得跟值得信任的貓一起去。你們也不准再去河族那裡。」

「可是……我們已經不是見習生了？」灰紋擔憂地問。

「不是。」藍星眼中閃過一絲笑意，眼神柔和許多。「你們還是戰士。一片葉子不能變回芽苞。但你們會像見習生那樣生活，直到我認為你們學到教訓為止。」

火心強迫自己穩住呼吸。他想著，當初是多麼驕傲能成為雷族戰士，現在卻將喪失戰士的殊榮，丟臉的感覺讓他昏眩。但他知道跟藍星爭辯是沒有用的，內心深處其實也承認，這項處罰很公平。他尊敬地點頭，「好的，藍星。」

「還有我們真的很抱歉。」灰紋加了句。

「我知道。」藍星對他點點頭，「你可以走了，灰紋。火心留下來一下。」

驚訝的火心有些緊張，想知道藍星要說什麼。

族長等到灰紋走出可以聽見他們交談的範圍，才開口問：「告訴我，火心，河族有沒有貓死於洪水？」她聽來有些分神，而且頭一次沒有正視火心的雙眼。「比方說戰士之類的？」

「據我所知是沒有，」火心承認，「曲星並沒有提到有誰淹死。」

藍星皺著眉，但沒有再發問了。她像是對自己說話似地，輕輕點了點頭，遲疑了一下，然後示意火心退下。「去找灰紋，告訴他你們可以吃點東西，」她下令，語氣平靜，再次恢復鎮定，「然後叫虎爪來見我。」

火心點點頭站起身準備離開。走過空地時，他回頭望了藍星一眼。這隻灰毛母貓仍趴在岩石腳下，雙眼凝視著遠方。他忍不住對族長急切的詢問感到困惑。

她為什麼那麼擔心河族的戰士?他忍不住猜想。

第十五章

「唷，這可不是我們最新的見習生嗎？火掌！」

火心從吃到一半的田鼠身上抬起頭，看到長尾神氣活現地走向他，尾巴左搖右晃。「準備好去受訓了？」這位戰士冷笑著，「虎爪叫我當你的導師。」

火心慢條斯理地吞下最後一口田鼠肉，站了起來。他猜也猜得出這是怎麼回事。藍星把這項處罰告訴了虎爪，虎爪立刻就組織了一支巡邏隊。他當然會選擇最討厭火心的貓來監看這次狩獵。

在他身邊的灰紋跳了起來，向長尾跨出一步。「嘴巴放乾淨點，」他咆哮，「我們可不是見習生！」

「我可不是這樣聽說的哦。」長尾回答，滿足地用舌頭舔過嘴巴，好像才剛吞下什麼美味佳餚。

「那就讓我們糾正你，」火心嘶叫著，準

備揮動尾巴，「要我把你的另一隻耳朵也扯下來嗎？」

長尾退後一步。他顯然還記得火心剛到營地的情形。他兇狠地跟長尾打鬥，在這位戰士「寵物貓」的辱罵下毫無懼色。火心知道，就算其他貓能讓長尾忘掉這場挫敗，那隻裂開的耳朵也會一直提醒他。

「你最好收斂點，」但這位戰士仍氣焰囂張地說，「要是敢碰我，虎爪會扯掉你的尾巴。」

「那也值得，」火心怒斥，「你再喊我火掌，就要你好看。」

長尾沒再說話，只是偏過頭去舔拭身上淡色的毛。火心也不再劍拔弩張。「那就走吧，」他咕噥著，「如果要去狩獵，就快點出發。」

他和灰紋帶頭走出金雀花隧道，從深谷的一邊往上爬。長尾跟著他們，一副他才是老大的樣子，還高聲建議打獵的地點。但他們一進入森林，火心和灰紋就想盡辦法忽略他。

這一天又陰又冷，還下起了毛毛雨，幾乎找不到任何獵物。灰紋發現有東西在蕨葉下移動，於是走去查探；而就在火心幾乎準備放棄的時候，看到一隻燕雀在榛樹根間啄食。火心蹲下身體，一步步潛行向前，那隻鳥毫無所覺地繼續啄食著。

他左右搖擺著臀部準備撲上，長尾卻發出嘲笑，「那也叫蹲伏啊？連缺隻腳的兔子都做得比你漂亮！」他一開口，那隻燕雀就驚慌地振翅飛起，還發出嘹亮的警戒尖叫。

火心狂怒地轉身。「都是你害的！」他咆哮，「牠一聽到你的聲音——」

「胡說，」長尾說，「少找藉口了。你連自己腳掌間有老鼠坐著都抓不到。」

火心塌下雙耳，露出牙齒，但當他凝神準備出手時卻忽然想到，長尾可能是故意要激怒他。如果火心攻擊他，長尾就有段精彩的故事可以跟虎爪說了。

「算了，」火心咬牙咆哮，「如果你真的這麼行，那就露一手來看看啊。」

「你以為剛才被你嚇跑的鳥叫成那樣，還會有獵物留下嗎？」長尾冷笑。

「現在是誰在找藉口了？」火心氣沖沖地回嘴。

長尾還來不及回答，灰紋就從蕨葉中現身，嘴裡還叼著一隻田鼠。他把田鼠放在火心身邊，開始把泥土踢到牠身上，等要回營地時再挖出來。

長尾趁機轉過身，大步走向灰紋剛從蕨葉中弄出的隧道。

灰紋看著他走遠。「他怎麼啦？好像剛吞下老鼠膽汁似的。」

火心聳聳肩。「沒事。走吧，我們繼續。」

那之後，長尾就不管他們了；日落時這兩位年輕戰士已經捕獲好大一堆獵物，準備帶回營地。

「你帶一些去給長老，」他們把最後一塊獵物拖進營地時，火心跟灰紋提議，「我去看黃牙和煤掌。」他撿了一隻松鼠走向巫醫窩。黃牙站在岩石裂縫外，煤掌則坐在她身前。這位火心的前任見習生看起來精神抖擻。她筆直地坐著，尾巴裹住腳掌，一雙藍眼睛定定地注視著黃牙，聆聽這隻老貓說話。

「我們可以咀嚼狗舌草葉，跟碾碎的圓柏莓混合，」黃牙粗聲說，「做成藥糊，敷在疼痛的關節上。妳想不想試做看看？」

「好！」煤掌熱切地說。她跳起來嗅著黃牙放在地上、高高隆起的一堆藥草。「會很難吃嗎？」

「不會，」黃牙回答，「但盡量不要吞下去。吃到一點不會怎樣，太多就會讓妳肚子痛。哦，火心，有什麼事嗎？」

火心走過空地，將那隻松鼠拖在他的兩隻前腳間。煤掌已伏在狗舌草前努力咀嚼，她揮動尾巴跟火心打了個招呼。

「這是給妳的。」火心把松鼠放到黃牙身邊。

「噢，對。追風說你又回去執行見習生勤務了，」黃牙低吼，「鼠腦袋！你該知道幫助河族的事遲早會曝光的。」

「反正事情已經發生了。」火心並不想多談這項處罰。

幸好，黃牙似乎也很高興轉換話題。「真高興你來了，」她說，「因為我有事想跟你談談。看到那堆藥糊了嗎？」她面向煤掌剛做好的那堆嚼爛的綠色糊狀物。

「看到了。」

「那是給小耳的。他現在在我的窩裡，關節僵硬的程度是我好幾個月來見過最嚴重的了。為什麼呢？因為近來他的床都是用潮濕的苔蘚鋪成的。」她的語氣溫和，但望著火心的黃眼睛卻很不高興。

火心感覺心往下沉。「是雲兒害的，對吧？」

「我想是，」黃牙說，「他找床鋪很不認真。我看啊，他根本懶得把上面的水甩掉。」

「可是我明明已經教過——」火心沒繼續往下說。他自己的麻煩已經夠多了，他想；要他一直幫雲兒收拾爛攤子，實在不公平。他深深吸了口氣。「我會跟他談談。」他一口答應。

「很好。」黃牙咕噥著。

煤掌坐起身，吐出幾片狗舌草，「這樣嚼得夠不夠？」

黃牙檢查了一下成果。「非常好。」她說。

這句稱讚讓煤掌的藍眼睛亮了起來，火心讚賞地看著這隻老巫醫。看到黃牙使煤掌感覺自己能幫得上忙而且被需要，火心感到一陣溫暖。

「現在妳可以去拿圓柏莓了，」黃牙繼續說，「我看看……三顆應該就夠了，妳知道我都放在哪裡嗎？」

「知道，黃牙。」煤掌跳著走向岩縫，雖然腿一跛一跛地，尾巴仍豎得筆直。來到窩口的她轉過頭來。「謝謝你帶那隻松鼠來，火心。」說完就進去了。

黃牙讚賞有佳地看著她，發出粗啞的呼嚕聲。「總算有隻貓知道自己在做什麼。」她自言自語。

火心同意。他真希望也能對自己的同類說同樣的話。「我現在就去找雲兒。」他嘆了口氣，用鼻子碰了碰黃牙的側身，然後走出她的窩。

那隻小白貓不在育兒室裡，於是火心來到長老窩。才一進門，他就聽到半尾的聲音。「虎族族長追那隻狐狸追了一天一夜，到了第二天晚上——哈囉，火心。你也來聽故事嗎？」

火心環視一圈。半尾盤著身體坐在苔蘚上，旁邊是斑皮和花尾。雲兒蜷伏在這隻大虎斑貓身旁，想像著虎族偉大的黑紋貓，一雙藍眼睛因為驚奇而睜得圓亮。地上有幾塊剩下的食物，從雲兒身上還殘存的老鼠味看來，火心猜長老們也讓他一起分享食物了。

「不，謝了，半尾，」他說，「我不能留下來。我只想跟雲兒談談。黃牙說他找來的床鋪是濕的。」

花尾哼了一聲。「真是胡說八道！」

「她一定聽信了小耳的話，」斑皮說，「就算是星族從銀毛星群下來替他鋪床，他都會抱怨的啦。」

火心難堪地豎起毛來。他沒想到長老們都替雲兒找藉口。「那，你到底有沒有照我說的去做？」他瞪著小貓質問。

雲兒對他眨眨眼。「我已經盡量把事情做對了耶，火心。」

「他還小嘛。」花尾憐愛地說。

「嗯，那……」火心的腳掌刮著地面，「小耳的關節在痛。」

「小耳的關節已經痛了好幾季啦，」半尾說，「早在這隻小貓出生前就是那樣了。你去管你自己的事吧，火心，我們的事讓我們自己操心就好。」

「對不起，」火心小聲地說，「那我走了。雲兒，以後處理濕苔蘚時一定要特別小心，好嗎？」

他退出長老窩，離開時還聽到雲兒在問：「半尾，繼續說嘛。後來虎族族長怎麼了？」

火心很高興能逃到空地來。他忍不住想，雲兒或許沒有好好處理濕苔蘚，但看起來其他長老似乎都不怪他。替長老狩獵後就可以自行取食了，火心踱步走向獵物堆，意外發現碎尾就躺在他的窩外。虎爪在他身旁，兩個像老朋友似地互舔對方。

竟然意外見到這一幕，火心停下腳步。這是不是虎爪鮮少表露出的慈祥面？他只能聽到虎爪低沉的聲音，因為距離太遠，無法分辨他究竟在說什麼。碎尾簡短地回答了一句，看起來放鬆多了，似乎回應著這位副族長的友善。

但突然間，要讓虎爪接受公正制裁的念頭又湧上他的心頭。大家都知道虎爪是兇狠又勇敢的鬥士，副族長的職務於他更是駕輕就熟、行有餘力。不過，火心從沒看過他真正展現出領導者的憐憫特質，直到現在，跟碎尾在一起……

一時間，火心覺得天旋地轉。或許藍星是對的，虎爪與紅尾的死完全無關。或許煤掌的意外很單純，根本不是什麼陷阱。**如果你從一開始就想歪了呢？**火心想著，**會不會虎爪其實就是這樣：一位忠誠又有效率的副族長？**

但火心說服不了自己。他放慢腳步，來到新鮮獵物堆旁，暗自希望能夠從這些種種重擔中解脫出來。

第十六章

火心踏出包圍著見習生窩的蕨葉，伸展前腳。太陽剛升起，天空已是一片淡淡的蛋殼藍，這表示在連日陰雨後將有好天氣到來。

對火心來說，在見習生窩裡睡覺才是這項懲罰中最難受的。每次他走進窩裡，刺掌和亮掌就睜大眼瞪他，一副完全不敢置信的模樣；蕨掌覺得很難堪，而疾掌——在他導師的鼓勵下，火心猜想——毫不掩飾地出聲冷笑。火心放鬆不下來，睡眠也被夢境弄得斷斷續續的，夢裡斑葉朝他跳來，說著他醒來後怎樣也想不起來的警告。

現在火心張開嘴打了個大呵欠，坐下來將自己好好舔拭一番。灰紋還在睡，火心不久就得叫醒他，然後再找位戰士監督他們去做另一次的狩獵巡邏。

火心舔拭自己的時候，看到藍星和虎爪坐在高聳岩下方忙碌地交談著。他很好奇他們在說什麼。然後藍星揮動尾巴叫他過去。火心立刻跳起來，走過營地。

「火心，」他走近時，藍星說，「虎爪和我認為你已經被處罰夠了。你和灰紋現在可以恢復原來的戰士身分了。」

火心高興得幾乎有些飄飄然。「謝謝妳，藍星！」他說。

「希望你學到了教訓。」虎爪低吼。

「虎爪要率領一支巡邏隊去四喬木，」火心還來不及回答，藍星便又開口。「再過兩晚就是滿月了，我們需要知道能不能過河去參加大集會。虎爪，你要不要帶火心一起去？」

副族長琥珀色眼裡閃動的光芒，讓火心摸不著頭腦。他看起來不是很高興──虎爪從來沒高興過──卻有種詭祕的滿足感，好像頗享受率領火心一事。火心毫不在意。能獲得藍星信賴並擔負真正的戰士任務，使他興奮不已。

「可以，」虎爪說，「但如果他出一點差錯，我可要追究。」他撐起身體，深色的皮毛盪起波紋。「我要再找隻貓一起去。」

火心看著他大步走過空地，消失在戰士窩裡。「這次的大集會非常重要，」他身邊的藍星小聲地說，「我們得知道其他族如何應付洪水。我們有必要參與大集會。」

「一定會有辦法的，藍星。」火心向她保證。

但他的信心在看到虎爪從窩裡出現後不久就迅速消失了。跟在他身後走出來的是長尾，看來虎爪故意選擇第三位巡邏隊員好讓火心處於不利地位。火心感覺胃裡有個麻煩的硬塊。他不想單獨跟虎爪和長尾出去，上次跟河族戰鬥的記憶猶新：虎爪竟眼睜睜地看著他跟一位凶狠的戰士辛苦對打，卻絲毫沒有上前幫忙的意思。長尾則是從他踏入營地起，就一直與他為敵。

一時之間，這兩隻貓在森林深處轉向他並謀害他的恐怖畫面，盤旋在火心的腦海裡。他抖了抖身體。他就像聆聽長老說故事的小貓那樣，在自己嚇自己。虎爪當然會對他下達不合理的命令，長尾也會享受看他受苦的每一刻，但火心並不怕接受挑戰。他要展現自己是在各方面都能跟他們分庭抗禮的戰士！

火心恭敬地跟藍星道別，然後奔過空地，跟在虎爪和長尾身後走出營地。

太陽升得更高了，天空也變成一片深藍，他們穿過森林往四喬木走去。蕨葉托著閃閃發亮的露珠，火心走過時沾了一身濕。鳥兒在鳴唱，樹枝上剛舒展的葉片簌簌作響。新葉季果真來臨了。

火心走在虎爪身後，被樹叢下獵物跑來跑去的響動誘惑得有些分神。沒走多久，副族長要他們停步並自行狩獵。今天虎爪的心情出奇地好，火心想，連我這位火紅的戰士捕到一隻迅捷靈巧的田鼠，他都隨口大加讚賞。就連長尾也沒發出任何不友善的意見。

他們繼續走著，剛吃下的田鼠肉讓火心的肚子暖和而飽足。那份不安感消失了。這種天氣讓他忍不住樂觀起來，非常肯定他們不久就會把好消息帶回去給藍星。

然後他們來到坡頂，從那裡俯瞰流過雷族領土的那條溪，溪水擋在他們與四喬木之間。虎爪發出長而輕的嘶聲，長尾也忍不住沮喪地哀叫起來。

他們的惱怒，火心也有同感。溪水通常淺得能讓貓兒輕易走過，在一塊塊岩石上跳過還不會弄濕爪子。但現在溪水已經往兩邊氾濫，變成波光閃爍的一片汪洋，水流沿著原本的河道洶湧而去。

「想過河嗎？」長尾氣惱地問，「我可不想。」

虎爪一聲不吭地往上游走，沿著洪水邊緣走向轟雷路。地面緩緩向上，不久火心就看到波光閃閃的水面突出東一簇西一簇的草和幾叢蕨類。

「這裡並沒有像白風暴上次報告得那麼深，」虎爪說，「我們試著從這裡過去。」

火心很懷疑這裡的水是不是淺得能夠通行，但他一句話也沒說。他知道如果出言反對，就會得到有關他寵物貓懦弱出身的一貫冷笑。他安靜地跟著已經開始涉水而行的虎爪。他注意到一旁的長尾在自己跳下水時，耳朵緊張地抽個不停。

寒冷的水拍打著火心的腿，他小心翼翼地走著，從一處草叢跳到另一處，蜿蜒地朝最近的河岸前進，水珠在陽光下閃爍著。突然有隻青蛙從他腳掌下轉身逃開，幾乎讓他失去平衡，他趕緊用爪子重重地伸進浸滿水的草裡以穩住身體。

在他面前，溪水因為溪床翻起的泥沙而呈棕色，寬度超過貓能夠跳躍的距離，踏腳石全淹沒在水面以下。**希望虎爪不會要我們游泳**，火心瑟縮地想。

但這念頭才剛從他腦中閃過，他就聽到虎爪的吼聲從上游傳來。「過來！看看這個！」

火心涉水走向他。副族長和長尾就站在水邊，一段樹枝卡在他們面前，被水流沖得剛好橫亙在河兩岸。

「這正是我們需要的，」虎爪滿意地咕噥，「火心，你去看看安不安全，如何？」

火心疑惑地看著那段樹枝。樹枝遠比他上次踩著走入河族領土的那株倒木還要纖細，小枝椏往四面八方突出，上面還垂著不少枯葉。每隔一陣子，整段樹枝就會突然滾動一下，流水似乎還想把它沖走。

如果有其他資深戰士，甚至藍星，火心會先跟他們討論這段樹枝安不安全，然後才站上去。但沒有貓敢質疑虎爪的命令。

「怕了嗎，寵物貓？」長尾出言奚落。

火心不再遲疑。他絕不會在這兩隻貓面前表現出害怕的模樣，讓他們得意地跟族裡其他貓四處廣播。他咬牙走上樹枝的一端。腳下的樹枝立刻一沉，他只得用力把爪子插進去，奮力穩住身體。一隻老鼠身長的下方就是湍急的棕色溪水，剎那間他以為自己會撲通一聲掉進去。

然後他穩住了。他開始謹慎地往前移動，讓踏出的每一步都呈一直線。每走一步，他的重量就讓瘦弱的枝幹顫動，樹枝還勾住他的毛，使他重心不穩。**照這樣走下去，我們絕不可能參加大集會的**，他想。

他緩緩接近樹幹中段，那裡的水流最湍急。樹枝愈來愈細，到後來簡直不比他的尾巴粗多少，讓他幾乎找不到落腳處。火心停下來，測量著剩下的距離：是不是已經近得可以安全跳過了呢？沒想到腳下的樹枝突然一陣傾斜。他本能地用爪子抓得更緊，只聽到虎爪喊：「火心！快回來！」

火心又不穩地搖晃了一下。樹枝再度傾斜，然後就突然滑開，被洶湧的溪水沖走了。火心滑到一邊，彷彿還聽到虎爪的吼叫，接著波浪就淹過他的頭頂。

第十七章

火心掉入溪裡時，一隻腳爪勉強勾住了樹枝。他覺得自己像在跟一個渾身利刺的木頭對手作戰，小枝椏擊打著他，擦刮著他的毛，而他的呼吸正呼嚕呼嚕地沉進泥水裡。他的頭短暫露出水面，但還來不及吸入空氣，樹枝一動他又滾到水面下。

恐懼使他出奇地鎮定，彷彿時間都慢了下來。火心的心裡有個聲音要他放開樹枝游上水面，但他知道這麼做是在冒險；水流太過湍急，他根本不可能游泳。強烈的沖擊表示，他除了讓爪子深陷進樹枝並忍受窒悶以外，什麼也不能做。**星族救我！**他慌亂地默禱著。

他的知覺正開始落入蠱惑的黑暗中，樹枝又翻轉過來將他帶出水面。他嗆咳著抓緊樹枝，身體兩側仍是洶湧的急流。放眼看不到河岸，他盡量把自己拉離水面，但一身浸濕的毛實在太重了，四肢也因為寒冷而變得僵硬。他不知道自己還能撐多久。

就在他感覺快要不行的時候，樹枝不知怎地突然停止了。整段樹枝猛地一顫，差點把火心拋了出去。他急忙抓緊，聽到有貓尖叫著自己的名字。他轉過頭，看到樹枝另一端被一塊突出溪水的石頭給卡住了。

長尾伏在那塊石頭上，身體朝他靠近。「快點，寵物貓！」他吼著。

擠出最後一絲力氣，火心沿著樹枝爬了過去。小枝椏掃過他的臉，他感覺樹枝又在傾斜，於是縱身往岩石一跳，前爪搆上了石面，但後腿還在水裡狂踢。他的四腳才站上岩石，樹枝就被下頭的水流沖走了。

有一個心跳的時間，火心還以為自己也要隨波而去了。岩石很滑，根本站不穩。然後長尾探下頭，火心感覺他的牙齒咬住了自己的頸背。有了另一隻貓的幫忙，他用爪子爬了上去，最後登上岩石頂端。他全身打顫地咳出好幾口溪水，然後才抬起頭。「謝謝你，長尾。」他粗聲地說。

「這位戰士面無表情。「這沒什麼。」

虎爪從岩石後方走上來。「你受傷了嗎？」他質問，「還能不能走？」

火心搖搖晃晃地站起來。水從他身上滴下，他抖了抖身體。「我——我沒事，虎爪。」他哆嗦著說。

虎爪後退幾步，避開火心甩出的水滴。「小心點。大家身上都濕了。」他再次接近火心，迅速嗅遍他全身。「你回營地去，」他下令，「不如我們都回去好了。誰也沒辦法過河，你剛才至少證明了這點。」

火心點點頭，不發一語地跟在副族長身後走回森林。現在他感覺到前所未有的寒冷和疲憊，只想蜷伏在陽光下大睡一覺。

他的四肢彷彿浸濕的石頭，頭腦則宛如充滿恐懼和懷疑的漩渦。虎爪在誰都能看出有危險的情況下，還派他走上那段樹枝，這讓火心忍不住猜想，虎爪是不是故意把樹枝弄鬆，好讓他掉進高漲的溪水裡。

只要長尾在一旁觀看就不可能，他這樣下結論。畢竟，最後是長尾救了他；火心雖然討厭長尾，卻不得不承認這隻淡色虎斑貓在其他戰士需要幫助時，仍恪遵戰士守則。

即便如此，虎爪還是能夠在不被長尾看見的情況下移動樹枝，或者長尾根本不知道發生了什麼事。火心很想問問他，但他知道如果真的這麼做，他的問題也會傳到虎爪耳中。

他望了虎爪一眼，看到這位副族長帶著毫不掩飾的恨意瞪著他。火心凝視著那琥珀色的目光，虎爪瞇起眼，似乎在傳遞無聲的威脅。就在那一刻，火心確知虎爪真的想謀害自己。這一次他失敗了，**但下次呢？**火心疲憊的腦袋畏縮地避開明顯的答案。下一次，虎爪絕不會再失手。

〰〰〰

等他回到營地，溫暖的新葉季陽光已曬乾了火心身上的毛，但他卻累得快走不動了。

在戰士窩外曬太陽的沙暴看到他，立刻站起來，跳著來到他身邊。「火心！」她喊著，

「你看起來糟透了！怎麼回事？」

「沒什麼大不了的，」火心含糊地說，「我只是——」

「火心只不過是去游了個泳。」虎爪插嘴。他低頭看著這位年輕的戰士。「快點，我們得去跟藍星報告。」他大步往高聳岩走去，身後跟著長尾。火心拖著步伐跟在他們後頭，沙暴緊跟在一旁，用溫暖的身體靠著他，慰問他。

「怎麼樣？」他們站在藍星面前時，她問，「有沒有找到過河的路？」

虎爪搖了搖他那顆大頭。「完全不可能，水漲得太高了。」

「但每一族都該參加大集會，」藍星說，「如果我們不想辦法找到一條乾路，星族會生氣的。虎爪，你仔細說說你們去了哪裡。」

虎爪開始詳細描述今早的經過，包括火心試圖踩樹枝過河一事。「是很勇敢啦，但卻有夠蠢，」他低吼，「我以為他會丟掉小命。」

沙暴回過頭，露出一臉佩服的表情。但火心跟虎爪一樣心知肚明，踩樹枝過河本來就不可能成功。

「火心，你以後要更小心，」藍星警告他，「你最好去找黃牙，看看有沒有感冒。」

「我沒事，」火心告訴她，「只要睡覺就行了。」

藍星瞇起眼。「這是命令，火心。」

火心強忍住打呵欠的欲望，恭敬地點頭。「是，藍星。」

「你弄完了到窩裡來，」沙暴說著舔了他一下，「我替你去拿食物。」

火心喵著道謝，腳步蹣跚地走向黃牙的窩。空地上空盪盪的，但他一叫黃牙的名字，這隻老巫醫就從岩縫裡探出頭來。

「火心嗎？星族老天呀，你看來就像剛從樹上摔下來的松鼠！出了什麼事？」她走過來，聽火心解釋著。煤掌也一跛一跛地跟在她身後，在火心身邊坐下，一雙藍眼睛睜得大大的，聆聽火心說自己怎樣差點淹死。

看到煤掌，火心忍不住想起她在轟雷路旁受傷的經過——**又是虎爪設下的意外？**冷血謀殺紅尾的事就更不用說了。疲累使火心的腦子有些暈眩，他不知道自己要怎樣才能阻止虎爪，不讓下一隻貓在這位副族長不擇手段的野心中喪生。

「好了，」黃牙粗聲說，打斷他紛擾的思緒，「你很健壯，大概也沒有感冒，但我們還要再仔細檢查才能確定。煤掌，如何辨別貓是不是曾經落水？」

煤掌坐得直直的，尾巴盤在腳掌上，雙眼直視黃牙，背誦著：「呼吸粗重，想嘔吐，身上有水蛭。」

「很好，」黃牙咕噥著，「那就開始檢查吧。」

煤掌小心翼翼地嗅遍火心全身，伸出一腳分開他的毛，以確保沒有水蛭吸附在他身上。

「呼吸還順暢嗎，火心？」她輕柔地問，「會不會想吐？」

「不會，我很好，」火心說，「我只想大睡一場。」

「我想他沒什麼問題，黃牙。」煤掌報告著。她的臉頰貼著火心的，迅速舔了他幾下。

「只要別再往什麼河裡跳就好，行嗎？」

黃牙發出沙啞的咕嚕聲。「好啦，火心，你可以回去睡覺了。」

煤掌驚訝地豎直耳朵。「妳不要也檢查一下嗎？要是我漏掉什麼怎麼辦？」

「沒必要，」黃牙說，「煤掌，我相信妳。」這隻老貓伸展身體，弓起她瘦骨嶙峋的背脊，然後又放鬆。「這陣子我一直想跟妳說件事，」她繼續說，「我看過不少有鼠腦袋的傢伙，因此有隻頭腦清楚的貓實在很令我高興。妳學得很快，而且對病貓也好。」

「謝謝妳，黃牙！」煤掌大喊，雙眼因受到黃牙稱讚而驚喜地圓睜。

「安靜，我還沒說完呢。我年紀大了，也該開始想想找見習生的事了。煤掌，妳覺得當雷族的下一任巫醫怎麼樣？」

煤掌跳了起來，雙眼發光，渾身興奮地發抖。「妳是說真的嗎？」她輕呼。

「當然是真的，」黃牙粗聲說，「我可不像其他貓，說話只是為了要聽自己的聲音。」

「如果能這樣，當然好，」煤掌小聲回答，然後認真地抬起頭，「這是世界上我最喜歡做的事了！」

火心感覺一顆心在快樂中跳得更快了。他一直很擔心煤掌，先是以為她可能活不下去，後來又認為她受傷的腿使她當不上戰士。他記得她曾經沮喪地想像自己將來會如何，看來黃牙已經替她找到完美的解答。看到這隻年輕母貓對未來如此興奮，火心覺得自己已別無所求。

他踩著略為輕快的腳步轉身回到戰士窩，準備跟沙暴共享食物，然後睡上一覺。當他醒來時，夕陽已經把床鋪照得火紅。

灰紋推了推他。「醒醒，」他的朋友說，「藍星召集大家開會。」

火心走出窩外，看到藍星已站在高聳岩頂端。黃牙在她旁邊，等全族貓都聚集之後，第一個說話的就是這隻老巫醫。

「雷族貓啊，」她聲音沙啞地說，「我有件事要宣布。各位都知道，我已不再年輕，也該收見習生了。因此我選了唯一一隻我能夠忍受的貓，」黃牙發出愉快的呼嚕聲，「也是唯一一隻能夠忍受我的貓。各位的下一任巫醫將是：煤掌。」

一陣歡呼聲響起。煤掌坐在岩石下方，雙眼發亮，全身的毛也梳理得光潔滑順。大夥向她道賀時，她害羞地低下頭。

「煤掌，」藍星的聲音蓋過了群貓的歡呼，「妳願意做黃牙的見習生嗎？」

煤掌抬起頭看著她的族長。「願意，藍星。」

「那麼妳必須在半月時到慈母口去，讓星族在其他巫醫面前接受妳。全雷族都將為妳祝福。」

黃牙半跳半滑地來到岩石下，走到煤掌身邊，跟她碰了碰鼻子，然後所有的貓都聚集在這位新見習生的身旁。火心看到蕨掌緊靠著他的妹妹，雙眼閃著驕傲的光；就連虎爪都走去對她說了幾句話。煤掌顯然是這個重要職位的理想貓選。

終於輪到火心向煤掌道賀的時候，他忍不住希望自己的所有麻煩也能順利解決。

第十八章

自從火心差點淹死以來，現在已經是太陽第三次下沉了。這位年輕戰士在自己的窩外舔拭身體，用舌頭刮著身上的毛。他總覺得舌頭上還有泥水的味道。他轉過頭，準備舔拭後背時，聽到逐漸接近的腳步聲，抬頭一看，虎爪的身形矗立在眼前。

「藍星要你去參加大集會，」副族長說，「到她的窩外集合——找沙暴和灰紋一起。」沒等火心回話就大步走開了。

火心站起來伸了個懶腰。他四周張望了一下，瞥見灰紋和沙暴正在一塊蕁麻地旁吃東西，他迅速趕了過去。「藍星選我們去參加大集會。」他宣布。

沙暴吃完那隻畫眉鳥，粉紅色的舌頭在嘴巴外舔了一圈。「可是我們去得了大集會嗎？」她語帶困惑地說，「我以為溪水漲得無法跨越哩。」

「藍星說如果我們不試試看，星族會生氣

的，」火心說，「她想跟我們談談——或許她另有打算。」

灰紋滿嘴都是田鼠肉，「只希望她不會要我們游泳。」話雖這麼說，他還是興奮得雙眼發亮，然後吞下剩下的食物，站起身來。火心知道他一定很期待有機會見到銀流，也好奇自從他和灰紋替河族獵食的行動失敗、又在過河之際被逮個正著以後，他們倆在這段時間到底有沒有見過面。

火心想到銀流懷的小貓，心裡懷疑灰紋是否能夠忍受他們的孩子在另一族成長。**銀流究竟會不會告訴她的孩子，雷族戰士灰紋就是他們的父親？**火心試著把這個疑問拋到腦後，跟著兩位朋友走過空地，前往高聳岩。

藍星坐在她的窩外，身邊已有白風暴、鼠毛和柳皮。不久，虎爪和暗紋也來了。

「各位都知道，今晚是滿月，」藍星等所有貓都集合之後說道，「要抵達四喬木會很困難，但星族要我們設法找到一條乾路。因此我只選戰士同行——這趟旅程不適合長老、見習生或待產的貓后。暗紋，你今天早上帶了一支巡邏隊勘查過溪流，把結果跟大家報告一下。」

「溪水開始退了，」暗紋說，「但退得還不夠遠。我們巡視的範圍遠達轟雷路，但並沒發現不需要游泳就能抵達對岸的路。」

「那邊的溪水比較窄，」柳皮說，「跳得過去嗎？」

「也許，如果你長翅膀的話，」暗紋回答，「但既然你只有四隻腳……」

「但那一定是設法過河的最佳地點。」白風暴堅持。

藍星點點頭。「我們就從那裡開始吧，」她決定，「也許星族會帶領我們到安全的地方。」她起身，不發一語地領著貓兒走出營地。

太陽已經下山了，森林的輪廓在星光下顯得一片模糊。遠方有隻貓頭鷹咕咕叫著，火心可以聽見樹叢下獵物移動的窸窣聲，但戰士們專注於這趟旅程，無心狩獵。藍星領著他們筆直穿過樹林，溪水從轟雷路下方一條堅硬的岩道中流出。他們去四喬木的路距離轟雷路從沒這麼近過，火心很好奇，不知道族長有什麼打算。當他們抵達通道口時，他看到溪水已氾濫出兩岸，逐漸上升的月亮在水面反射出蒼白的光芒。轟雷路也大淹水，大夥兒看到有隻怪獸緩緩經過，那又圓又黑的腳掌潑濺出骯髒的波浪。

怪獸一消失在黑暗裡，藍星就帶領族貓踩著轟雷路的堅硬表面走向水邊。她嗅了嗅溪水，惡臭讓她忍不住皺起鼻子，然後又好奇地把一隻腳伸進洪水中。「如果這裡夠淺，」她說，「我們就可以從轟雷路一直走到溪水另一邊，然後沿著影族領土邊界到四喬木。」

走轟雷路！想到要跟著那些怪獸的蹤跡走，火心覺得全身的毛都在恐懼中豎立。他從煤掌的意外中得知怪獸對貓的危害，而且她只不過走在路邊緣而已。

「要是又有怪獸來呢？」灰紋問出了火心的恐懼。

「我們要靠邊走，」藍星鎮靜地回答，「你也看到剛才那隻怪獸移動得有多慢了，也許他們也不想弄濕腳。」

火心看到灰紋仍是一臉懷疑。朋友的擔憂他也感同身受，但出言反對已經沒有用了，那樣只會被虎爪斥為懦弱。

「藍星，等等，」族長踏入水裡時，白風暴喊著，「記得我們在溪對岸的領土，地勢有多低矮嗎？我總覺得那裡也會被淹沒。我認為，如果不從地勢較高的影族領土走，就不可能抵達四喬木。」

這時火心身邊的某隻貓發出微弱的嘶聲，火心感到一陣恐懼。一群戰士踏入最近才對戰過的敵族邊界？如果被巡邏隊發現，對方會認為那是侵犯。

藍星停下來，溪水拍打著她的腳，她回頭看著白風暴。「有此可能，」她同意，「但我們只有冒險了，這是唯一的辦法。」

不給大家機會抗議，她再次踏入水中，貓兒們也只好跟上。火心跟在白風暴後頭，沿著轟雷路涉水而行，虎爪殿後以提防後方的怪獸。

剛開始一切都很平靜，只有一隻怪獸從轟雷路對面往另一個方向走。然後火心聽到一陣熟悉的轟隆聲，有隻怪獸涉水接近。

「小心！」虎爪在隊伍尾端喊著。

火心僵在原地，在怪獸經過時緊緊靠著轟雷路邊的矮牆。暗紋爬上牆頭趴下，在怪獸經過時露齒作勢。有一陣子，一種怪異且發亮的顏色浮在臭水上，一個波浪過來，浸濕了火心肚皮上的毛。

然後怪獸走了，火心又能夠呼吸。

他們來到對岸，火心一看就知道白風暴說對了。雷族這邊的低地已經淹沒在水裡，現在除了繼續沿著轟雷路的邊緣，走到地勢較高、能夠落腳的乾地外，別無他法。

終於踏出硬得讓腳掌發痛的轟雷路了，火心開心地抬頭張嘴。一股既濃且臭的味道充塞在他的鼻腔——是影族的味道！他們已經沿著轟雷路走出雷族的領土，站在影族的地盤上，離四喬木大集會會場還有一段距離。

「我們不該來這裡。」柳皮不安地低語。

就算藍星聽到這句評語，她也沒有理會，反倒加快腳步，帶著族貓跑過浸濕的草皮。這裡只有稀疏的幾棵樹，修剪得低矮的草坪讓擅闖進來的貓無處藏身。現在火心的心跳加快，不過不是因為這趟狂奔。如果被影族發現，他們就會惹上麻煩；但四喬木也不遠了，也許他們運氣好，能撐到那時候。

然後他瞥見一個黝暗的身影閃電般出現，朝他們奔來，準備攔截雷族巡邏隊的領隊藍星。接著更多陰影出現了，憤怒的吼聲撕破了寂靜的夜。

有一個心跳的時間藍星拼命加快腳步，以為這樣就能擺脫攔截。然後，她放慢腳步，停下，其他戰士們也照做。火心喘著氣站著。影子愈奔愈近，他看出這些是影族貓，領頭的還是影族的族長夜星。

「藍星！」他在雷族族長面前停步，怒氣沖沖。「妳為什麼帶手下到影族的地盤？」

「洪水氾濫，要去四喬木只有這條路。」藍星回答，她的聲音低沉而平穩。「我們沒有惡意，夜星。你知道各族在大集會上有過協定。」

夜星發出嘶聲，耳朵攤下，豎起一身的毛。「協定只在四喬木那裡有效，」他咆哮，「不是這裡。」

火心本能地壓低身體，擺出防禦的蹲伏姿。影族貓——見習生、長老和戰士們——無聲地散開，在成員較少的雷族巡邏隊外圍成半圓。他們跟夜星一樣，也豎起全身的毛，憤怒地揮動尾巴，滿是敵意的眼睛反映出月亮冰冷的光芒。火心知道如果打起來，雷族絕對處於下風。

「夜星，很抱歉，」藍星說，「我們絕不會無緣無故就闖入你們的領土。請讓我們通過。」

她的話對影族貓來說並不受用。影族的副族長煤毛走上前，站在他的族長身邊，朦朧的身影立在月光下。「我看他們是來刺探我們的。」他輕聲咆哮。

「刺探？」虎爪擠身上前，站在藍星身邊，他對煤毛探過頭去，直到雙方鼻子只有一隻老鼠身長的距離。「有什麼好刺探的？我們離你們的營地遠得很。」

煤毛縮起嘴唇，露出白森森的利齒。「夜星，你下令吧，看我們怎麼把他們活活撕開！」

「有膽就試試看。」虎爪咆哮。

有一陣子，夜星悶不吭聲。火心繃緊身體，一旁的灰紋發出低吼，鼠毛對身邊的影族戰士咧開牙齒，沙暴淡金色的眼睛則閃著備戰的光芒。

「退下，」夜星終於對他統領的戰士們說，「讓他們過去。我想在大集會上看到雷族。」他的話雖然友善，但卻是咬牙嘶聲說出的。火心突然一陣疑惑，小聲地對灰紋說：「他那麼說是什麼意思？」

灰紋聳聳肩。「不知道。從洪水氾濫開始，我們就沒有影族的消息了。誰知道他們打什麼主意？」

「我們甚至還會護送你們，」夜星又說，還瞇起了眼，「才能確保你們安全抵達四喬木。

我們可不希望雷族被一隻憤怒的老鼠嚇走了呀，對吧？」

一陣同意的低語在影族戰士間響起。他們變換位置，把雷族貓團團圍住。夜星輕輕點頭，走在藍星身旁，其他貓也跟著行進，影族巡邏隊就這樣亦步亦趨地跟在雷族旁邊。

雷族在完全被敵方包圍的情形下前往大集會。

⚡⚡⚡

當月亮掛在空中最高點時，被影族簇擁著的火心和其他雷族貓來到了四棵大橡樹下的山谷。可怕且冰冷的光，照在已經聚集的河族和風族貓身上。他們全都好奇地望著正走下山坡的貓兒們。火心知道，他和族裡其他貓看起來一定很像囚犯。他驕傲地大步走著，把尾巴豎得老高，不想讓任何貓以為他們被擊敗。

幸好，影族貓一抵達山谷，就散進了陰影中。藍星直直走向巨岩，虎爪陪在她身邊。火心四處張望尋找灰紋，卻發現他的朋友已經不見蹤影；不久火心又看到他接近銀流，但這隻銀色的虎斑貓周圍全是河族貓，灰紋只能垂頭喪氣地在附近徘徊。

火心壓抑住嘆息。他知道灰紋一定很渴望與銀流相見，尤其現在她有孕在身，但在大集會上見面得冒極大的風險，隨便哪隻貓都有可能撞見他們在一起。

「你是怎麼啦？」鼠毛的話嚇了他一跳，「一副若有所思的樣子。」

火心望著這位棕毛戰士。「我……我只是在想夜星說的話，」他迅速編了個藉口，「他為什麼想要雷族在場？」

「我只知道一件事。他絕對不是大發慈悲。」跟柳皮一起走來的沙暴說。她舔了舔一隻腳掌，然後用它搔了搔耳朵，「我們很快就會知道了。」

「麻煩來啦，」柳皮朝一群風族貓后走去，一面回頭說。「我可以感覺得到。」

火心更不安了，他在樹下踱步，豎起耳朵聆聽身邊的談話。大多數的貓都在交換一些無關緊要的八卦，聽別族的新聞；火心沒聽到任何跟影族陰謀有關的消息。但他注意到，他碰到的每隻影族貓都惡狠狠地瞪他。他也看到其中一兩隻望著巨岩，好像等不及集會開始。

一聲喊叫終於從岩石頂端傳來，岩石下方的貓兒們不再竊竊私語，慢慢安靜下來。火心在山谷邊緣找到一個能夠看到四位族長的地方，但在天色掩映下，只能看見族長們黑色的輪廓。

沙暴在他身邊伏下，將腳掌收攏在身體底下。「終於開始啦，」她期待地低語。

夜星踏步上前，僵硬的步伐幾乎藏不住他內心的憤怒。「各族的貓，請聽我說！」他命令著，「聽著，並且記住：在去年綠葉季結束以前，碎星曾經是影族的族長。他曾經——」

風族族長高星上前一步，來到夜星旁邊。「你為什麼要提起那個討厭的名字？」他吼著，眼神熊熊燃燒，火心知道他想起風族曾被碎尾和手下戰士逐出領土的事。

「厭惡，沒錯，」夜星同意，「而且厭惡得很有道理。這一點高星你跟所有貓一樣清楚。他從雷族竊走小貓，強迫自己部族的小貓早早上戰場而戰死，最後甚至殘暴到連我們——與他同族的兄弟——都不得不將他放逐。但他現在在哪裡呢？」夜星的聲音突然拉高。「他是不是被丟在森林等死，或在兩腳獸的部落中撿剩菜吃？沒有！因為他被今晚在這裡的幾隻貓收留了。他們背叛了戰士守則和這座森林裡所有的貓！」

火心和沙暴不安地互看一眼。他知道即將發生什麼事了，而從沙暴傳回的煩惱眼神來看，她也感覺到了。

「是雷族！」夜星吼著，「雷族收留了碎星！」

第十九章

又驚又怒的叫聲從巨岩周圍的貓群中響起。火心身上的每一寸肌肉都在催促他悄悄爬回樹叢，躲過狂怒的眾貓。他竭力忍住，才有辦法留在原地。跟他一樣渾身發抖的沙暴緊靠著他，那股溫暖讓他安心不少。

在巨岩頂端，高星轉過去面對藍星。「這是真的嗎？」他咆哮。

藍星沒有立刻回答。她態度莊嚴地走上前，面對夜星。月光將她身上的毛照成一片銀色，讓火心幾乎以為是星族戰士從銀毛星群下凡。她等下方的吵雜聲停了之後才開口。「你怎麼知道的？」等大家都能聽到她聲音時，她沉著地問夜星：「你偷窺我們的營地嗎？」

「偷窺？」夜星不屑地吐出這兩個字，「你們的見習生肆無忌憚地聊八卦，哪用得著我去偷窺？這是我的戰士在上次大集會時聽到的。妳敢不敢在這裡說，是他們聽錯了？」

他的話讓火心想起上次大集會結束時，疾

掌跟幾位影族見習生在一起的畫面。難怪這隻貓當時的表情那麼愧疚，原來在藍星下令所有雷族都該保密時，他竟然把雷族囚犯的事告訴了朋友！

藍星遲疑了。火心感到一陣同情之痛。族裡已有不少貓對她庇護瞎眼碎尾的決定不滿，她要怎樣在別族面前替自己辯護呢？

高星在藍星面前伏下身子，雙耳攤平。「是真的嗎？」他又問了一次。

藍星有好一陣子沒說話，然後她大膽地抬起頭。「對，是真的。」她說。

「叛徒！」高星呸了一口，「妳明知道碎星對我們做了什麼。」

藍星的尾巴末梢抽動著；就連岩石下方的火心都能看出她全身每條肌肉都緊繃著，知道她正極力保持鎮定。「沒有貓膽敢叫我叛徒！」她嘶聲說。

「我就敢，」高星反駁，「妳根本就是戰士守則的叛徒，因為妳願意庇護那個……那堆狐狸屎！」

空地上的風族貓全都跳了起來，大吼著聲援他們的族長。「叛徒！叛徒！」

巨岩下，虎爪和風族副族長死足面對面，憤怒地豎起頸背的毛，呲牙咧嘴，鼻子間的距離不到一隻老鼠身長。

火心也跳了起來，戰鬥的直覺把精力傳送到了四肢。他看到柳皮對風族的貓后咆哮，他們倆不久前還互相舔著身體呢。影族幾位戰士滿懷敵意地靠近暗紋，鼠毛趕緊跳到他身旁，準備攻擊。

「住手！」藍星在巨岩上吼，「你們怎麼可以破壞協定？難道想被星族懲罰嗎？」

她說話時月光開始消失，空地上的每隻貓都不敢亂動。火心望見一絲雲彩飄過月亮前方，他打了個冷顫。是因為貓族即將打破神聖的協定，所以星族發出了警告？以前雲層也曾遮蔽住月亮，那表示星族生氣了，當時那場大集會也因此結束。

過了一陣子，雲層飄開，月光又灑了下來。危險時刻已過。大部分的貓坐了下來，但彼此仍怒目瞪視。白風暴擠進死足和虎爪之間，急切地想對雷族副族長說悄悄話。

在巨岩頂端，曲星走到藍星身邊。他看來很鎮靜；火心不禁想到，在所有貓族中，只有河族對碎尾的憎恨最少。碎尾並沒有過河進入河族領土，也沒有偷走他們的小貓。

「藍星，」他說，「告訴我們，妳為何這麼做。」

「碎尾已經瞎了，」藍星回答，她的聲音響亮，好讓空地上所有的貓都聽見。「他是隻被打敗了的老貓，再也不危險了。你會讓他在森林裡餓死嗎？」

「會！」夜星的聲音響起，尖銳而堅持。「死對他還不夠殘酷呢！」這位影族族長嘴邊噴出幾滴唾沫，他恫嚇地把頭伸向高星，咆哮著：「妳會原諒把你們趕出營地的貓嗎？」

火心實在不知道夜星為什麼這麼暴躁、渴望激起高星的恨意。他現在是族長了，一個瞎眼的囚犯能對他怎麼樣呢？

高星從影族族長面前退開，在對方的盛怒下顯然有些遲疑。「你知道這對影族有多重要，」他說，「我們永遠不會原諒碎星。」

「那麼我要說，你錯了，」藍星說，「戰士守則要我們有同情心。高星，你難道不記得當你們被打敗、被驅趕出來時，雷族為你們所做的事嗎？我們找到你們，帶你們回家，後來還與你們並肩作戰，一起對抗河族。難道忘了你們欠我們一份情？」

藍星的話不僅沒有緩和高星的情緒，反而讓這位風族族長更加大發雷霆。他大步走向她，全身的毛因憤怒而豎起。「雷族是在宣稱擁有我們嗎？」他不滿地說，「你們就是為了這個才帶我們回家，好讓我們俯首聽令、對你們的決策唯命是從？妳以為風族沒有榮譽？」

看見風族族長氣勢凌厲的模樣，藍星低下頭。「高星，」她說，「你說得對，沒有哪一族能夠擁有另一族。我不是那個意思。但請記得你們自己衰弱不振時的感覺，表現一點同情心吧。如果我們把碎尾趕走，讓他自生自滅，我們跟他也就沒多少分別了。」

「同情？」夜星呸著，「妳少講這些給小貓聽的童話故事吧，藍星！碎星有表現過同情心嗎？」他說話時，贊同的吼聲此起彼落。夜星又開口：「妳一定要立刻把他趕走，藍星，否則我倒想聽聽妳的藉口。」

藍星的眼睛瞇成兩道閃亮的藍色細縫。「我要怎麼做，不勞你來告訴我！」

「那我就告訴妳，」夜星吼道，「如果雷族繼續庇護碎星，你們的麻煩就大了。影族絕對會給你們好看的。」

「風族也是。」高星咆哮著。

藍星沉默了一陣子。火心知道她很清楚，同時與兩大貓族為敵是多麼危險的事，尤其是連她族裡的貓都不滿照顧碎尾的決定。「雷族不會聽命於別族，」她終於開口，「我們會做我們認為對的事。」

「對？」夜星冷笑，「庇護那隻殘暴——」

「夠了！」藍星打斷他的話，「不要再爭了。大集會還有別的事要討論，難道你忘了？」

夜星與高星互看了一眼，仍有些遲疑。曲星上前一步，開始報告洪水與河族所受的傷害。他們讓他發言，但火心卻不認為有多少貓在聽。山谷裡嗡嗡響著有關碎尾的驚訝臆測。

沙暴向火心靠得更緊了，她在他耳邊說，「夜星一開口，我就知道有關碎尾的麻煩。」

「我知道，」火心回答，「但藍星現在不能趕他走，否則看起來就像做了讓步，以後無論是族裡或其他族的貓都不會尊敬她了。」

沙暴發出同意的低沉咕嚕聲。火心盡量專注於大集會的其他事情，但那實在不容易。他無法忽略四周風族和影族的敵視目光，只希望大集會趕緊結束。

似乎過了好久好久，月亮才開始落下，貓兒們四散，回到各自的隊伍準備回家。雷族貓不約而同地默默走向剛下巨岩的藍星，在她身邊圍成圈圈保護她。火心猜想，大家都跟自己一樣，不確定別族的貓是不是會遵守協定。

戰士們剛聚在藍星周圍，圍好圈圈，火心就看到一鬚繞過自己走向風族貓。他們的目光交會時，一鬚停下腳步。「很抱歉聽到這件事，火心，」他柔聲說，「我沒忘記是你們把我們帶回家。」

「謝謝，一鬚，」火心回答，「我希望——」

話還沒說完，虎爪就閃進圈子裡瞪他們，並對一鬚露出牙齒，一鬚趕緊退回風族的貓群裡。火心以為會被虎爪訓斥，但這位副族長卻從他面前大步走過。

「希望妳滿意了。」虎爪在藍星身邊站定，對她咆哮。「現在有兩族都想把我們毀掉。我們早就該把那隻害蟲攆出去。」

虎爪對雷族囚犯的恨意，令火心忍不住感到驚訝。不久前火心才看到虎爪和碎尾互舔身體，彷彿這位副族長同意讓碎尾留在雷族。但也許不必太大驚小怪，他大概是被風族和影族製造的衝突給氣到了——大家不都是如此嗎？

「虎爪，我們不該在這裡起內鬨，」藍星沉聲對他說，「等我們回到營地——」

「妳要怎麼回去？」打斷她話的是夜星，他從雷族戰士間走過。「希望不是從原路吧？如果你們敢踏上影族領土一步，我們就把你們撕成碎片。」他轉過身，不等他們回答就溜進了陰影裡。

藍星顯得有些困惑。火心知道，要回到雷族營地沒有其他路可走，除非他們游泳過溪。想到那湍急的水流差點讓他喪命，火心不禁打了個冷顫。難不成他們得留在四喬木直到洪水消退？然後火心聞到河族的氣味，轉身看到曲星帶著手下的戰士走近。

「我聽說了，」這隻淡色的虎斑公貓對藍星說，「夜星錯了。在這種時刻，大家都應該互相幫助。」說時還看了火心一眼。火心猜他是想起火心和灰紋帶獵物幫忙河族的事。但雷族除了藍星以外，沒有誰知道這回事，火心也聽到身邊的戰士們發出不安的低語。

「我有個可以讓你們回家的提議，」曲星繼續說，「我們是走兩腳獸的橋過來的。你們若這麼走，可以經過我們的領土走回低矮的丘陵——有棵枯木卡在踏腳石那裡。」

藍星還沒回答，虎爪就發出嘶聲，「我們憑什麼信任河族？」

曲星沒理他，琥珀色的眼睛凝視著藍星，等待她的回答。藍星尊敬地低下頭。「謝謝你，曲星。我們接受這個提議。」

河族族長微微點頭，轉身伴隨著藍星走出空地。當藍星帶領手下戰士穿過樹叢，爬上山坡離開山谷時，雷族的一些貓仍在低聲嘀咕著。即使有河族貓在兩側護衛，影族和風族貓仍對他們發出噺聲。火心猛然驚覺，僅僅是一場大集會的時間，森林裡的界域劃分就完全改觀。

當他們抵達坡頂，遠離充滿對峙的大集會，火心才鬆了口氣，他也注意到灰紋想盡辦法要接近銀流。但河族的一隻貓后卻擋在他們中間，還不時舔著銀流。

「妳確定妳不累？」那隻貓后有些小題大作，「這段路對懷孕的貓可長著呢。」

「不，綠花，我不累。」銀流耐心地回答，洩氣地瞥了這位朋友身後的灰紋一眼。

走在雷族巡邏隊最後面的是虎爪，他誇張地左右張望，似乎認定河族貓隨時會展開攻擊。但藍星對跟別族貓同行一事卻顯得氣定神閑。一過四喬木，她就讓曲星帶頭，自己則退到霧足身邊。「聽說妳已經生了，」她淡淡地開口，「孩子們都好嗎？」

被雷族族長點名交談，霧足看來有些驚訝。「其……其中兩隻被沖進河裡，」她結結巴巴地說，「火心和灰紋救了他們。」

「真遺憾，妳一定很擔心吧。」藍星低語，溫柔的藍眼睛裡充滿同情。「我很高興雷族貓能幫上忙。那兩個孩子現在好些了嗎？」

「嗯，現在他們都沒事了，藍星。」看見雷族族長這麼親切地詢問她，霧足仍是一臉不可置信。

「他們都很好，很快就要當見習生了。」

「他們一定會成為優秀的戰士的。」藍星體貼地說。

看著自己的族長跟河族貓后並肩同行，火心發現她們藍灰色的皮毛在月光下發出的光芒簡直一模一樣。她們都有著穠纖合度的身材，而且運動四肢、跳過橫擋在前方的樹幹時，肌肉的起伏都相同。跟在她們身後的石毛則是他妹妹的翻版，同樣帶著銀色的光澤，動作靈巧得令貓生羨。

如果不同族的貓也能如此相像，火心想，**那他們為什麼不能有類似的思考模式呢？**為什麼各族之間會有這麼多爭執？他不安地想起影族和風族對雷族所展露的敵意，也對藍星保護碎尾的事感到憂心。他走上橋頭，嗅聞到兩腳獸的氣味，感覺戰爭的冷風即將橫掃森林。

大集會後的第二天清晨，火心從戰士窩裡醒來，發現灰紋已經離開了。這位朋友在苔蘚上睡出來的凹陷處不再溫暖。

去找銀流了，火心無可奈何地嘆了口氣。其實這也沒什麼好訝異的，何況灰紋知道她就快要生產了；而這也表示火心必須再次替他掩護這場無端的消失。

火心打了個大呵欠，穿過樹叢外圍的樹枝，一面環視空地，一面抖掉身上的苔蘚。太陽開始在蕨牆上露臉，把長長的影子投在空曠的地上。天際純淨無雲，一片蔚藍，四周充滿小鳥的鳴唱，看來狩獵會很容易。

「嘿，蕨掌！」火心對這位見習生說，他正坐在窩口眨著眼。「要不要去狩獵啊？」

蕨掌跳了起來，奔過空地朝火心跑來。「現在嗎？」他問，閃著興奮的目光。

「對，現在。」火心說，也感染到這隻年輕貓的熱情。「新鮮老鼠應該不錯唷，對吧？」

蕨掌跟在他身後走進金雀花隧道。火心發覺他甚至沒問灰紋在哪兒。他擔憂地想，灰紋從沒善盡他導師的責任，他從一開始就對銀流更感興趣。火心自己則多少接手了蕨掌的訓練。他很享受這份訓練工作，也很喜歡這隻熱心的黃色公貓，同時對灰紋似乎不太看重效忠本族這事深感煩惱。

他領著蕨掌走進深谷，避開洪水退去後留下的泥濘河床，把那些煩擾他的思緒全拋到腦後。這樣一個晴朗又溫暖的日子，實在很難感到難過或擔憂。隨著洪水日益消退，雷族被暴漲溪水趕出營地的威脅也逐漸減少。

火心在深谷頂端停步。「好啦，蕨掌，」他說，「好好嗅一嗅，看你聞到什麼？」

蕨掌伸長脖子站著，閉上雙眼，張開嘴吸進一口氣。「老鼠，」他終於開口，「兔子、畫眉鳥，還有……還有一種我不認識的鳥。」

「是啄木鳥。」火心告訴他，「還有別的嗎？」

蕨掌專心聞著，突然警覺地張開眼睛。「是狐狸！」

「味道很新嗎？」

這位見習生又嗅了嗅，然後放鬆下來，有點難為情。「不，很舊了。大概有兩三天了吧。」

「很好，蕨掌。現在你往這邊一直走到那兩棵橡樹那裡，而我往這邊走。」他看著這位見習生緩緩走進樹影底下，每隔幾步就停下來嗅聞空氣。樹叢下的拍翅聲讓他回過了神。火心轉頭，看到一隻歌鶇剛從泥土裡拉出一隻蟲，正振翅穩住身體，保持平衡。

火心伏低身體，一步步潛進。歌鶇拉出蟲子正打算大快朵頤，火心鼓起肌肉，準備撲上。

「火心！火心！」

蕨掌慌急的叫聲劃破林間的寧靜。他腳掌踩在枯葉上，從樹叢間向火心跑來。火心衝向已經提高警覺的歌鶇，歌鶇急急飛上一處矮枝，嚇得聒聒怪叫，火心的腳掌則陷進空無一物的地裡。

「你在搞什麼鬼啦？」火心憤怒地責怪這位見習生，「我明明可以抓到那隻鳥的，現在你看！森林裡所有的獵物都——」

「火心！」蕨掌驚喊，在他面前煞住。「他們來了！我聞到了，之後也看到了！」

「聞到什麼？誰來了？」

蕨掌圓睜的眼睛裡滿是恐懼。「影族和風族！」他說，「他們入侵我們的營地了！」

第二十章

「在哪兒？有多少戰士？」火心問。

「在那邊。」蕨掌揮動尾巴指著森林深處，「我不知道有多少位，他們是偷偷摸摸穿過樹叢過來的。」

「好，」火心的腦袋迅速轉動著，竭力忽略突然開始撲通亂跳的心。「你回營地去報告藍星和虎爪。我們那邊需要幾位戰士。」

「是，火心。」蕨掌掉頭沿著深谷狂奔。

蕨掌一走，火心就走向森林，帶著高度警戒在拱起的蕨葉下潛行。起先一切都很平靜，但不久他就聞到許多入侵貓的臭味——是風族和影族的氣味。

前方某處有隻鳥發出警告的怪叫，火心躲進樹後。他仍然什麼也沒看到，但全身的毛在警戒中豎起。

他隆起後半身一個縱跳，用爪子抓住樹幹往上爬，來到一處低枝。他伏在那裡，從樹葉間往下凝望。

森林的地面空盪盪的，連一隻甲蟲都看不到。接著火心看到蕨葉顫動，一個白色的東西一閃而過。不久又有顆深色的頭顱從下方樹叢探了出來，火心認出是夜星。

他低聲說了句：「跟我來！」

只見影族族長從蕨葉中現身，奔過一片空地，一群貓跟在他身後。看清那群貓的數量後，火心更加緊張了。風族和影族的戰士們一起衝進雷族的營地，火心看到高星和煤毛、死足和胖尾、濕足和一鬚，他們如同窩兄弟般地並肩前進。

就在不久前，這些貓還在大雪遮天的風族營地裡對戰呢，如今卻因為憎恨碎尾和雷族庇護他的理由而聯合出擊。

火心知道自己只有和他們對抗這條路可走。即使他把風族戰士視為朋友，還是必須與自己的族長和族貓並肩同心。

火心鼓起勇氣從樹上跳下。營地方向傳來一聲狂怒的貓吼，他認出那是虎爪號召戰士出戰的叫聲。雖然他很不信任這位副族長，仍不禁稍感放心。此刻，雷族就需要虎爪大無畏的勇氣和戰鬥力。

火心爬下樹，站穩地面後便朝戰場狂奔，不再試圖在入侵者面前藏匿自己的行蹤。當他從樹林奔出來時，深谷上方的空地已擠滿了翻滾、喝斥的貓。虎爪和夜星扭打在一起，憤怒地互抓對方。暗紋把一隻風族戰士按在地上，鼠毛則在狂怒的尖叫中一個飛撲跳到煤毛身上。風族的貓后晨花用爪子刮長尾的身側，把他打得從山坡滾下去。

火心撲向晨花，憤怒在他的血液裡奔流。他不禁想起在碎尾將他們趕出去之後，自己是如何護送這隻貓后與她的孩子回到風族營地。當火心在她身邊落下時，她跳著避開，然後猛衝過來準備用爪子揮擊火心。有幾個心跳的時間，這兩隻貓怒目相視，晨花的眼神充滿悲傷，火心知道她也想起他們共同經歷過的滄桑。他實在沒辦法攻擊她，不久後她也退開，消失在一大群貓之間。

他還來不及鬆一口氣，就遭到來自身後的猛擊，被撞上一進濕地。他扒著地面想要站起卻沒能如願。他轉頭向上，只見影族戰士胖尾露出兇狠的目光。一個心跳過後，這位影族戰士的牙齒就咬上火心的肩頭。火心痛得大喊，後腳猛踢胖尾的肚子，並抓下一大把他身上的棕色虎斑毛。胖尾的鮮血濺在火心的身上，這位影族戰士在痛苦中後退，跑開。

火心爬著站起來，喘著氣四處張望。凶狠的打鬥已轉移到谷底，敵方向前挺進，顯然有心要侵入營地，數量不足的雷族戰士實在抵擋不住。而且藍星在哪裡？

火心看到她了。她跟白風暴和塵皮蜷伏在金雀花隧道的入口，準備誓死阻絕敵軍。但一鬚和濕足已衝破虎爪的防線，就在火心恐懼地凝望的當兒，濕足往藍星撲了過去。

火心朝深谷頂端衝去。在整個雷族裡，只有他和黃牙知道藍星只剩下最後的第九條命。如果她死於這場戰役，雷族就沒有族長了——更糟的是，很可能會淪為虎爪統治。

來到隧道入口上方後，火心直衝下山坡，在陡峭滑溜的石塊上如箭般狂奔，然後在下方的一團混戰中煞住。他一口咬住濕足的後頸，把那名戰士從藍星身邊拖開。接著雷族族長對這隻灰色的虎斑公貓揮出一爪，對方只得倉皇地退後逃跑。

這時一波敵軍湧向火心和金雀花隧道附近的幾隻貓，火心直覺地又咬又抓，完全不知道對手是誰。尖利的爪子刮過他的前額，鮮血開始淌進他的眼睛裡。他深吸了一口氣，感覺自己快在敵方的惡臭中窒息了。

然後他聽到藍星的聲音近在耳邊。「他們衝過牆了！撤退——捍衛營地！」

火心急忙站起，入侵的貓把戰場搬進了隧道。金雀花充滿敵意的爪子撕扯他的毛，這裡簡直無法打鬥。於是他轉過身，掙扎著穿過金雀花進入營地。

空地上的柳皮、追風和沙暴已衝去守衛育兒室，保護裡面的貓后和小貓。長尾急切地舔著傷口，跟蕨掌一起站在碎尾的窩外。火心在那棵殘木的枝幹間，勉強辨認出這位前任影族族長深色的虎斑毛和一雙瞎眼。他不禁感到憤怒，就是這隻殘暴兇狠的貓使他們受到攻擊。

夜星和一鬚是第一批衝出隧道的，他們急奔過空曠的野地，朝碎尾的窩前進。高星也穿過棘刺叢生的樹籬跟了過去。接下來更多敵貓湧入。

「阻止他們！」火心大喊，一面衝過空地，一面召集全族的戰士。「他們要的是碎尾！」他撲向夜星，把這隻黑色公貓撞翻在塵土飛揚的地上。他忍不住猜測究竟有多少雷族貓真心想捍衛這位前任的影族族長；無庸置疑地，他們大部分都很樂意將他交出去，但火心也肯定他們會效忠自己的部族。無論他們心裡怎麼想，都會為雷族而戰。

火心把夜星按在地上，牙齒陷進這位族長削瘦的肩膀。夜星在他腳下亂扭，身體向上弓起；火心一個失衡，突然發現自己已經無法動彈——這位戰士雖老，卻依然強壯。

夜星露出利牙，雙眼發光。然而他突然往後退開，放開了火心。火心把眼中的血甩開，看到蕨掌跳到這位影族族長的身上，四爪緊緊抓住他的背部。夜星想把他甩掉，卻徒勞無功，最後夜星打了個滾，把蕨掌壓在地上。這位見習生發出一聲怒吼。

火心伸爪朝夜星揮去，但高星卻衝過來，想闖進碎尾的窩。火心驚慌地發覺自己不得不後退。

然後虎爪出現了。這位體型龐大的副族長身上到處是淌著血的傷口，全身都沾滿泥塵，但琥珀色的雙眼仍燃燒著戰鬥之火。他揮出巨大的一掌，擊向高星，把他打得滾到一旁。

更多雷族貓出現了：白風暴、鼠毛、追風和藍星。戰場上的優勢已經轉向，入侵者開始撤退，分頭衝向隧道和空地附近的蕨叢裡。火心喘著氣看到一鬚跟在奔逃的入侵貓後頭。戰鬥結束了。

碎尾仍蜷伏在自己的窩裡，低頭茫然地瞪視地面。整場戰鬥中他都悶不吭聲，火心不清楚他究竟知不知道收容他的雷族為他冒了多大的險。

一旁的蕨掌掙扎著站起身，肩上的毛亂成一團，渾身都是泥土和鮮血，眼睛卻炯炯有神。

「幹得好，」火心說，「你就像戰士一樣勇猛。」

這位見習生的雙眼更加晶亮了。

在此同時，藍星身旁圍著好多隻憔悴的貓。他們全都滿身泥濘、血流不止，看來就跟火心一樣疲累不堪。他們低著頭，保持靜默。火心感覺到，他們雖然在這場打鬥中獲勝，卻絲毫不覺得光榮。

「都是妳害的！」暗紋率先開口，對藍星怒斥。「是妳要我們收留碎尾，現在我們為了保護他差點兒被撕成碎片。什麼時候我們其中之一會因為他的安危而喪命？」

藍星顯得有些為難。「我從不認為這是簡單的事，暗紋。但我們認為，對的事就一定要堅持下去。」

暗紋輕蔑地對她啐了一口。「就為了碎尾？還不如我自己去幹掉他算了！」

其他不少戰士也發出贊同之聲。

「暗紋，」虎爪走過集合的群貓來到藍星身邊，在那碩大的深色虎斑身形下，藍星突然顯得蒼老而脆弱，「你是在跟我們的族長說話，放尊重一點。」

暗紋瞪著他們倆好一陣，然後低下頭。虎爪轉過他那顆大頭顱，琥珀色的目光環視所有的貓。

「火心，去叫黃牙過來。」藍星說。

火心朝巫醫窩走去，看到黃牙已經連忙奔過空地，身後緊跟著煤掌。這兩隻貓一語不發地檢查戰士們的傷口，找出最需要立刻醫治的對象。火心等著輪到自己，卻看到營地入口出現另一隻貓。是灰紋。他身上的毛光潔無損，嘴裡還叼著幾塊獵物。

火心還來不及行動，虎爪就從煤掌的檢查下脫身，大步走到空地中央去見灰紋。「你到哪裡去了？」他質問。

灰紋一臉困惑，放下嘴裡的獵物說，「狩獵啊。這裡到底出了什麼事？」

「看起來像出了什麼事？」副族長咆哮，「風族和影族為了奪回碎尾侵略我們。我們需要每一位戰士時，你卻不在場。你到底去哪裡了？」

跟銀流在一起，火心在心裡回答。感謝星族，灰紋至少帶回了幾隻獵物，因此他不在營地有名符其實的理由。

「喂，我怎麼知道出了什麼事？」灰紋向副族長嗆聲，表情轉為惱怒，「難道我走出營地還得先求你批准嗎？」

火心縮了縮身體——灰紋不該這樣激怒虎爪的，但也許他是被愧疚感沖昏頭了。虎爪從喉嚨深處發出吼聲。「我就是看不慣你一天到晚出去——你和火心都是。」

「等等！」火心忿忿不平地駁斥，「被攻擊的時候我可在場。灰紋不在並不是他的錯。」

虎爪冰冷的目光落在灰紋身上，然後轉向火心。「給我小心點，」他怒罵著，「你——你們兩個的一舉一動都逃不過我的眼睛。」他轉過身，又走去給煤掌檢查。

「隨你便。」灰紋咕噥著，卻沒有直視火心的眼睛。

灰紋把獵物放在新鮮的獵物堆上，火心則是一跛一跛地回去找兩位巫醫檢查傷口。

「嗯，」黃牙專業地看了他一圈，「如果毛再被多扯掉一點，你看起來就像鰻魚啦。這些傷口都不深，不會死的。」

煤掌帶來一大團蜘蛛絲，按在火心被刮傷的眼睛上。她輕柔地與他碰了碰鼻子。「你真勇敢，火心。」她輕聲說。

「才沒有。」火心有些不好意思，「我們大家都只是盡本分罷了。」

「但這並不容易，」黃牙突如其來地粗聲說，「我也打過仗，我清楚得很。藍星，」她說著轉向族長，與她面對面，「謝謝妳。妳讓手下冒險保護碎尾，這件事對我意義深重。」

藍星搖搖頭。「不必謝我，黃牙。事關榮譽，即使碎尾曾幹下惡行，他也應該得到我們的同情。」

這隻老巫醫低下頭，聲音輕得只有火心和藍星聽得見。「他替雷族招來莫大的危險，對這點我非常抱歉。」

藍星向她移近，在她的灰毛上安慰地舔了一下。一時間她的眼神如同母親在安撫煩惱的孩子。一幅景象閃進火心的腦海，那是族長在大集會當晚從林間走過，月光照著三個銀色皮毛的身影——藍星、霧足和石毛。

火心大感震驚。那真的是他目睹過的景象嗎？三隻如此相似的貓，除了是血親以外，還能是什麼？霧足和石毛是兄妹，這他知道……而灰池也說過他們曾經帶著雷族的氣味。

藍星的孩子真的是在幾個月前全數喪生了嗎？有沒有可能，霧足和石毛就是雷族族長失蹤的孩子？

第二十一章

火心等煤掌料理完身上的傷口後，就走去找灰紋。他的朋友弓身縮在戰士窩裡，金黃色的雙眼透著煩惱。

灰紋抬眼看到火心從枝椏間走出來。「對不起，」他忍不住出口，「我知道我應該待在這裡的。但我非得去見銀流不可，大集會那天晚上我根本接近不了她。」

火心嘆了一口氣。他曾考慮把有關霧足和石毛的疑惑告訴朋友，現在卻覺得灰紋自己的煩惱已經夠多了。「沒關係，灰紋。我們誰都有可能去巡邏或狩獵而不在場。但換成是我，接下來這幾天我會乖乖待在營地，而且確保讓虎爪看見。」

灰紋心不在焉地扒著一塊苔蘚。火心猜想他一定已經跟銀流約好再見面的日子了。「我還有件事要告訴你，」他說，決定現在別多做爭論。「跟蕨掌有關。」他迅速描述了他和這位見習生一早出發，以及蕨掌嗅出入侵群貓氣味的經過。「他戰鬥時的表現也很不錯，」火心表示，「我想他可以當戰士了。」

灰紋發出贊同的呼嚕聲。「藍星知道這件事了嗎？」

「還沒。你是蕨掌的導師，應該由你推薦。」

「可是我當時又不在場。」

「那沒關係。」火心推了他朋友一下，「走，我們去跟藍星說。」

雷族族長和大多數的戰士還在空地上，黃牙和煤掌分別用蜘蛛絲替他們止血，又用罌粟籽止痛。斑臉帶了孩子們來看看出了什麼事，雲兒蹦蹦跳跳地不斷追問每位戰士關於打鬥的各種問題。蕨掌也在那裡，正仔細地清洗身體。看到他似乎傷得不重，火心鬆了一口氣。

兩位戰士走向藍星，火心又把蕨掌嗅出敵蹤和打鬥時的勇猛說了一遍。「要不是蕨掌，我們根本來不及防備。」他說。

「我們認為他可以成為戰士了。」灰紋加了句。

藍星深思地點頭。「我同意。蕨掌今天的表現非常出色。」她站起身，走進貓群中間，提高了聲音，「所有能夠自行獵捕食物的成年貓到高聳岩下集合吧！」

金花立刻從育兒室出來，身後跟著花尾；小耳也瘸著腿慢慢從長老窩裡走出來。等大家都集合在藍星身旁以後，藍星開口說：「蕨掌，到這邊來。」

蕨掌一臉驚訝地抬起頭，緊張地走向藍星。火心看得出來，他完全沒想到接下來會發生的事。

「蕨掌，今天是你對全族發出警訊的，剛才打鬥時的表現也非常出色，」藍星說，「現在該是你升為戰士的時候了。」

這位見習生張大了嘴。當藍星說出那些誓詞時，他的雙眼興奮得發亮。

「我，藍星，雷族族長，在此呼求本族所有戰士祖先低頭看看這位見習生。他奮力學習並對您們高貴的守則了然於胸，我在此向您們推薦他應得戰士地位。」她的藍眼睛凝視著蕨掌。「蕨掌，你是否願意承諾，即使犧牲性命，也會恪遵戰士守則，保護並守衛本族？」

蕨掌微微顫抖，發出的聲音卻很堅定：「我願意。」

「那麼我以星族的力量，賜予你戰士之名。蕨掌，從這一刻起，你就叫作蕨毛。星族以你的深思熟慮和毅力為榮，我們也歡迎你成為雷族的戰士。」

說完，藍星走到蕨毛面前，把臉靠向他低垂的頭。蕨毛尊敬地舔了舔她的肩，然後走到火心和灰紋中間站定。

見證這一幕的貓兒們都高聲呼喊這位新戰士的名字。「蕨毛！蕨毛！」他們緩緩向他靠攏，不斷地恭喜和祝賀他。他母親霜毛用臉輕貼著他的身體，深藍色的眼裡閃著喜悅之光。

「今晚你必須獨自守夜。」沙暴說，友善地往蕨毛身上推了一下。「感謝星族，我們可以休息一晚啦！」

蕨毛高興得昏了頭，不知道該怎麼回答，只是發出深沉而滿足的呼嚕聲。「謝、謝謝你，灰紋，」他結結巴巴地說，「還有你，火心。」

看到這隻貓終於當上戰士，火心感覺與有榮焉，就像蕨毛是他自己的見習生一樣。這樣也算一點補償，因為知道蕨毛永遠不會跟煤掌有相同的遭遇。星族為煤掌安排了不同的命運。儀式結束了，一陣疲憊向火心襲來。他正準備走回戰士窩，卻看到煤掌一跛一跛地迅速走向她兄弟。

「恭喜呀，蕨毛！」她說，不斷地舔他耳朵，藍色的雙眼閃閃發光。

蕨毛的咕嚕聲顫抖起來，眼神也黯了下來。「我們應該要一起的。」他小聲地說，輕柔地用鼻子指了指她受傷的腿。

「不，我這樣很好，」煤掌堅持，「你就代表我們兩個當戰士吧。我也下定決心，要當森林裡前所未有、最偉大的巫醫！」

火心滿懷崇敬地凝望眼前這隻深灰色母貓。他知道煤掌真的很高興能當黃牙的見習生。她會成為很優秀的巫醫，但也會是很出色的戰士。能夠毫不嫉妒哥哥的成功，他想，的確需要特別的性情。一如以往，看到煤掌的傷總讓火心想到虎爪。火心一直認為是這位副族長害她發生意外的，最近還想讓他淹死；可是今天虎爪也使出渾身解數戰鬥到底。沒有他，他們可能早已慘敗。**如果你證實他叛族**，火心捫心自問，**那麼誰要來保護雷族？**

這次攻擊事件後，火心欣慰地看到灰紋遵守承諾，在營地周圍巡邏、狩獵，或者幫忙黃牙和煤掌補充藥品。虎爪什麼也沒說，但火心暗暗希望他注意到這一切。

不過到了第三天早上，火心卻被身旁的聲響驚醒。他睜開眼，剛好看到灰紋溜出窩外。

「灰紋？」他咕噥著，但他朋友沒回答就不見了。

火心輕手輕腳地爬起，不想吵到睡在另一邊的沙暴，他起身從枝椏間走出去。他眨著眼來到空地，看到灰紋消失在金雀花隧道的出口。他也看到蜷伏在新鮮獵物堆旁的暗紋抬起頭，嘴邊搖晃著一隻田鼠。他正凝視著隧道出口。

火心頓時感覺肚子裡像有塊冰冷的大石頭壓住那般沉重。如果暗紋看到灰紋離開，表示虎爪很快也會知道，然後他就會想知道灰紋到底去了哪裡。虎爪甚至可能跟蹤他，逮到他和銀流在一起。

幾乎是出於下意識地，火心疾跳向前。他迫使自己踏著輕快的步子，不急不徐，走過新鮮獵物堆時還大喊：「早啊，暗紋！我們去打獵囉。你也知道，早起的貓才有食物嘛！」不等暗紋回答，他就進了隧道。一離開空地，他便加快速度，奔到深谷頂端。灰紋已經不見蹤影了，但他的氣味依舊濃烈，筆直地通向陽光岩。

可是他們明明答應只在四喬木見面的，他想。

火心疾奔著，毫不理會樹叢下獵物傳來的誘惑聲響和氣味。他只希望趕上灰紋，在他見到銀流前把他拉開，以免虎爪已經跟出了森林。但當陽光岩映入眼簾時，他仍然沒看到灰紋。火心在樹林邊緣停下腳步，吸進一口有氣味的空氣。灰紋就在附近，這點他很肯定，他也聞到銀流的氣味，但這兩股氣味卻混入了另一種讓火心全身寒毛直豎的味道——是血腥味！

突然間他聽到前方岩石傳來令他毛骨悚然的微弱嚎叫，那絕對是貓身陷危難發出的聲音。

「灰紋！」他喊著衝向前，奔上最近一塊岩石的斜面。從頂端看到的景象讓他陡然停步。

就在下方，在兩塊岩石之間的深溝裡，銀流側躺著。火心驚駭地看到她的身體起了一陣強烈的痙攣，四腿不斷抽搐。她又發出一聲令他心寒的哀號。

「灰紋！」他驚慌地喊著。

灰紋蜷伏在銀流身邊，瘋狂地舔著她起伏的身體。聽到火心的聲音，他抬起頭。「火心！是孩子——孩子要出生了，可是情況完全不對勁。去找黃牙！」

「可——」火心嚥下那聲抗議。他的四條腿已經開始動作，帶著他下了岩石，奔回那片空地朝樹林跑去。

火心拔腿狂奔，即便如此，腦中一個微小而冰冷的角落卻在說：一切就到這裡為止了。族裡每隻貓都會知道灰紋和銀流的事，到時候藍星和曲星會拿他們怎麼辦呢？

在他還沒想通之前，腳就回到營地了。他衝下深谷，差點撞上在隧道口的煤掌。她喵著發出抗議，退後了幾步，採集來的藥草散了一地。「火心，你在搞什——」

「黃牙呢？」火心上氣不接下氣地說。

「黃牙？」煤掌感覺到火心的迫切，變得認真起來。「她去蛇岩找著草了。」

火心振作起精神準備拔腿狂奔，然後又停下腳步，遲疑著。去蛇岩找黃牙會花太多時間，銀流現在就需要幫手！

「怎麼回事？」煤掌問。

「有隻貓——銀流——在陽光岩那邊，她正要生小貓，卻出了差錯。」

「噢，星族救救她！」煤掌喊，「我去。等我一下——我得帶些藥。」她消失在金雀花隧道口。火心等著，腳掌不耐煩地在地上刮著，終於看到隧道有了動靜。但出來的卻不是煤掌，而是蕨毛。

「煤掌叫我去找黃牙。」他邊喊邊跳過火心身旁，往深谷跑去了。

煤掌終於再度出現，嘴裡緊咬著用樹葉裹住的藥草。她走近火心，對他揮動尾巴，示意他帶路。

這段路上的每一步對火心都是折磨。煤掌已經盡了力，但那隻傷腿卻讓她快不起來。一切就要來不及了。驚慌中，火心記起了那個夢，一隻無臉的銀色貓后逐漸消失，留下她的孩子們在黑暗中無助地哭喊。那就是銀流嗎？

陽光岩一映入眼簾，火心就搶在煤掌前頭。抵達岩石下方後，他看到另一隻貓蜷伏在岩石頂端，俯望著灰紋和銀流所在的深溝。寒冷如爪子般緊掐住火心的心臟──那絕對是虎爪龐大的身軀和深色的毛。暗紋一定通知他了，這位副族長追著灰紋的氣味跟來了。其實火心衝回營地時還就與他擦身而過，卻完全沒有發覺。

「火心，」虎爪咆哮，轉頭對著正要爬上岩石的火心說，「這件事你是什麼時候知道的？」

火心低頭看向深溝。銀流仍然側躺著，但身上那一波波強烈的起伏已經變成微弱的抽搐，哀號也停止了。火心猜她是累得叫不出來了。灰紋緊緊依著她，胸膛深處發出柔情的低語，一雙黃眼睛凝望著這隻母貓的臉。火心想他們倆都沒發覺虎爪來了。

火心還來不及回答虎爪的問題，煤掌已經繞過岩石底部，擠身穿過深溝，來到銀流身邊。

她放下那包藥草，彎身嗅著眼前這隻銀灰色的貓后。

「火心！」一會兒之後她喊著，「快下來！我需要你！」

火心不理會憤怒的虎爪，躍下深溝，爪子疼痛地在光滑的岩石上刮過。他的四腳才踏上地面，煤掌就走了過來，叼著一隻體型超小的貓。小貓的眼睛緊閉著，雙耳攤平在頭頂，深灰色的毛緊貼在身上。

「他死了？」火心輕聲說。

「沒有！」煤掌放下小貓，輕拍著把他推向火心。「開始舔，火心！讓他暖和起來，讓血液流通。」

一說完她就轉過身，走進狹隘的空間，回到銀流身邊。她的身體擋住了火心的視線，火心看不到裡面的情形，只聽見這位巫醫見習生安慰的喵叫聲，也聽見灰紋擔憂地問了個問題。

火心彎身向著小貓，用舌頭一遍遍舔過這個瘦小的身體。好長一段時間，小貓都毫無反應，他開始以為煤掌弄錯了，小貓已經死了。然後他感覺到小貓的身體微弱顫動，張嘴發出無聲的喵叫。「他還活著！」他喊。

「我早說過了，」煤掌在裡面對他喊，「繼續舔，還有一隻要出來，就快了。對，銀流……妳做得很好。」

這時虎爪已走下岩石，表情陰沉地站在深溝入口。「是河族的貓，」他斷聲說，「你們誰可以告訴我怎麼回事？」

在誰都來不及回答之前，煤掌發出勝利的歡呼。「成功了，銀流！」不久她又叼著另一隻小貓回來，放在虎爪身前，「來，開始舔。」

虎爪瞪著她。「我又不是巫醫。」

煤掌氣沖沖的藍眼睛逼視著副族長。「但你有舌頭吧？你這沒用的毛球，快舔呀。你想害小貓死掉嗎？」

火心瑟縮了一下，心中有一半認定虎爪會撲向煤掌，用強有力的爪子將她撕成兩半。沒想到，這隻深色的虎斑貓竟然彎下他那顆大頭，舔起小貓來。

煤掌轉身回到銀流身邊。火心聽到她說：「妳得吞下這個藥草。來，灰紋，想辦法要她盡量多吃一點。我們必須把血止住。」

火心停止猛烈的舔舐。小貓的呼吸已經穩住了，看來脫離了險境。他巴望自己能知道深溝裡的情形。他聽到煤掌叫著：「等等，銀流。」然後是灰紋發出緊張的大喊：「銀流！」

聽到他朋友絕望的喊聲，火心再也憋不住了。他離開小貓衝上前，來到煤掌身邊趴下，恰好看到銀流抬起頭，無力地舔了舔灰紋的臉。「再見，灰紋，」她輕聲說，「我愛你。照顧我們的孩子。」

然後那銀色的虎斑身軀猛然抖了一下。她的頭往後一仰，爪子猛地一抽，就再也不動了。

「銀流！」煤掌低語。

「不，銀流，不，」灰紋的喵聲非常輕，「別走，別離開我。」他俯身向著那具軟垂的身體，輕輕地用臉擦過。她沒有動。

「銀流！」灰紋退開，頭向後仰，悲痛的哀號撕裂了寧靜的空氣。「銀流！」

煤掌在屍體旁蜷伏了一陣子，輕輕推著銀流的身體，終於承認挫敗。她坐起身凝望前方，藍色的眼睛悽涼而冰冷。

火心來到她身邊。「煤掌，小貓很安全。」他低聲說。

她的表情讓火心差點凍結。「可是他們的母親死了。我沒把她救回來，火心。」

岩石間仍迴盪著灰紋淒厲的嚎叫。虎爪出現了，他繞過貓兒身邊，伸出一隻大掌朝灰紋耳朵後方摑了一下。「別哭了。」

灰紋安靜下來。火心想，那多半是出於驚嚇和疲累，而不是服從副族長的命令。

虎爪掃視了他們一圈。「現在可以告訴我究竟怎麼回事了吧？灰紋，你認識這隻河族貓嗎？」

灰紋抬起頭。他的眼神如石頭般空洞而冰冷。「我愛她。」他低語。

「什——這些是你的孩子？」虎爪看來很驚訝。

「是我和銀流的。」一絲挑戰的星火在灰紋眼中燃起，「我知道你會說什麼，虎爪。省省吧，我根本不在乎。」他轉回銀流身邊，鼻子輕擦著她的毛，對她輕柔低語。

煤掌也振作起來，替那兩隻小貓作檢查。「我想他們沒事了，」她說。不過她的語氣在火心聽來，已不如之前那麼肯定了。「我們要帶他們回營地去，找隻貓后來哺育他們。」

虎爪猛地轉向她。「妳瘋了嗎？雷族為什麼要養他們？這些是雜種，沒有一族會要他們的。」

煤掌毫不理睬，「火心，你帶這一隻，」她下令，「我帶另一隻。」

火心抽動頰鬚表示同意，但他先走到灰紋身邊，在他寬大的灰色肩膀上輕靠了一下，才叼起小貓。「要不要跟我們一起走？」

灰紋搖搖頭。「我要留在這裡埋葬她，」他輕聲說，「就埋在這裡，雷族和河族之間。經過這件事，就連她自己的族都不會悼念她了。」

火心覺得心都要碎了，卻一點忙也幫不上。「我很快就回來，」他承諾，又更輕柔地——不管虎爪聽不聽得見，他已經豁出去了——加了一句：「我會跟你一起哀悼她，灰紋。她很勇敢，我知道她很愛你。」

他的朋友沒有回答。火心叼起一隻小貓，離開了灰紋，以及灰紋真心愛戀、程度遠超過雷族、榮譽和自身生命的母貓。

第二十二章

虎爪走在前面，當火心和煤掌帶著銀流的孩子抵達營地時，全族都知道發生什麼事了。戰士和見習生們都聚在各自的窩外，靜靜地看著。火心幾乎可以感覺到他們的震驚與不可置信。

藍星好像正等著他們似地站在育兒室門口。火心以為她會叫他們走開，拒絕照顧別族的小貓，但她只輕聲說：「到裡面來。」

蕨叢中間一片黝暗寂靜，斑臉盤捲身體裹住她的孩子，灰棕相間的毛色隆起成一團，雲兒的白毛在其中像塊白雪那般醒目。在她身邊，金花側躺在一個用苔蘚和輕柔羽毛鋪成的臥鋪上，正哺育著自己剛生下來的孩子。其中一隻有著像金花那樣的淡黃色毛，另一隻則是深色虎斑紋。

「金花，」藍星低聲說，「我有件事想問妳。妳能再多哺育兩隻小貓嗎？他們的母親剛過世。」

金花抬起頭，看到在火心和煤掌嘴邊搖晃的兩團無助的小東西後，震驚的眼神轉為柔和。兩隻小貓無力地扭動著，發出恐懼和飢餓的微弱尖叫。

「我想可以——」金花開口。

「等一等。」花尾插嘴，她跟在火心身後走進育兒室。「金花，在妳答應任何事情以前，叫藍星告訴妳這些小貓是誰的。」

火心憂慮起來。花尾雖是個好母親，脾氣卻相當暴躁，他猜她不會給別族的小貓好臉色看。

「我也不會對她隱瞞這件事，」藍星鎮靜地說，「金花，這些是灰紋的孩子，他們的母親是銀流——河族的貓。」

金花驚訝得睜大了眼睛，從沉睡中醒來的斑臉也豎起了耳朵。

「灰紋一定有好幾個月都偷溜去見她，」花尾嘶聲說，「忠誠的貓哪會這麼做啊？他們倆都背叛了自己的族，這兩隻小貓身上流著不乾不淨的血。」

「胡說！」藍星憤怒地回嘴，頸背的毛突然豎立。火心不由得瑟縮了——很少看到族長這麼生氣，「不管我們怎麼看灰紋和銀流，小貓總是無辜的。金花，妳願意收養他們嗎？沒有母親，他們會死的。」

金花遲疑著，然後嘆了一口長氣。「我怎能說不呢？我有足夠的奶水。」

花尾發出不滿的哼聲，當火心和煤掌輕輕把小貓放進金花的臥鋪裡時，她還故意轉過身去。金花彎身引導兩隻小貓到她的肚皮，小貓躲進她溫暖的身體、找到乳頭後，就不再發出悽慘的叫聲。

「謝謝妳，金花。」藍星發出呼嚕聲。

火心發現藍星帶著渴望的表情低頭望著小貓們。他不禁猜測她是不是想起自己失蹤的孩子；想到他們所經歷的真相，懷疑的感覺又洶湧襲來。那會不會是好端端活在河族的霧足和石毛呢？她究竟知不知情？

煤掌突然轉身走出育兒室，打斷了火心的思緒。他跟過去，發現煤掌蜷伏在外頭，頭埋在前腳上。「怎麼啦？」他問。

「銀流死了。」火心只勉強聽到她含糊不清的回答，「我沒救活銀流。」

「才不是！」

煤掌抬起頭，眨著眼。她的眼睛是兩潭悲傷的藍色池水。「我是巫醫，應該要救活傷者的。」

「妳救了兩個孩子啊。」火心提醒她，靠過去用臉貼著她的臉頰。

「可是我沒能救活銀流。」

一陣同情湧上火心的心頭。他明白煤掌的感受，想告訴她不該自責，但卻想不出怎麼說。他很傷心，又覺得自己一無是處，只能輕柔地舔著她。

「怎麼回事？」火心抬頭看到黃牙站在他們面前，寬寬的灰臉上疑惑地皺起眉。「我剛聽說灰紋和河族貓后的事，現在這裡又怎麼啦？」

煤掌似乎根本沒注意到她的導師來了。只好由火心來解釋。

「煤掌做得很棒，」他告訴這位資深巫醫，「要是沒有她，小貓們會死掉。」

黃牙點頭。「我看到虎爪了，」她粗聲說，「蕨毛帶我去陽光岩的路上，我們撞見了他。他對小貓的事氣得不得了，可是煤掌，他卻沒有生妳的氣。」她又說：「他知道妳很盡責，任何巫醫都會這麼做的。」

聽到這話，煤掌抬起頭。「我永遠當不成巫醫了，」她心酸地說，「我一點用也沒有。我沒救活銀流。」

「什麼？」黃牙生氣地咆哮，弓起她那瘦巴巴的灰色身體。「這真是我聽過最鼠腦袋的話！」

「黃牙——」火心想阻止她嚴厲的聲調，但這位巫醫毫不理睬。

「妳盡力了，煤掌，」她低吼，「這已經是所有巫醫能做到的極限了。」

「但這樣並不夠，」煤掌無精打采地說，「如果當時妳在，就救得了她。」

「哦？星族這麼告訴妳的嗎？煤掌，有時候貓會死，這是誰也改變不了的。」她發出嘶嘎的喵聲，一半是大笑一半是責罵。「就連我也做不到。」

「可是她是在我懷裡死的啊，黃牙。」

「我知道。這是艱澀的一課。」現在老貓的聲音裡有著毫不掩飾的同情，「以前也有貓在我手裡死掉——多到我根本沒心情去數。每隻巫醫都有這種經驗。妳只能接受事實，然後活下去。」她用滿是傷疤的臉推了推煤掌，不斷推著她，直到這隻年輕小貓搖搖晃晃地站起來。

「來吧，還有很多工作要做呢。小耳又在抱怨關節痛了。」

她把煤掌半推半趕地弄出她的窩，然後停下來轉頭望向火心。「別擔心，」她告訴他，「她很快就會沒事了。」

火心看著這兩隻貓走過空地，消失在黃牙的窩裡。

「你可以信任黃牙，」火心聽到這句低語，轉頭看向藍星，「她會護著煤掌挺過去的。」族長就坐在育兒室外，尾巴整齊地裹在腳掌外。儘管剛才一片混亂，包括銀流的死、灰紋的不法戀情曝光，紛擾不斷，面對這一切，她仍然一派鎮定。

「藍星，」火心遲疑地說，「灰紋現在會怎麼樣？他會受到處罰嗎？」

藍星露出深思的表情。「我還無法回答，火心。」她承認，「我需要跟虎爪和其他戰士討論討論。」

「灰紋他管不住自己呀。」火心重義氣地衝口而出。

「管不住自己——為了跟銀流在一起而背叛自己的部族、違反戰士守則？」藍星的雙眼閃爍，但語調卻沒有火心想像的那麼憤怒。「我可以答應你一件事，」她又說，「在大家還沒從驚嚇中回過神之前，我不會做出懲處的。我們必須仔細衡量大局。」

「但其實妳並不驚訝，對吧？」火心大膽地問，「妳已經猜出會發生這種事了吧？」他心裡已做好藍星不會回答的準備。她用那雙看穿一切的藍眼睛，凝視了他好幾秒。他看到那眼神裡有智慧，甚至還有痛苦。

「對，我懷疑過，」她終於開口，「族長有必要知道一切，上次的大集會上我也不是瞎子。」

「那……那妳為何不阻止呢？」

「我一直希望灰紋會記得效忠雷族，」藍星回答，「我知道就算他不記得，遲早會有事情發生來終結這件事。我只希望對他們倆來說，結局不要太悲慘。不過我也不知道，灰紋要如何面對眼看自己的孩子在別族成長的事實。」

「妳也心裡有數，對吧？」火心對自己衝口而出的話，根本還來不及思考，「因為這種事妳也經歷過。」

藍星全身僵硬，眼中突然燃起的憤怒使火心瑟縮。然後她不再強硬，一個融合回憶與失落的遙遠神情取代了憤怒。

「你猜到了，」她低聲說，「我就知道。對，火心，霧足和石毛曾經是我的孩子。」

第二十三章

「過來。」藍星下令。她經過營地緩緩往自己的窩走去，火心除了跟過去之外，別無選擇。進窩之後，她叫火心坐下，自己也在臥舖上坐定。

「你知道多少？」她問火心，藍眼睛搜尋著他的眼神。

「只知道橡心曾經把兩隻雷族的小貓帶進河族，」火心承認，「他告訴灰池——也就是哺育那兩隻小貓的貓后——說他對小貓的身世毫不知情。」

藍星點點頭，眼神變得柔和。「我知道橡心一直很遵守承諾，」她低語，然後抬起頭。「他是孩子的父親，」她又說，「你也猜到了嗎？」

火心搖搖頭。但這樣就合理了，難怪橡心堅持要灰池照顧那兩隻無助的小貓。「妳的孩子究竟出了什麼事？」他又問，好奇心讓他有些口不擇言，「橡心沒有偷走他們吧？」

族長的雙耳不耐煩地抽動。「當然沒有。」她與火心目光相對，眼神突然籠罩著火心無法想像的痛苦，「不，他沒有偷。是我把他們送走的。」

火心不敢置信地瞪著她。現在只能等她解釋了。

「我的戰士名是藍毛，」她開口，「就跟你一樣，我只想著要為雷族效力。很久以前的一次禿葉季，還年輕不懂事的橡心和我在那次大集會上相遇。我們並沒有交往太久，我就發現自己懷了身孕。本來我是想在雷族生產的。沒有貓問我孩子的父親是誰——如果貓后不願說，那是她的決定。」

「可是那……？」火心不禁想問。

藍星的目光落向遠方，彷彿凝望著遙遠的過去。「然後我們的副族長褐斑決定退休。我知道我很有機會獲選接替他的位子，因為巫醫已經告訴過我，星族為我鋪下了燦爛的前途。但我也知道雷族永遠不會讓一個正在哺育孩子的貓后當副族長。」

「所以妳就把他們送走了？」火心無法掩藏語氣裡的驚訝，「妳不能等到他們離開育兒室後再考慮自己的前途嗎？等孩子長得夠大並且能夠自立，妳還是可以當副族長啊。」

「這是個困難的抉擇，」藍星說，她的聲音因為痛苦而粗啞，「那個禿葉季非常艱苦，全族都在餓肚子，我自己也沒什麼奶水可以餵養他們。我知道，如果他們在河族會得到很好的照顧。那時候河裡多得是魚，河族貓從不會餓肚子。」

「可是妳會因此失去他們……」一陣尖銳的痛苦湧上，火心同情地眨著眼睛。

「火心，用不著你來告訴我這個決定有多困難。為了做出決定，我有好幾個晚上都無法闔眼。怎樣對孩子最好……怎樣對我最好……以及怎樣對雷族最好。」

「當時一定有其他戰士夠格當副族長吧？」火心仍在努力強迫自己接受藍星為了實現抱負，把親生孩子送走的事實。

藍星挑戰似地將下巴猛然一抬。「噢，當然，薊爪就是。他是很出色的戰士，強壯又勇敢，但他解決問題的唯一辦法就是打架。我難道該看著他當上副族長，再升上族長，並迫使全族陷入完全沒必要的戰爭嗎？」她悲傷地搖搖頭，「他就是那樣死的，火心，就在你加入雷族的幾個季節前，他在邊界因為攻擊河族巡邏隊而身亡。一直到死，他都是那麼地狂野自負。我無法袖手旁觀，眼睜睜看他毀掉雷族。」

「是妳自己把孩子送給橡心的嗎？」

「對。我在大集會上跟他談過，他同意帶他們走。於是有天晚上我偷溜出營地，把孩子送到陽光岩。橡心等在那邊，然後把其中兩隻帶過河去。」

「其中兩隻？」火心驚訝極了，「妳是說原本還不只兩隻？」

「一共有三隻。」藍星低下頭，聲音幾乎聽不清楚。「還有一隻太虛弱，撐不過這趟旅程。她死在我懷裡，就在河邊。」

「那妳是怎麼跟族裡的其他貓說呢？」火心回想上次大集會裡，斑皮只說藍星的孩子「失蹤」了。

「我……我讓這件事看來像是他們被狐狸或獾從育兒室奪走的。我在離開育兒室前，在牆上撕出了一個洞；回來後就說我剛才去狩獵，留孩子們在窩裡睡覺。」她開始顫抖。火心看得出來，對藍星而言，坦承這個謊言比失去性命還要痛苦。

「每隻貓都在找，」她繼續說，「我也是，只不過我心知肚明，他們是不會回來了。全族都為了我心力交瘁。」她把頭靠在腳掌上。她已經忘記自己是一族之長，火心走過去，在藍星耳邊輕柔地舔了一下。

他再次想起那個夢，那隻沒有臉的貓后消失，只留下哭喊著要媽媽的孩子。他一直以為那個貓后是指銀流，現在他才明白，那也是指藍星。這個夢既是預言，也是族裡的記憶。「妳為什麼要跟我說這些呢？」他問。

藍星抬起頭，眼裡流露的悲傷讓火心簡直無法直視。

「好幾季以來，我都設法要忘掉他們，」她回答，「我當上了副族長，然後是族長，我的族需要我。可是最近洪水暴漲使河族蒙難——還有火心，你的發現，這些都讓我再次聽到我早就知道的事……現在又有一對小貓是雷族與河族的混血，也許這次我可以做出更好的決定。」

「但妳為什麼要跟我說呢？」火心又問了一遍。

「也許在過了這麼久之後，我想讓第二隻貓知道真相，」藍星微微皺起眉說，「我認為你是族裡最可能了解這種事的貓，火心。有時候世上並沒有正確的決定。」

但火心並不肯定自己已經完全明白了。他腦中仍然一片混沌。一方面，他可以想像這位雄心勃勃的年輕戰士藍毛，執意為自己的部族奉獻，即使必須做出超乎想像的犧牲；另一方面，他也看到一位母親為了自己早就拋棄的孩子哀悼不已。對他來說，比以上兩者更真實的是，這位天資聰穎的族長做了她認為最好的決定，並獨自承擔痛苦。

「我不會說出去的。」他答應，同時了解到她非常信任自己，才會對他傾訴這個祕密。

「謝謝你，火心，」她回答，「未來還有許多困難，而雷族不需要更多麻煩。」她站起來伸展四肢，彷彿已經盤著身體睡了好久。「現在我得去跟虎爪談了。火心你呢，最好快去看看你的朋友。」

火心回到陽光岩時，太陽已經開始下沉，溪水化成倒映著火焰的一條絲帶。灰紋蜷伏在岸邊覆蓋了新土的地上，目光定定地注視著看似燃燒的溪水。

「我把她埋在岸邊。」他對火心低語，並走上前，坐在他身邊。「她愛河水。」他抬頭望著銀毛星群在天空裡出現的第一批星星。「現在她跟星族在一起了，」他輕聲說，「有一天我會再找到她的，到時候我們又能在一起。」

火心說不出話來。他向灰紋靠得更緊，血紅的夕陽逐漸消失，他們就這樣靜靜坐著。

「你把小貓帶去哪兒了？」灰紋終於開口，「應該把他們跟她埋在一起。」

「埋？」火心重複，「灰紋，你還不知道嗎？他們都還活著啊。」

灰紋張大嘴巴望著他，金黃色的眼睛開始發光。「他們還活著——銀流的孩子——我的孩子？火心，他們在哪裡？」

「在雷族的育兒室裡。」火心迅速地舔了他一下，「金花在哺育他們。」

「但她不肯養他們吧？她知道那是銀流的孩子嗎？」

「全族都知道了，」火心不太情願地說，「是虎爪說出去的。但金花沒有責怪孩子，藍星也沒有。他們會受到照顧，真的。」

灰紋匆忙站起，長時間的守靈使他的動作有些生硬。他懷疑地看著火心，似乎不敢相信雷族真會接受這些小貓。「我想看看他們。」

「那就來吧。」火心說，他感到一陣放鬆，他朋友已經能夠面對族貓了。「藍星要我帶你回家。」

他帶頭穿過逐漸暗下來的森林。灰紋跟在他身後，但不時回頭，像是不忍把銀流拋在後頭。他沒有說話，火心也就任由他靜靜地沉浸在回憶裡。

他們抵達營地時，戰士和見習生們都好奇地竊竊私語。在這樣一個溫暖的新葉季夜晚，一切看來就像以往那般尋常。蕨毛和塵皮趴在一塊蕁麻地上共享食物，刺掌和亮掌在見習生窩外扭打嬉戲，疾掌在一旁看著。虎爪和藍星則不見蹤影。

火心放心地嘆了口氣。他不想讓灰紋受到任何干擾，也不要他因為同儕戰士的責怪和敵意而煩惱，至少也等他探視過自己的孩子再說吧。

然後他們在前往育兒室的途中遇見沙暴。她突然止步，目光從火心看到灰紋，接著又看了回來。

「嗨，」火心說，語氣盡可能像以前一樣友善。「我們要去看小貓，待會兒窩裡見？」

「見你沒問題，」沙暴低吼，一邊瞪著灰紋，「只要別讓他靠近我就行了。」她大步走開，頭和尾巴都抬得高高的。

火心的心沉了下去。他還記得自己第一次來到雷族時，沙暴是多麼不友善，一直過了很長一段時間以後，沙暴才給他好臉色看。那麼要她像朋友般地對待灰紋又需要多久時間呢？

灰紋的雙耳塌了下來。「她不要我待在這裡，沒有貓要我留下。」

「我就要！」火心說，希望自己的語氣能夠激勵他。「來吧，我們去看你的孩子。」

第二十四章

火心從一塊踏腳石跳上另一塊，越過了湍急的河流。洪水已經消退，踏腳石又清晰可見。今天是銀流過世的第二天，天空陰沉，還下著綿綿細雨，彷彿星族也在替她哀悼。

火心在前往河族的途中。他準備把銀流的死訊帶給河族，不過並沒有事先求得藍星的同意。他並沒告訴任何貓就溜了出來，因為他認為銀流那一族有權利知道她出了什麼事，卻不認為雷族的每隻貓都會同意這點。

火心抵達對岸，昂起頭在空氣中尋找新鮮氣味。他幾乎立刻就聞到了，一個心跳過後，有隻虎斑小公貓出現在小徑上方的蕨叢裡。

小公貓遲疑著，似乎有點心驚膽顫，然後才怯生生地走下河岸，與火心對峙。「你是火心，對吧？」他說，「我在上次大集會裡看過你。你在我們這邊做什麼？」

他想讓語氣聽來更有自信，火心卻感覺得到他聲音裡的緊張。他很年輕——是見習生吧，火心猜想，因為在沒有導師陪伴的情況下離開營地而顯得驚慌。

「我不是來打架或偷窺的，」火心向他保證，「我必須跟霧足談談，你能把她找來嗎？」

這位見習生又遲疑了一會兒，好像在猶豫要不要反對。最後服從戰士守則的習慣佔了上風，他沿著河岸往河族營地走去。火心看他走遠了，就爬上河岸，尋找一處蕨叢躲起來，等候霧足現身。

但是過了好久都沒霧足的蹤影，最後，火心終於看到她那熟悉的藍灰色身影，踩著匆忙的步伐朝他走來。他忽然驚覺，這份熟悉感來自於藍星，族長的女兒簡直是她的翻版。看到她單獨前來，他鬆了一口氣。見到霧足停下來嗅聞空氣，火心輕聲喊著：「霧足！我在這邊！」

霧足的耳朵動了動，不久便穿過蕨叢來到火心身邊。「什麼事？」她一臉擔憂地問，「跟銀流有關嗎？我從昨天起就沒看到她。」

火心感覺彷彿有塊骨頭卡在他的喉嚨。他不安地吞口水。「霧足，」他說，「有個壞消息。我真的很遺憾……銀流死了。」

霧足望著他，圓睜的藍眼睛滿是不可置信。「死了？」她重複，「不可能！」火心還來不及回答，她緊接著又說：「是你們雷族的幾位戰士在那邊抓到她了嗎？」

「不，不是的，」火心迅速回答，「她跟灰紋在陽光岩那裡，孩子們卻在那時開始出生，情況不對勁……流了很多血。我們已經盡力了，可是……噢，霧足，我真的很遺憾。」

他解釋著，痛苦蒙上霧足的雙眼，她發出長長一聲低沉的哀鳴，仰起頭，爪子抓進地面。火心靠過去想安慰她，但他感覺得到她全身都緊繃著。這時候無論說什麼都沒有用。

恐怖的哀鳴終於停住了，霧足身體垮了下來。「我就知道不會有好結果，」她低語，聲音裡沒有憤怒或責怪，只有疲倦的悲傷。「我叫她不要去見灰紋，但她哪裡肯聽？現在……真不敢相信再也見不到她了。」

「灰紋把她埋在陽光岩那邊，」火心告訴她，「如果妳哪天想過去，我就帶妳去看。」

霧足點點頭。「好的，火心。」

「她的孩子還活著。」火心又說，想要減輕這位貓后的悲傷。

「她的孩子？」霧足再度警戒地坐起。

「有兩隻，」火心說，「他們很好。」

霧足眨眨眼，突然露出深思的表情。「他們有一半河族的血統，雷族會要他們嗎？」

「我們有位貓后在哺育他們，」火心要她放心，「雷族對灰紋不滿，但不會把氣出在孩子身上。」

「那我就放心了。」霧足沉默了一陣，仍若有所思。然後她起說：「我必須回營地報告這件事。他們甚至不曉得對方是灰紋。我真不敢想像要怎麼跟銀流的父親說。」

火心知道她的感受。很多戰士的父親都與自己的孩子不親，但曲星跟銀流的關係卻一直很親密。曲星會為她的死而悲慟，並夾雜著憤怒，因為她背叛河族，接納灰紋為伴侶。

霧足在火心的前額迅速舔了一下。「謝謝你，」她說，「謝謝你趕來告訴我。」

然後她就走了，迅捷地溜出蕨叢。火心等她走得看不見了，才回到圓石滿地的岸邊，踩著踏腳石回到雷族的領土。

⚡⚡⚡

飢餓使火心從睡夢中驚醒。他凝視著微弱光線裡的戰士窩，發現灰紋已經離開他的臥鋪。

噢，不！火心惱怒地想，**他又去找銀流了！**然後他才想起不是這樣。

銀流已經死了兩天了。她和灰紋的戀情帶給雷族的驚嚇已逐漸消退，只是除了火心和蕨毛，沒有其他戰士願意跟灰紋交談，或跟他一起去巡邏。藍星仍沒宣布要怎麼處罰他。

火心伸懶腰打了個呵欠。灰紋整個晚上都翻來覆去、不斷啜泣，弄得火心根本睡不好，但他體內的疲憊卻更為深沉。他實在看不出雷族要怎樣能從灰紋不忠的震撼中恢復過來。不確定與懷疑的氣氛使貓兒的交談乏善可陳，也讓互舔身體的習慣嘎然而止。

火心毅然甩了甩身體，穿過枝椏來到窩外，朝新鮮獵物堆走去。太陽逐漸升起，整片營地綴滿金色的陽光。火心低著頭，正準備叼起一隻肥胖的田鼠，卻聽到一個聲音在喊：「火心！火心！」

火心轉過身。雲兒從育兒室衝過空地朝他奔來，斑臉和其他同窩的小貓們則緩緩跟在後頭。讓火心驚訝的是，藍星竟然跟他們在一起。

「火心！」雲兒喘著氣在他面前止步。「我要當見習生啦！我馬上就要成為見習生了！」

田鼠從火心嘴裡掉下來。看到這隻興奮的小貓，他忍不住高興起來，但同時也有點愧疚，雲兒將滿六個月這件事他竟然完全忘了。

「火心，你會當他的導師吧？」藍星邊走近邊問，「你也該收見習生了。你把蕨毛教得很好，雖然他不是你的見習生。」

「謝謝，」火心說，低下頭接受她的讚美。他忍不住想到煤掌，感傷起來。他永遠無法擺脫自己多少該對她那場意外負點責任的感覺，他下定決心要好好教導雲兒。

「我會比其他貓都要用功！」雲兒睜大雙眼答應著，「我會成為史上最棒的見習生！」

「到時候再說吧。」藍星說，斑臉愉悅地發出呼嚕聲。

「他整天纏著我說這件事，」她快樂地說，「我知道他會盡力的，他又強壯又聰明。」

聽到她的讚美，雲兒目光炯炯。**他似乎已經不介意身為寵物貓的事了，**火心想，**但他超級自信，對戰士守則簡直一無所知，更別提遵守了。把他帶來這裡是正確的嗎？**火心的信心又動搖了。他清楚知道，當雲兒的導師可不是簡單的事。

「我要召開大會。」藍星說著走向高聳岩。雲兒瞥了火心一眼，跳著跟在藍星身後，其他的小貓也連滾帶爬地跟過去。

「火心，」斑臉說，「有件事我想問你。」

火心忍住嘆息。「什麼事？」顯然在雲兒被指派為見習生的儀式開始前，他是不會有空吃田鼠了。

「這事跟灰紋有關。我知道他的遭遇很悲慘，但他不出育兒室一步，成天守著那兩個孩子，好像認為金花沒辦法好好照顧他們似的。他打擾了大家的作息。」

「妳跟他說過了嗎？」

「我們暗示過他。花尾甚至還問他是不是自己也快生了呢，可是他仍然一無所覺。」

火心依依不捨地看了那隻田鼠最後一眼。「我去跟他談談吧，斑臉。他現在在裡面嗎？」

「對，他整個早上都在那裡。」

「我把他叫出來開會。」火心走過空地，快要抵達育兒室時，他聽到藍星從高聳岩頂端召集全族的喊聲。

他走進育兒室，剛好遇上正準備走出來的虎爪，大吃一驚。他往旁邊跨了一步，好讓副族長經過，火心想，他來育兒室幹什麼？然後才想起金花的一個孩子有著深色的虎斑毛色。虎爪一定是那些孩子的父親。

育兒室裡很溫暖，充滿令小貓安心的乳香。金花躺在臥鋪裡，灰紋蜷伏在她身旁，正嗅著一群小貓。

「他們有足夠的奶水喝嗎？」他擔憂地問，「他們好小哦。」

「那是因為他們年紀還小，」金花耐心地回答，「他們會長大的。」

火心走過去，看到四隻小貓忙著在母親溫暖的懷裡吸奶。那隻深色虎斑小貓看起來果然跟虎爪一模一樣。灰紋的兩個孩子體型更小，但現在他們的毛乾燥蓬鬆，看來就跟其他健康的小貓沒什麼兩樣。其中一隻跟灰紋一樣深灰，另一隻則像他們的母親，有一身銀色的毛。

「他們真美。」火心輕聲說。

「他哪裡配得上。」花尾冷笑著走出去，向藍星的召集報到。

「你別聽花尾的。」金花等這位老貓后走出去後才開口。她彎下身用鼻子輕碰了碰那隻銀色小貓。「她將來會跟她母親一樣美哦，灰紋。」

「但要是她死了怎麼辦？」灰紋衝口而出。

「他們不會死的，」火心堅持，「金花會照顧他們。」

金花凝視這四隻小貓的眼神裡，有種一視同仁的關愛和崇敬，但火心卻忍不住覺得她好像累壞了。或許照顧四隻小貓超出她的能力範圍？他不願多想這件事。母親和親生孩子之間的聯繫很強，他想，但對本族效忠的情感也一樣濃厚，金花願意為這些孩子們盡力，是因為他們有一半雷族的血統，也因為她很善良。

「走吧，」火心推了推灰紋，「藍星要召集大會了。她要讓雲兒當見習生。」

灰紋遲疑了一下，火心以為他準備拒絕，但他站了起來，在火心半推半送下往門口走去，還不斷回頭望著他的孩子。

外頭的空地已聚集了族裡的貓。火心聽到柳皮快樂地對鼠毛和追風宣布：「我就快要搬進育兒室啦，我懷孕了。」

追風低聲道賀，鼠毛則在她朋友的耳朵上愉快地舔了一下。火心忍不住猜測孩子的父親是誰，他四處張望時注意到白風暴正在遠處驕傲地凝望。柳皮要生小貓的消息讓火心放心不少。無論他們必須面對什麼災難，雷族的日子都會過下去。

火心帶著灰紋，走到群眾前面的高聳岩下方。雲兒已經在那裡了，他直挺挺地坐在斑臉旁邊，一副煞有介事的模樣。虎爪就坐在附近，一臉陰霾。火心疑惑地想，不知道什麼事情讓副族長的暴戾脾氣又回來了。

「雷族的貓啊，」藍星在高聳岩上開口，「我叫大家來有兩個原因，一好一壞。我先說壞消息吧，大家都知道幾天前發生的事，河族的銀流死了，我們讓她的孩子在灰紋身邊成長。」

貓群中響起充滿敵意的咕噥。灰紋縮著身體蜷伏下來，火心安慰地靠向他。

「很多貓問我要怎麼處罰灰紋，」藍星繼續說，「我很審慎地思考過，並認為銀流的死本身就是足夠的處罰。還有什麼比他現在所承受的痛苦更糟糕的呢？」

她的話引來各種憤怒的抗議聲。長尾大喊：「我們族裡不需要他！他是叛徒！」

「長尾，這種決定等你當上族長以後再說，」藍星冷靜地說，「但在那之前，你要尊重我的決定，而我要說不會有任何懲罰。不過灰紋，你往後三個月都不准參加大集會。這並不是要處罰你，而是要確保你不受憤怒的河族攻擊，他們可能會因為你所做的事而想破壞協定。」

灰紋低下頭。「我了解，藍星，謝謝妳。」

「不用謝我，」族長說，「從現在起，好好效忠你的雷族吧。有一天你會成為這些孩子的好導師。」

火心看到灰紋高興多了，似乎突然覺得有希望了起來。不過，虎爪看起來更生氣了；火心猜，他原本大概想好好處罰這位戰士。

「現在我來說說比較快樂的事，」藍星說，「雲兒已經六個月大，可以當見習生了。」她從岩石上跳下，揮了揮尾巴，示意雲兒過來。雲兒跳著跑向她，興奮得全身發抖，尾巴在空中翹得筆直，頰鬚也抽動著，藍色眼睛閃爍如同兩顆雙子星。

「火心，」藍星說，「你如今可以收另一位見習生了。雲掌是你妹妹的孩子，就由你來教他吧。」

火心站起來，還沒走到高聳岩，雲兒就衝過來找他，把頭抬高，要跟他碰鼻子。

「還沒啦！」火心抿著嘴低聲抱怨。

「火心，你明白出生在部族之外，之後仍成為我們其中一員的意義，」藍星繼續說，對雲兒的衝動沒多加理會，「我仰賴你將你的所知所學傳授給雲掌，幫助他成為全族都引以為傲的戰士。」

「是，藍星。」火心恭敬地點頭，然後允許雲掌跟他一起去和其他貓碰鼻子打招呼。

「雲掌！」這位新出爐的見習生發出勝利的呼喊，「我是雲掌！」

「雲掌！」不少貓靠過來向這位新見習生道賀，火心為他妹妹的這個孩子感到驕傲。火心注意到，長老們顯得特別高興。

火心也注意到有些貓沒過來。虎爪不曾離開岩石下方一步，長尾大搖大擺地走去坐在他身旁。當火心退後，讓其他貓接近新見習生時，暗紋正從他身邊走過，準備走進戰士窩。

火心聽到他故意拉高分貝：「叛徒和寵物貓！這族裡還有沒有高貴的貓呀？」

第二十五章

火心在森林邊緣停下。「等等，」他警告雲掌，「我們很靠近兩腳獸的家，所以一定要非常小心。你聞到什麼？」

雲掌聽話地抬高鼻子，嗅了嗅。他和火心正展開他見習生生涯裡的第一次長途探險，要沿著雷族邊界翻新氣味記號。現在他們來到火心的寵物貓舊居附近，就在雲掌的母親公主居住的花園外頭。

「我聞到好多隻貓的味道，」雲掌說，「可是我一個也不認得。」

「很好，」火心告訴他，「這些多半是寵物貓，可能也有一兩隻獨行貓，但都不是部族貓。」他還嗅出一絲虎爪的氣味，卻沒有告訴雲掌這件事。他還記得好久以前，仍是冰天雪地的時候，他曾追蹤虎爪來到這裡，當時他也發現副族長的氣味跟許多陌生貓的混在一起。

現在虎爪的氣味證實了他來過這裡，而且不只一次。火心還是無法分辨，究竟虎爪是來這裡跟其他貓會面，還是氣味恰巧交疊。可是，虎爪來離兩腳獸地盤這麼近的地方做什麼？他不是很討厭跟兩腳獸有關的一切嗎？

「火心，我們可不可以去找我媽？」雲掌要求。

「你有聞到狗的氣味嗎？或是新鮮的兩腳獸氣味？」

雲掌又嗅了嗅，然後搖搖頭。

「那我們就走吧。」火心說。他小心地左右張望，踏上空地。雲掌帶著誇張的謹慎態度緊跟在後，似乎想表現給火心看自己學得有多快。

自從昨天的見習生儀式以後，雲掌就出乎尋常地安靜。他顯然很努力想當個好見習生，睜大眼睛仔細聆聽火心告訴他的每一件事。火心忍不住捫心自問，這與他個性相違背的謙遜態度究竟能維持多久。他叫雲掌稍候，自己跳上圍欄，從高處往下探看花園。圍欄邊緣長著火紅色的花朵；草地中央一株尖而禿的樹上，懸掛著兩腳獸的一塊毛皮。「公主？」他輕喊，「公主，妳在嗎？」

房屋附近，一叢灌木的葉子顫動起來，公主那夾雜著虎斑與白毛的身軀優雅地走上草地。她一看到火心，就發出高興的喵聲。「火心！」

她跳著來到圍欄，一個縱躍到了他身邊，臉頰緊貼著他的。「火心，好久不見了！」她發出呼嚕聲，「見到你真好。」

「我還帶了個伴來喔，」火心告訴她，「妳看下面。」

公主從圍籬俯瞰雲掌坐著的地方，雲掌也抬起頭看她。「火心！」她喊，「不會是雲兒吧！他長這麼大了！」

雲掌沒等吩咐就跳上圍籬頂端，腳掌在柔軟的木頭上亂踢。火心彎下身，用牙齒咬住他後頸，把他拉上最後幾個老鼠身長的距離，好讓他坐在母親身邊。

雲掌睜大藍色的雙眼看著公主。「妳真的是我媽？」他問。

「真的，」公主發出呼嚕聲，從頭到尾欣賞著兒子，「噢，又再見到你真好，雲兒。」

「我不叫雲兒了，」這隻毛茸茸的白色公貓驕傲地宣布，「我現在是雲掌，我是見習生喔。」

「好棒！」公主開始舔起兒子，她不斷發出呼嚕聲，幾乎喘不過氣來說話了。「噢，你好瘦……你吃的東西夠嗎？你有沒有交朋友？希望你有乖乖聽火心的話。」

雲掌沒有回答這一連串的問題，他在母親的舔撫下一個轉身，在圍籬上移動了一些距離。「我很快就會當上戰士了，」他開始吹噓，「火心教過我怎麼打架哦。」

公主閉起眼睛一會兒。「那你得很有勇氣才行。」她輕聲說。火心還以為她後悔將兒子交給雷族，但沒多久她又睜開眼睛，大聲地說：「我真替你們兩個感到驕傲！」

雲掌坐得更直，想引起她的注意，他轉過頭用自己小小的粉色舌頭迅速梳理著自己。火心趁他分心的當兒，悄悄對妹妹說：「公主，妳有沒有在這裡看到什麼陌生的貓？」

「陌生的貓？」她一臉不解，火心不禁懷疑這個問題究竟有沒有意義。公主可分不出來無賴貓或獨行貓跟普通雷族貓的差別。

然後公主聳聳肩。「有，我聽到他們在夜裡嚎叫。兩腳獸會起床，吼著要他們閉嘴。」

「妳有沒有看過一隻很高大的暗色虎斑貓？」火心問，心臟開始怦怦亂跳，「臉上還有疤痕的公貓？」

公主搖搖頭，睜大雙眼說：「我只聽到聲音，從來沒親眼見過。」

「如果妳看到那隻深色虎斑貓，離他遠一點。」火心警告。他不知道虎爪到離營地這麼遠的地方來做什麼，也不確定剛才公主說的就是虎爪，但他不想讓公主靠近這位副族長，以防萬一。

這句警告已經把公主嚇得花容失色，於是他趕忙移轉話題，要雲掌形容一下他的見習生儀式，以及他們在邊界的探險旅程。很快地，公主又振奮起來，對兒子說的每件事都很好奇。

太陽已過了天空的最高點，火心說：「雲掌，我們該回去了。」

雲掌張嘴似乎想抗議，但馬上克制住自己。「是，火心，」他順從地說，又對公主加了句：「跟我們一起來嘛！我會抓老鼠給妳吃，妳可以睡我的床唷。」

公主發出高興的呼嚕聲。「我希望我可以，」她誠摯地回答，「其實我當寵物貓還蠻快樂的。我不想學打架，也不想睡在冷冷的屋外。你就早點回來看我吧。」

「好，我會的，我答應妳。」雲掌說。

「我會帶他來，」火心說，「還有，公主……」他在準備跳回地面前又說，「如果真的看到什麼……奇怪的事，請妳一定要告訴我。」

回去的路上，火心還停下來狩獵。當他和雲掌抵達深谷時，太陽已經快下山了，森林浸淫在一片火紅的光裡，在地上投出長長的影子。

雲掌得意洋洋地叼了隻鼩鼱，準備拿去給長老。鼩鼱塞滿了他的嘴，至少讓他不能喋喋不休地說話。整天跟雲掌在一起，火心覺得快累壞了，但他也不得不承認，雲掌的表現好得出乎他的意料。雲掌的勇氣和機敏，表示他會成為很出色的戰士。他們溜下幽暗的深谷，朝隧道前進，半路上，火心突然停下腳步。一股陌生的氣味衝上他的鼻尖，那氣味隨著掃過林間的微風朝他飄來。

雲掌也停下來，放下那隻鼩鼱。「火心，這是什麼氣味？」他嗅了嗅空氣，驚訝地吸了一口氣。「你今天早上才問過我的，是河族！」

「很好，」火心緊張地說。他也是在雲掌開口前不久，才認出那股氣味。抬頭望向深谷頂端，他只能勉強看出三隻貓的身影正緩緩從巨石中走下來。「的確是河族沒錯。看來他們要往這邊走。你回營地去報告藍星，記得說明這不是攻擊。」

「可是我想要——」看到火心皺起眉頭，這位年輕的見習生把剩下的話吞進肚子裡。「對不起，火心，我走了。」他走向隧道入口時，還不忘撿起那隻鼩鼱。

火心留在原地，坐直身體等著那三隻貓靠近。他認出了豹毛、霧足和石毛。在他們距離他只有幾條尾巴遠的時候，火心問道：「河族，你們來做什麼？為什麼進入我們的領土？」即使他必須質問對方為什麼未經邀請就闖入雷族領土，也盡量不讓自己聽起來太有敵意。他並不想再跟河族惹上什麼麻煩。

豹毛停下腳步，霧足和石毛就在她身後。「我們懷著善意而來，」她說，「我們兩族之間有些事情需要解決。曲星派我們來跟你們的族長談。」

第二十六章

火心盡量藏起心裡的疑慮，領著三位河族戰士走下隧道進入營地。各族的貓極少踏入彼此的地盤，他想不透有什麼急事不能等到下次大集會時再說。

得到雲掌的預警，藍星已端坐在高聳岩下方；火心看到虎爪就坐在她身旁，心裡的憂慮更加沉重。

「謝謝你，雲掌。」火心領著剛抵達的賓客走近時，藍星吩咐雲掌退下。「把獵物送去給長老吧。」

被支開的雲掌一臉失望，但他還是不帶怨言地走開。

豹毛走向藍星，尊敬地點了點頭。「藍星，我們懷著善意來到妳們的營地，」她說，「我們有點事情需要談談。」

虎爪發出不信任的低吼，彷彿他寧可先扒掉這些入侵者的皮，但藍星沒有理會。「我猜得出妳們為何而來，」她說，「可是有什麼好談的呢？事情已經發生了，處罰灰紋的事由雷族來處理就行。」

她對豹毛說話時，火心注意到她的目光不斷飄向霧足和石毛。自從藍星對他坦承這兩位是她的親生孩子以來，這是火心第一次看到族長跟河族戰士在一起。她看著他們時流露出的渴望眼神，火心不認為那是出於自己的想像。

「妳說得沒錯，」豹毛同意，「他們的確少不更事。銀流已死，處罰灰紋不是河族所能置喙的，我們來這裡，是為了小貓。」

「怎麼了？」藍星問。

「他們是河族的孩子，」豹毛說，「我們來帶他們回家。」

「河族的？」藍星瞇起雙眼，「為何這麼說？」

「妳們怎麼知道小貓的事？」虎爪開口質問，跳起來憤怒地瞪視他們。「難道妳們偷窺我們不成？還是有誰說了出去？」

他說話時轉向火心，但火心卻毫無反應，霧足也一聲也不吭，連眼睛都沒眨。虎爪無法一口咬定是火心告訴霧足的，火心也拒絕為洩漏此事而表示歉意和悔意。河族的確有權知道。

「坐下，虎爪。」藍星小聲地說。她瞥了火心一眼，火心看出族長已經猜出是他說出去的，而且清楚得就像親眼看到他過河。但她卻無意逼他供出。「誰知道呢，也許是河族的巡邏隊剛好看到？這種事瞞不了多久的。但是豹毛，」她轉向這位來訪的副族長，繼續說，「小貓也有一半的雷族血統，我們的貓后正細心照顧他們。我為什麼要把小貓給妳？」

「孩子屬於他們母親的族，」豹毛解釋，「即使銀流沒死，我們不知道孩子的父親是誰，河族也會扶養這兩隻小貓，因此，照理說孩子是屬於我們的。」

「藍星，妳不能把孩子送走！」火心忍不住插嘴，「灰紋就只能指望他們了！」

虎爪的喉嚨再次升起低沉的咆哮，但回答的卻是藍星。「火心，安靜。這件事與你無關。」

「當然有關，」火心大膽地開口，「灰紋是我的朋友。」

「安靜！」虎爪咬牙低吼，「還要你的族長第二次開口告誡嗎？灰紋是雷族的叛徒，沒有收留小貓或任何東西的權利。」

一股狂怒湧上火心全身。虎爪完全不在乎灰紋正陷入深刻的悲痛嗎？他朝副族長逼近，要不是有別族的貓在旁觀看，他早就向虎爪飛撲過去了。虎爪繼續露出牙齒咆哮。

藍星憤怒地對他們揮尾巴。「夠了！」她下令，「豹毛，我承認河族對這兩隻小貓也有些權利，但雷族也一樣。何況，他們現在又弱又小，還無法旅行，尤其不能過河，這樣太危險了。」

豹毛頸背上的毛開始豎立，雙眼也瞇成兩條縫。「妳這是在找藉口。」

「不，」藍星堅持，「這不是藉口。難道妳願意拿孩子的性命冒險？我會好好考慮妳說的話，跟我們族裡的戰士討論，然後在下次大集會時給妳答覆。」

「現在就給我滾出營地去。」虎爪吼著。

豹毛好像還有話要說，她遲疑了一下，但顯然藍星已經在下逐客令了。緊張的幾秒鐘過去，她點點頭轉身準備離開，霧足和石毛跟在她身後。虎爪大步跟著他們走過空地，一直跟到隧道口。

單獨跟藍星在一起，火心感到憤怒開始消退，但他忍不住再次懇求：「不能讓他們帶走小貓啊！妳明知道灰紋會有多難過。」

從藍星嚴厲的眼神，他懷疑自己是不是說得太過火了，但藍星回答時的語氣依舊輕柔。「對，火心，我知道。我也很想留下這對小貓，但河族會因此做出什麼事來呢？兩邊會打起來嗎？雷族又有多少戰士願意為帶有一半河族血統的小貓賣命呢？」

火心想像著她所描繪的景象，全身寒毛直豎。為嗷嗷待哺的小貓展開貓族大戰？或者雷族會在內鬨中四分五裂？斑葉提出「水能滅火」的警告時，星族為他們所安排的命運就是這樣嗎？或許毀掉雷族的不是那場大洪水，而是來自河邊的貓群。

「勇敢一點，火心，」藍星鼓勵他，「事情還沒糟到要打仗的地步。我剛才爭取到大集會之前的一點時間，在那之前，誰又知道會發生什麼事？」

火心沒辦法像她那麼有信心，小貓的問題也不會就此消失。但他也只能恭敬地點頭，退回戰士窩去。

現在，他絕望地想，**我要怎麼跟灰紋說呢？**

當銀毛星群在天際鋪展開來時，全雷族的貓似乎都已經知道河族貓為何來訪。火心猜想是虎爪透露給他親近的幾位戰士，然後他們又把消息散布給大家。

正如藍星的預測，大夥兒意見紛歧。多數貓認為，雷族愈早擺脫那兩隻混血貓愈好；但也有幾隻貓願意奮戰，只因為放棄小貓就表示讓河族佔了上風。

夾在這一切當中的灰紋依舊沉默，獨自在戰士窩裡沉思，只離開過一次，是去育兒室。火心把食物帶給他的時候，他別過頭。在火心看來，自從銀流死後他就沒吃過東西，而且神情憔悴、一臉病容。

「妳有沒有辦法幫幫他？」火心問黃牙。第二天早上一起床，火心就跑到黃牙的窩來。

「他不吃也不睡……」

老巫醫搖了搖頭。「心碎無藥可醫，」她低語，「只有靠時間來治。」

「我覺得自己很沒用。」火心坦承。

「你的友誼幫得上忙，」黃牙粗聲說，「現在他也許還沒察覺，但有一天——」

她話沒說完，煤掌就突然現身，把一束藥草放在黃牙腳邊。「這些對不對？」她問。

黃牙迅速嗅了嗅藥草。「對，沒錯，」她說，「妳在儀式開始前不能吃東西。」她又說：「但我可以。我這把年紀，不吃點東西可沒有體力來回高岩山。」她蜷伏在那束藥草前，開始狼吞虎嚥。

「高岩山？」火心重複，「儀式？煤掌，這是怎麼回事？」

「今晚是半月，」煤掌快樂地說，「黃牙和我要去慈母口，好讓我能成為正式的見習生。」她高興地扭了扭身體。火心感到一陣欣慰，她似乎不再因為銀流的死而沮喪，並且對巫醫的新生涯滿懷期待。她的雙眼不但恢復昔日的光采，那兩泓深藍裡還閃著智慧和穩健。

她長大了，火心想，心裡卻感到一陣莫名的遺憾。他那熱心、有時還會恍神的見習生現在成熟許多，成為一隻擁有偉大潛能和力量的貓。他明知自己應該為星族替她選定的路感到高興，但心底卻仍暗自希望他們還能像以前那樣，一起出去狩獵。「妳想的話，晚上我就陪妳們去，」他自告奮勇，「反正也只能陪到四喬木。」

「噢，真的嗎？火心？謝謝你！」煤掌說。

「但最遠只能到四喬木哦！」黃牙警告，一面站起來，用舌頭在嘴巴外面舔了一圈。「今晚慈母口只准巫醫進入。」她輕快地抖了抖身體，帶頭穿過蕨叢走進空地。

火心跟在煤掌身後走出去，看到雲掌在見習生窩外的樹根旁整理自己的儀容。這隻白色公貓一看到火心，就朝他奔了過來。「你們要去哪？」他問，「我能不能去？」

火心瞥了黃牙一眼，看老貓並沒有反對，就回答：「好吧，也讓你體驗一下。我們回來的路上還可以狩獵。」他們跟在母貓後頭快步走上深谷，火心一面向雲掌說明他們的目的地，以及黃牙和煤掌接下來會自行到高岩山的情形。月亮石就在俗稱慈母口的隧道深處，在月光照耀下閃爍著一片耀眼的白。煤掌的儀式會在那脫俗超然的光芒下舉行。

「那之後呢？」雲掌好奇地問。

「儀式是祕密，」黃牙說，「所以等煤掌回來後，你什麼也不能問。她也不准告訴你。」

「但每隻貓都知道她會從星族那裡獲得特殊的力量。」火心補充。

「特殊的力量！」雲掌睜大眼睛，呆望著煤掌，好像期待她馬上就開始喃喃說出什麼預言似的。

「別擔心啦，我還是以前的煤掌，」她發出高興的呼嚕聲安慰他，「這點不會變。」

他們一行往四喬木走去。太陽愈來愈大了，火心暗自感激樹林裡有濃密的陰影，感激長草和蕨叢擦過他橘紅色毛時，那股涼快清新的感覺。他的五官全都警醒著，同時他也不讓雲掌閒下來，不時要他嗅聞空氣，報告他從裡面聞出了什麼。火心並沒忘記影族和風族的攻擊。他們被擊敗過一次，但這並不表示他們不會再一次來刺殺碎尾。此外，火心心裡也有數，河族可能會在灰紋的孩子一事上大做文章。他嘆了口氣。在這樣一個美好的早晨，樹林裡有清新的綠草，獵物還在樹叢裡跳著等他去抓，實在很難思考攻擊和死亡的事。

儘管憂心忡忡，他們仍然平靜地抵達了四喬木。他們穿過樹叢走進山谷，火心故意落後以配合煤掌蹣跚的腳步。「妳確定知道自己在做什麼嗎？」他悄聲問，「這真的是妳想要的？」

「當然！火心，難道你還不懂嗎？」煤掌的目光搜尋著他的，眼神突然認真起來。「我必須盡可能地學習，才不會因為能力不足而讓族貓喪生，像銀流那樣。」

火心瑟縮了一下。他渴望找到什麼辦法，說服煤掌銀流的死不是她的錯，但他知道那只是白費口舌。「這樣妳就會快樂嗎？妳知道巫醫是永遠不能生孩子的。」他提醒她，同時也想起黃牙不得不捨棄碎尾，讓他倆的母子關係永遠不被知曉。

煤掌用呼嚕聲安慰他。「全族都會是我的孩子，」她承諾著，「就連戰士也是。黃牙說，他們有時候就跟新生兒一樣蠢哩！」她往前跨出一步，與火心並肩，親密地跟他摩擦著臉龐。「但你永遠都會是我的好朋友，火心。我永遠不會忘記你是我的第一位導師。」

火心舔了舔她的耳朵。「再見，煤掌。」他柔聲說。

「我又不是再也不回來了，」煤掌抗議，「明天太陽下山前我就回去。」

但火心知道不管怎麼樣，以前的煤掌不會再回來了。回來後的她，將擁有新的力量和責任，賦予這些力量和責任的不僅僅是族長，還包括星族。他們肩並肩地走過四喬木下的山谷，然後爬上另一邊的山坡，黃牙和雲掌已經等在那裡了。眼前是一大片開闊的沼澤地，清涼的風吹彎了滿天星堅實的枝梗。

「走過風族營地時，他們不會攻擊妳們嗎？」雲掌擔憂地問。

「前往高岩山的任何貓族都可以安全穿越，」黃牙告訴他，「沒有戰士敢攻擊巫醫，星族也不允許！」她轉頭問煤掌：「準備好了嗎？」

「嗯，來了。」煤掌臨走前又舔了火心一下，然後默默跟在老貓後頭，踏上沼澤地濕漉漉的野草。微風拂亂了她一身的毛，她敏捷地跛行著，沒有回頭再看一眼。

火心看著她走遠，心情異常沉重。他知道這位朋友正要開始嶄新且更快樂的生活，但想到那本該屬於她的另一種生活，火心還是忍不住因為愧疚而感傷。

ϟϟϟ

火心看著太陽升上樹梢。「虎爪要我今天派雲掌去做一趟獨行狩獵任務。」他對灰紋說。

這隻灰毛戰士驚訝地抬頭。「太早了吧？他才剛當上見習生耶。」

火心聳聳肩。「虎爪認為他可以了。總之，他要我跟蹤他，看他做得如何。你要不要來幫忙？」

這是煤掌從慈母口回來的次日早晨。火心在煤掌乘著星光走下深谷時跟她打過照面了。雖然她仍親密地跟他打招呼，他們倆卻心知肚明，她不能把經過說出來。她臉上仍帶著狂喜的神情，月光好似在她眼中閃耀。火心努力不去想，自己已經把她交給了未知的將來。

現在他坐在蕁麻地上，享受著一隻肥美的老鼠。灰紋就趴在身邊，也從新鮮獵物堆上撿了隻畫眉鳥，卻連碰也沒碰一下。

「不，謝了，火心，」他說，「我答應過金花，會留下來看顧孩子。他們現在已經睜開眼睛了。」他又驕傲地補充。

火心猜金花寧可要灰紋走遠些，但他也知道灰紋絕不會被勸離孩子身邊。「好吧，」他說，「我待會兒再來找你。」他吞下最後一塊老鼠肉，走去找雲掌。

這天早上虎爪一直很忙，先是派白風暴率領一支巡邏隊沿著河族邊界翻新氣味記號，接著又派沙暴率隊到蛇岩去狩獵，忙到忘了告訴火心該讓雲掌去哪裡執行狩獵任務，而火心認為沒必要提醒他。

「你可以往兩腳獸的家那邊走，」他對雲掌說，「這樣就不會阻礙其他巡邏隊。你不會看到我，但我會觀察你，然後我們在公主的圍籬那邊碰頭。」

「如果她在，我能跟她說話嗎？」雲掌問。

「可以，不過在那之前，你必須先捕到很多獵物才行，而且你絕不能進入兩腳獸的花園或去他們家去找她。」

「我不會啦。」雲掌的雙眼炯炯有神，雪白的毛因為興奮而膨起。火心不禁想到自己第一次接受測驗時有多麼緊張；雲掌卻恰恰相反，全身散發著自信。

「那就出發吧，」火心說，「要盡量在正午以前到哦。」他看著這位年輕見習生朝隧道飛奔而去。「腳步放慢點！」他在雲掌身後喊，「還有一大段路要走耶！」

但雲掌並沒有慢下來，他消失在金雀花叢裡。火心沒有生氣，反而笑笑地聳聳肩，朝灰紋看去，但他的朋友已不見蹤影了。蕁麻地上只留下一塊他吃了一半的畫眉鳥。**他一定是去育兒室了**，火心想，然後轉身走出營地去追蹤雲掌。

見習生的氣味很濃烈，顯示這隻年輕的貓兒在林間走來走去搜尋獵物。幾片飄落的羽毛說明他已捕到一隻歌鶇，草地上的幾點血跡顯示有隻老鼠已命喪在他爪下。在距離大松林邊緣不遠處，火心又發現雲掌掩埋獵物以便回程再取的地點。

在受訓初期就能表現得這麼好，火心覺得很安慰，他加快速度，想趕上去觀察他躡手躡腳跟蹤獵物的模樣。但他還沒抵達兩腳獸的家，就看到雲掌沿著自己的氣味蹤跡往回衝，全身寒毛直豎，目光狂野。

「雲掌！」火心衝上前去，突然感到一陣恐懼。

雲掌驟然停步，地上的松針被他的爪子撞得到處都是。他差點收不住衝勢，一頭撞上火心。「出事了！」他上氣不接下氣地說。

「什麼？」一陣冰冷緊拑住火心的肚子，「難道是公主出事了？」

「不，不是。我看到虎爪，他還跟一些陌生的貓在一起。」

「在兩腳獸的家那裡？」火心拉高了嗓門，「就是我們上次去找公主，聞到他們氣味的地方嗎？」

「對，」雲掌的頰鬚抽動著，「他們圍在一起，就在森林邊緣。我想靠近點聽他們在說什麼，可是又怕他們會看到我的白毛。所以我跑來找你。」

「你做得很對。」火心告訴他，腦袋轉得飛快。「那些貓長什麼樣子？身上有沒有其他貓族的氣味？」

「沒有。」雲掌皺了皺鼻子，「他們聞起來像烏鴉食物。」

「你一個也不認識？」

雲掌搖搖頭。「他們都一副又瘦又餓的模樣，身上的毛也很髒。火心，他們看起來好可怕喔！」

「而且他們在跟虎爪說話。」火心皺著眉。就是這個細節讓他憂心忡忡，他不難猜出那些陌生貓是誰——是碎尾被逐出族時，也跟著一起離開的前影族戰士。他們以前就惹過麻煩，在這座森林裡也沒有其他火心不認識的無賴貓——但虎爪跟他們在一起想做什麼，仍是個謎。

「好吧，」他對雲掌說，「跟我來。要像抓老鼠時那樣安靜。」他謹慎地走向兩腳獸的家，輕手輕腳地在枯脆的松針上跨出每一步。還沒來到森林邊緣，他就聞到那些貓的濃烈臭味。他只認得出虎爪的氣味，而彷彿是這個念頭把對方召來似地，副族長一下出現在他們眼前，他在林子間跳著往營地方向前進。

松林內沒有可以藏身的樹叢，火心和雲掌只能在砍樹怪獸所鑿出的一條深溝裡，盡可能地貼緊地面，並向星族祈禱不會被發現。

一群骨瘦如柴的戰士跟在虎爪身後，他們的嘴巴渴切地張開著，眼睛發亮。這些貓都專注地往前走，完全沒注意到火心和雲掌就在幾隻兔子身長之外，幾乎難以容身的掩護裡。

火心抬頭看著他們衝出視線。有一陣子他因為恐懼與不敢置信而愣在那裡。他發覺貓群的數量比好幾個月前追隨碎尾離開影族的貓還多。虎爪不知從哪兒又召募了更多獨行貓，還領著他們直直往雷族營地衝去！

第二十七章

「快跑！」火心對見習生發出命令，「盡全力猛衝！」

不等雲掌是否跟上，他就已經往林間狂奔。要追上虎爪，警告全族，就只有這麼一絲希望了。

虎爪今早把所有的巡邏隊都派出去，火心想，心裡很焦急。**他還叫我跟雲掌外出，這樣一來營地就幾乎沒有戰士留守了。他老早就計畫好了！**

火心衝過樹林，身上強健的肌肉隨著奔跑起伏。但當他抵達深谷，才發現自己還是不夠快。最後一隻無賴貓的後腿和身影才剛從金雀花隧道的入口消失。

他衝下深谷險峻的陡坡，雲掌連滾帶爬地跟在他身後，火心發出一聲大吼，「雷族！是敵軍！攻擊！」然後衝進隧道，同時聽到前方營地也傳出另一聲吼叫。

「雷族跟我來！」

這是他熟悉的戰鬥呼喊，但卻是虎爪發出的。一個念頭在火心已飽受驚嚇的腦中閃過：要是他弄錯了怎麼辦？也許這群無賴貓是因為追捕虎爪而進入這裡，而不是被他帶來的？

他衝進空地，剛好看到虎爪朝一群無賴貓逼近，貓在他的攻擊下吼叫著潰散。這位副族長看起來顯然是在設法將敵軍趕出營地，但火心距離夠近，看到他的爪子其實是收攏的。他的心重重往下跌。虎爪勇敢的抵禦只是虛張聲勢，這些敵軍都是他帶來的，而他卻狡獪地想隱瞞自己的叛族之心。

已經沒有時間多想了。不管他們是怎麼進來的，無賴貓現在正在攻擊營地。火心迅速轉向雲掌。

「去找巡邏隊，叫他們都回來，」他下令，「白風暴在河族邊界附近，沙暴去了蛇岩。」

「是，火心。」雲掌回頭衝進隧道。

火心撲向離他最近的一隻無賴貓，爪子刮過這隻深色雜紋虎斑貓的身體。無賴貓一聲咆哮轉過身來，伸出爪子準備攻擊。他想把火心按在地上，但火心的後腿卻在他肚皮上猛踢，無賴貓哀號著退後。

火心立刻站穩、伏低，揮動尾巴、豎起身上的毛，在四周尋找其他敵軍。灰紋在育兒室門外，正跟一隻淡色的無賴貓纏鬥，他們不斷滾動，都想用牙齒和爪子抓住對方。斑臉和花尾則是合力迎戰一隻體型比她們大上兩倍的戰士，而就在戰士窩旁，鼠毛將前爪插進一隻大虎斑貓的肩膀，後爪扒著他的身體。

然後火心嚇得呆在原地。空地的另一邊，碎尾撲向看守他的塵皮，一口朝這隻年輕貓的喉嚨咬下，塵皮猛烈扭動想要掙脫。眼盲的碎尾仍是個不容小覷的鬥士，他緊咬著塵皮不放。火心驚恐地發現他竟然跟那些無賴貓——那些與他一起離開影族的舊夥伴們——沆瀣一氣，竟然將在他受傷和孤獨時冒險保護他的雷族視為仇敵。

一幅不起眼的畫面閃過火心的腦海：虎爪和碎尾並肩躺著互舔對方。原來那根本不是副族長同情心的表現，虎爪是在跟這位前影族暴君策畫陰謀！

現在沒有時間想那些了。火心衝過空地去幫助塵皮，半路上卻被另一隻無賴貓撞開。他的身體被利爪刮得辣辣作痛，面前不到一隻老鼠身長的地方有對綠色的眼睛瞪著他。火心露出牙齒，準備往對方肩上咬一口，卻被那隻無賴貓一掌擊開。爪子掃上他的耳朵，他的肚腹朝外，無法脫身。突然間這位攻擊者一聲哀號鬆開了他，火心匆匆看到那位年輕的見習生刺掌一口咬住無賴貓的尾巴，將他在地上拖了一段，然後才鬆口讓他逃跑。

火心喘著氣站起身。「謝謝，」他喊，「幹得好。」

刺掌匆忙點了個頭，就跑向仍在育兒室前奮戰不休的灰紋身邊，火心又看了看四周。塵皮已經不見蹤影，碎尾拖著步子往空地更深處走去，一邊發出讓火心心臟為之凍結的怪叫。這位前影族族長雖然瞎了眼，似乎仍擁有某種不屬於世間的可怕力量。

空地上滿是纏鬥著互相撕咬的貓。火心擺好姿勢，正準備加入戰鬥陣容時，突然一股冰寒如刀的恐懼竄上他的脊椎。藍星呢？

虎爪也不見了。他直覺大事不妙。他朝藍星的窩走去，屈身從柳皮身邊跑過。柳皮正緊咬著一隻大無賴貓的背脊不放，牙齒深陷進對方的耳朵。當他來到入口時，欣慰地聽見藍星的聲音從窩裡傳來，「我們待會再擔心那個吧，虎爪。現在全族都需要我們出戰。」

有一段時間聽不到回答。然後火心又聽到藍星的聲音，這次卻顯得驚訝。「虎爪？你在做什麼？」

回答的是一聲咆哮：「代我向星族問好啊，藍星。」

「虎爪，怎麼回事？」藍星的聲音更尖銳了，語氣中沒有恐懼，只有憤怒。「我是你的族長，難道你忘了嗎？」

「再過不久就不是啦，」虎爪吼著，「我要殺了妳，然後再殺一次，直到妳永遠加入星族為止。現在輪到我來率領這一族了！」

藍星的抗議聲突然被腳掌踏在地上的悶響截斷，然後是一聲恐怖的咆哮。

第二十八章

火心向前疾撲，衝過地衣簾幕，只見虎爪和藍星在窩裡的地上扭打，藍星的爪子不斷從虎爪身上刮過，但副族長的體重優勢卻牢牢把她按在柔軟的沙地上。虎爪的利齒咬上她的喉嚨，有力的腳爪也擊向她的背。

「叛徒！」火心大吼。他撲向虎爪，朝他的雙眼揮擊。副族長不得不鬆開藍星的喉嚨轉過身來，火心感到自己的爪子撕裂了副族長的耳朵，鮮血飛濺到空中。

藍星連忙爬到窩邊，一臉驚慌失措。火心看不出來她傷得有多重。一陣疼痛傳來，虎爪有力的後腿踢上火心的身體，害他在沙上打滑，一個不穩跌落在地，虎爪隨後跳上來。

副族長琥珀色的目光緊緊盯住火心。「老鼠屎！」他咬著牙說，「我要剝你的皮，火心！這一天我已經等好久了。」

火心使出渾身解數，用盡力氣反抗。他知道虎爪可能會殺了自己，但同時又感到詭異的輕鬆。謊言和欺瞞都結束了，所有的祕密——藍星的和虎爪的——都已揭開，現在有的只剩打鬥的危險罷了。

他瞄準虎爪的喉嚨揮出一擊，但副族長偏頭避開了，火心的爪子只在他厚厚的虎斑毛中掃過，不過這一擊也使虎爪鬆開了他。火心打滾脫身，驚險地避過咬向他喉嚨的致命攻擊。

「寵物貓！」虎爪冷笑，屈伸後半身，準備再次撲擊。「我就讓你見識見識真正的戰士是怎麼打架的。」他朝火心撲過去，但火心在最後一刻往旁邊閃開。虎爪正想在窄小的窩裡轉身，腳掌卻在一灘鮮血裡滑了一下，歪跌在地上。

火心立刻乘隙而上，用利爪在虎爪的肚皮上扒出一條深溝，鮮血大量湧出，浸濕了副族長的毛。他發出尖銳刺耳的嚎叫。火心撲過去，又朝虎爪的肚子揮出一擊，咬住他的喉嚨。虎爪死命掙扎，但卻無法脫身，血流得愈多，他揮踢的力道就愈弱。

然後火心鬆開虎爪的脖子，一腳踩上虎爪伸直的前腳，另一腳踏在他的胸口上。「藍星！」火心喊著，「幫我按住他！」

此時的藍星趴在火心身後的苔蘚窩裡。鮮血從她的前額流下，她的神情讓火心更加緊張。她的雙眼一片霧濛濛的灰藍，震驚地望著前方，像在見證所有努力崩解於眼前的這一刻。

火心那句求援讓她像從睡夢中突然被喊醒似地驚跳起來，夢遊般地走來，按住虎爪的後半身，將他壓在地上。即使身上帶著那些能讓普通貓昏迷的傷口，虎爪仍舊掙扎著想要脫身，不只那雙琥珀色的眼睛燃燒著恨意，他還對著火心和藍星呸聲咒罵。

一個影子遮住了窩口，火心聽到粗喘嘶嘎的呼吸聲。他轉頭，以為會看到另一位入侵者，沒想到來的是灰紋。看到灰紋的模樣，火心難免一陣驚惶。他的身側和前腳血流如注，當他結結巴巴地說話時，嘴角還冒出血沫。「藍星，我們——」他忽然停下，瞪大了雙眼。「火心，這裡是怎麼回事？」

「虎爪攻擊藍星，」火心簡短地告訴他，「我們猜得沒錯，他是叛徒。他帶無賴貓進來攻擊我們。」

灰紋仍然瞪大雙眼，然後彷彿剛從水裡爬起來似地甩甩身體。「我們快打輸了，」他說，「對方數量實在太多了。藍星，我們需要妳幫忙。」

族長望著他沒有回答。火心看到她的眼睛仍是視而不見，一片茫然，虎爪叛族的事似乎讓她受到前所未有的打擊。

「我去，」火心自告奮勇，「灰紋，你可不可以幫忙藍星把虎爪抓住？等打鬥結束後，我們再來處置他。」

「有種你就試試看，寵物貓。」滿嘴沙子的虎爪發出冷笑。

灰紋一跛一跛地進窩，取代火心的位子，用一爪按住虎爪的胸口。火心突然有些遲疑，不太肯定受傷的灰紋和大受驚嚇的藍星是否對付得了虎爪。但副族長仍在流血，他的掙扎也的確愈來愈微弱，於是火心迅速轉身衝到外頭。

猛一看空地上似乎全是無賴貓，雷族戰士好像都被趕走了；之後火心才在各處瞥見幾個熟悉的身影——長尾在一隻體型龐大的虎斑公貓身體底下扭動，斑皮剛從一隻瘦灰貓的爪下脫逃，繞到後面伸長爪子攻擊對手的鼻子，然後又對無賴貓的肚子揮了一掌。

火心想辦法要凝聚力氣。剛才與虎爪的對戰耗去他大量的體力，副族長在他身上刮出的傷口也灼痛著，他不知道自己還能撐多久。一隻淡黃色母貓從背後攻擊他，他直覺地打滾避開，從眼角瞥見一隻藍灰色的輕盈身影衝過空地，大聲呼戰。

藍星！他想到她，滿是驚喜，並且猜想著虎爪現在的情形。然後他才發現，剛剛看到的戰士不是藍星，而是霧足！

火心使盡力氣，擺脫那隻黃貓，站了起來。河族的戰士從隧道大舉湧進，有豹毛、石毛、黑爪……而跟在他們後面進來的則是白風暴和他所率領的巡邏隊。他們個個強壯，精力飽滿，伸出爪子衝向入侵者，尾巴憤怒地揮動。

這波突如其來的生力軍使無賴貓大驚潰逃。黃色母貓在驚叫中逃開，其他貓也跟在她身後逃跑。火心跌跌撞撞地追了幾步，邊嘶叫邊咒罵地驅趕他們，但其實這已是多此一舉。本以為勝利在望的無賴貓，在虎爪被抓後，群龍無首，早就無心打鬥了。

不到幾個心跳的時間，他們就全跑光了，唯一的對手只剩碎尾，他從頭到肩膀血流如注，這隻瞎眼貓在地上亂扒，像生病的小貓似地發出微弱的喵嗚。

河族貓慢慢靠攏，擔憂地議論著，火心一跛一跛地走向他們。「謝謝你們，」他說，「看到你們是我這輩子最高興的事。」

「我認出一些過去的影族戰士，」豹毛嚴肅地說，「就是跟碎星一起離開的那批。」

「對，」火心現在還不想公開虎爪也牽涉其中的事，「你們怎麼知道我們遇到麻煩了？」他疑惑地問。

「我們本來不知道，」霧足回答，「我們是來找藍星談——」

「現在不說這個。」豹毛打斷她，不過火心也猜得出霧足原本是想說「談小貓的事」。「雷族需要時間復原，」她寬厚地對火心點點頭，「我們很高興能幫上忙。請轉告你們的族長，我們很快會再來。」

「好的，」火心答應，「再次謝謝你們。」他看著河族貓走遠，然後四處張望，兩肩累得垮了下來。空地上到處是零散的貓毛和血跡，黃牙和煤掌已開始檢查貓兒們的傷勢。火心沒看到她們打鬥，但她們身上卻都有敵軍的爪痕。

火心深深吸了口氣。現在該去處理虎爪了，但他不知道自己還有沒有那個力氣。他的傷口陣陣作痛，每走一步，身上的每塊肌肉就尖聲抗議。他跛著走到藍星的窩，身後卻有個聲音響起。「火心！怎麼回事？」

他轉身看到沙暴剛率領她的巡邏隊回來，她身後是呼呼喘氣的雲掌。沙暴瞪視著空地，一臉不敢置信。

火心疲倦地搖搖頭。「都是碎尾的同黨。」他咕噥。

「又是他？」沙暴嫌惡地咒罵著，「也許藍星現在會考慮不再保護碎尾了。」

「事情有點複雜，」火心覺得自己無法解釋，「沙暴，妳可不可以幫我個忙，但先不要發問？」

沙暴懷疑地看了他一眼。「要看是什麼事。」

「妳到藍星窩裡去，應付一下妳在那邊看到的事。最好再帶一位戰士——蕨毛，你去好嗎?藍星會告訴你們該怎麼做。」

至少,希望如此,火心暗暗在心裡加了句,看著仍皺著眉頭的沙暴對蕨毛歪了歪頭,一起走向高聳岩。在所有發生的事情當中,最讓火心困擾的就是藍星那彷彿已無意領導全族的模樣。

火心茫然地站在空地中央,看著黃牙檢查碎尾,然後開始半推半拉地把他弄回她的窩裡。這位前影族族長已經昏迷不醒,嘴角淌出一線血絲。**但黃牙顯然還是很關心他**,火心困惑地想,**就算發生這些事,她還是無法忘記他是自己的孩子**。

火心背對著黃牙轉身,看到沙暴從高聳岩下方的窩裡走出來。虎爪跟在她後面,以一種怪異歪斜的步伐掙扎著往前走。他全身都是泥土和血跡,一隻眼半閉著,然後他突然絆了一下,倒在一塊岩石旁。

蕨毛緊跟在後,謹防這位副族長企圖攻擊或逃跑。他身後是藍星,她低垂著頭,尾巴拖在泥地上。火心最擔心的事又湧上心頭,他敬重的堅強族長似乎已經消失了,取而代之的是這隻虛弱、受傷的貓。

走在最後面的是灰紋,他一跛一跛地從窩中走出,身體一歪,倒在高聳岩的影子下。煤掌急忙過去,擔憂地皺著眉替他檢查傷口。

藍星昂首環視四周。「大家都過來。」她粗聲說,揮動尾巴比了比。趁其他貓聚集的時候,火心走到煤掌身邊。「妳能不能治療虎爪的傷?」他問,「給他一點止痛藥或是什麼?」

火心原以為自己最想要的就是擊敗虎爪,現在卻發現他不忍看到曾經如此勇猛的戰士在塵土中失血而亡。

正在檢查灰紋傷勢的煤掌抬起頭。看到她並沒有反對救治謀反的副族長，火心鬆了一口氣。「當然，」她說，「我也去拿點藥草給灰紋。」她一跛一跛地往黃牙的窩走去。

當她回來時，全族的貓都已坐定。火心看到他們面面相覷，對發生的一切感到不安和疑惑。

煤掌嘴裡啣著一團藥草跛著走來，把其中一些放在虎爪身邊，剩下的則給灰紋。副族長懷疑地嗅了嗅藥草，然後開始咀嚼。

藍星望著他一會兒，然後開口說話：「在各位面前的虎爪，現在成了囚犯。他——」

一陣擔憂的竊竊私語聲打斷了她。群貓在驚嚇和沮喪中互看著。火心看得出，他們並不明白發生了什麼事。

「囚犯？」暗紋問，「虎爪是妳的副族長啊，他做錯什麼？」

「我來告訴你們吧，」藍星的聲音現在穩定些了，但火心仍看得出這麼做消耗掉她極大的精力。「剛才在我窩裡，虎爪攻擊了我。他差點就把我給殺了，幸好火心及時趕到。」

抗議與不信的聲音更加鼓譟。暗紋站了起來。火心知道，他是虎爪最堅強的擁護者之一，但現在就連他看來也不那麼肯定了。「這一定是誤會。」暗紋氣沖沖地說。

藍星抬起下巴。「有貓想要謀殺我，你以為我會看不出來嗎？」她冷冰冰地問。

「可是虎爪——」

火心跳了起來。「虎爪是雷族的叛徒！」他開口大罵，「今天是他把無賴貓帶進來的。」

暗紋朝他逼近。「他才不會那樣。你證明看看啊，寵物貓！」

火心望著藍星，看到她點頭示意他上前。「火心，告訴大家你知道的事，說出事情的一切原委。」

火心緩緩走到她身邊。揭露真相的時刻終於來臨，但奇怪的是，他卻感到猶豫，好像他正把高聳岩一把扯下，此後一切將要改觀。「雷族貓啊——」他開口，聲音卻像小貓般尖銳，他停了一下，試著控制自己的聲音。「雷族的貓啊，你們記不記得紅尾死時的情形？虎爪告訴你們，是橡心殺了他，但那根本是謊話。殺紅尾的是虎爪！」

「你怎麼知道？」說話的是長尾，臉上帶著一貫的輕蔑表情。「你又沒參與那場打鬥。」

「我知道，因為我跟參與那場打鬥的某隻貓談過了，」火心從容地回答，「是烏掌告訴我的。」

「噢，真方便啊！」暗紋吼，「烏掌已經死了。你愛怎麼掰都行，反正死無對證，誰也不知道那是不是真的。」

火心遲疑了。為了保護烏掌不受虎爪謀害，他從沒說出烏掌脫逃的經過，但現在虎爪已成階下囚，危險不存在了。況且，他有必要全盤托出。「烏掌沒死，」他用低沉的聲音解釋，「我把他帶走，因為虎爪想要殺他滅口。」

鼓譟聲更大了，大家吼著發問或抗議。火心一面等他們安靜下來，一面瞥了虎爪一眼。煤掌的藥草起了療效，這隻大虎斑貓的精力開始恢復。他撐著前腿坐定，像尊石雕似地瞪視群貓，一副看誰敢上前的挑釁模樣。烏掌還活著的消息一定讓他很意外，但他卻連一根頰鬚都沒被驚動。

鼓譟聲毫無減小的跡象，於是白風暴提高音量：「安靜！讓火心說話。」

火心對這位老戰士點點頭表示感謝。「烏掌告訴我，橡心是被落石壓死的。紅尾從落石中脫身，但撞上了虎爪。虎爪撲過去殺了他。」

「是真的。」躺在陰影下的灰紋抬起頭，煤掌正用藥草替他敷傷口。「烏掌把這一切告訴火心時，我就在旁邊。」

「我也跟河族的貓談過，」火心又說，「他們也這麼說，說橡心是被落石壓死的。」

火心以為會有更多反對的聲浪，但現場卻是一片寂靜。全族都籠罩在一片怪異的沉默中。大夥兒面面相覷，似乎想從朋友的臉上找出這個可怕真相背後的理由。

「當時虎爪以為自己會當上副族長，」火心繼續說，「但藍星後來卻選擇了獅心。獅心在與影族的戰役中死亡，虎爪的野心終於得到滿足。但當副族長還不夠，我……我認為他甚至在轟雷路旁設下陷阱要謀害藍星，結果卻弄傷了煤掌。」他說話時瞥了煤掌一眼，看到她驚得目瞪口呆。

藍星看起來也很震驚。「火心對我說過他的懷疑，」她低語，聲音顫抖著，「我卻——我實在沒辦法——相信他。我很信任虎爪。」她低下頭，「我錯了。」

「可是如果他殺了妳，怎麼還可能當上族長？」鼠毛問，「全族都不會支持他呀。」

「我想這就是他計劃這場入侵的原因，」火心大膽猜測，「我猜，他要讓我們以為是無賴貓殺了藍星。畢竟——」火心的聲音變得嚴厲——「誰想得到我們忠誠的副族長虎爪，會對族長下毒手？」他沉默下來，全身顫抖，像出生的小貓那樣全身虛脫。

「藍星，」白風暴開口，「現在要怎麼處置虎爪？」

他的問題使全族貓的怒吼愈來愈大聲。

「殺了他！」

「弄瞎他！」

「把他趕出森林！」

藍星坐著動也不動，眼睛閉著。火心可以感受到她身上傳來一波波的痛苦，發現自己長久以來信任的副族長竟然包藏禍心，這種遭到背叛的苦澀令她震驚。「虎爪，」她終於開口，「你有沒有要為自己辯護的？」

虎爪轉過頭，琥珀色的眼睛瞪著藍星。「要我在妳這種懦弱的戰士面前替自己辯護？妳算什麼族長？跟其他族和平共處，還幫助他們！火心和灰紋替河族獵食，妳並沒有好好處罰他們，還派他們去帶風族回家！我絕對不會表現出寵物貓那種軟弱的樣子！我會讓虎族的輝煌重現，讓雷族在林中稱雄！」

「但這樣一來，會有多少貓犧牲呢？」藍星簡直像是在對自己說話。火心不知道她是不是想起自負好戰的薊爪，而她就是不能讓他當上副族長。「如果你沒別的話好說，那麼我就判你放逐，」族長宣布，她的聲音沙啞，每一個字都像是被強拉出體內的。「我要你立刻離開雷族的領土，如果明天太陽升起後你還在這裡出沒，任何貓都有權殺死你。」

「殺死我？」虎爪開口，不屑地發出咆哮。「我倒想知道誰敢來試試。」

「火心就打贏了你。」灰紋喊。

「火心！」虎爪琥珀色的眼睛落在他的仇敵身上，火心感到全身的毛因為這份毫不掩飾的恨意而豎起。「你這發臭的毛球敢再壞我的事，我們就來看看到底是誰厲害。」

火心跳了起來，憤怒使他全身充滿力氣。「隨時奉陪，虎爪。」他啐了一口。

「不行。」藍星吼，「不准再打了。虎爪，現在就離開我們的視線。」

虎爪慢慢站起身，一顆大頭顱來回地轉動，掃視群貓。「別以為我就這樣完了，」他咬著牙說，「我會成為族長的。願意跟我一起走的貓都會得到良好的照顧。暗紋？」

火心別過頭看著虎爪的首席追隨者。他等著暗紋起身走向虎爪，但這隻精瘦的虎斑貓卻站著不動，肩膀無力地垮了下來。

「我信任你，虎爪，」他抗議，「把你當成森林裡最優秀的戰士。但你卻跟……跟那個暴君策畫謀反，」——火心知道他說的是碎尾——「什麼也沒告訴我。現在還想要我跟你走？」他故意別過頭去。

虎爪聳聳肩。「我需要碎尾幫忙，才能跟無賴貓取得聯繫。如果你介意這檔事，那就是你自己的問題了，」他吼著，「長尾？」

長尾驚跳了一下。「跟你走嗎，虎爪？一起被放逐？」他的聲音在顫抖，「我……不，不行。我效忠雷族！」

你是個懦夫，火心暗自替長尾補充，他感覺得到長尾身上散發的恐懼氣息。火心看著長尾縮身退回貓群裡。

頭一次，虎爪臉上露出一絲不確定的神情，他曾信任的幾隻貓都對他棄之不顧。「那你呢，塵皮？」他質問，「你跟我在一起，會比待在雷族過得更充實。」

這隻年輕的棕色虎斑貓故意站起身，從貓群中間走出來，站在虎爪面前。「我敬仰你，」他用清晰而堅定的聲音說，「我想要變得跟你一樣。可是紅尾是我的導師，他的恩情比什麼都大，你卻殺了他。」悲痛和憤怒使他四肢發抖，但他仍繼續說下去：「你殺了他，還背叛雷族，我就是死也不願跟你走。」他轉身大步走開。

貓群間響起一片贊同的嗡嗡聲，火心聽到白風暴小聲說：「說得好，小伙子。」

「虎爪，」藍星開口，「不要再說了，你走吧。」

虎爪伸直四肢站好，眼裡燃燒著冰冷的怒意。「我走了，可是我還會回來。這點你們可以確定。我會回來報仇的！」他開始步履蹣跚地離開高聳岩，接近火心時還停下腳步，縮起嘴唇咆哮。「至於你……」他咬牙切齒地說，「火心，你給我睜亮眼睛，總有一天我會來找你，到時候你就是烏鴉的食物了。」

「你現在已經是烏鴉的食物了。」火心頂嘴，試著要藏住悄悄爬上脊椎的恐懼。

虎爪啐了一口，轉身走開。所有的貓都讓開一條路給他，並注視著他。這位偉大的戰士腳步不是很穩——即使煤掌替他敷了藥，火心相信他的傷處一定仍在發痛——但他卻沒有停步休息，也沒有回頭。他的身影被金雀花隧道吞沒，然後消失。

第二十九章

看著自己的手下敗將消失，火心怎麼也感覺不到一絲勝利的喜悅。他甚至還驚訝地發現自己有些後悔，虎爪原本可以成為一位名留青史的戰士——只要他選擇把忠誠放在野心之前，火心簡直想為這樣的浪費大聲惋惜。

他周圍的貓又開始議論紛紛，急切地討論這幾樁聳動的事件。「現在誰會當副族長呢？」他聽到追風在問。

火心瞥了藍星一眼，想知道她是否有意做任何宣布，卻看到她輕步繞過高聳岩，往窩裡走去。她垂著頭，好像生了病似地拖著腳步，看來短時間內是不會有任何宣布了。

「我覺得火心應該當副族長！」雲掌一面喊，一面興奮地蹦跳。「他會做得很棒！」

「火心？」暗紋瞇起眼，「寵物貓？」

「寵物貓有什麼不對？」雲掌怒氣沖沖地質問眼前這隻比自己大上許多的戰士。

火心正準備站起來制止，白風暴就擠到暗

紋和年輕見習生之間。「夠了，」他聲音低沉地說，「月亮升起時，藍星會告訴我們她要選誰，這是傳統。」

火心放鬆雙肩，雲掌蹦蹦跳跳地跑去找其他見習生。火心看得出他並不了解剛才發生事情的嚴重性。年紀較長、熟知虎爪性格的幾位戰士則是面面相覷，一副大難臨頭的模樣。

「好啦，火心。」火心走去找灰紋和煤掌時，灰紋抬起頭。「你想當副族長嗎？」他看起來還是很痛苦，嘴邊仍淌著鮮血，但那副模樣卻是銀流死後，火心看過最有精神的了，看來這場打鬥以及虎爪的惡行敗露，讓他暫時忘記喪偶的悲痛。

火心感到一絲興奮悄悄爬過脊椎。雷族的副族長！然後他才理解到實際做起來有多困難，要把筋疲力盡的貓聚集起來，再重新凝聚成一個整體。「不，」他對灰紋說，「藍星也不會選我的。」他站起身，像是要把那個念頭甩掉似地搖了搖頭。「你覺得怎麼樣？」他問，「傷口很痛嗎？」

「他不會有事的，」煤掌說，「可是他的舌頭刮傷了，還在流血。我不知道要怎麼治療舌頭刮傷。火心，請你幫我去找黃牙來好嗎？」

「沒問題。」

火心之前看到黃牙時，她正要把碎尾拖回自己的窩裡；虎爪被判刑時她也沒有出現。火心經過空地走進蕨葉隧道，穿過柔軟的綠色捲鬚時，他聽到黃牙的聲音。那聲音中的什麼——或許是那份輕柔實在太不像黃牙了——使他在隆起的蕨葉下方多停留了一會兒。

「躺好，碎尾。你已經丟了一條命了，」黃牙低聲說，「你不會有事的。」

「什麼意思？」碎尾咆哮著，聲音在失血後微弱許多。「如果我還有一條命，為什麼傷口還會痛？」

「星族已經治好原本會致命的傷。」黃牙解釋著，那溫柔的細語讓火心如針刺般心痛。

「其他傷口就需要巫醫的治療了。」

「那妳還在等什麼，妳這又老又瘦的壞貓？」碎尾咬牙切齒地說，「快點動手啊！給我一點止痛的東西。」

「好吧。」黃牙的聲音突然轉為冰冷，一股恐懼流竄過火心全身上下。「來，把這些莓子吃了，以後就再也不會痛了。」

火心從蕨葉裡望出去，看到黃牙輕輕拍著掌中的什麼東西。她謹慎而蓄意地當著受傷的碎尾面前，在掌中混入三顆鮮紅色的莓子，並引導碎尾的腳掌去摸。火心突然憶起禿葉季裡的一個雪天——雲兒凝視著一株小樹叢，樹叢的深色樹葉間長著鮮紅色的莓子，後來煤掌說：「莓子毒性很強，所以我們稱之為死莓，吃一顆就足以致命。」

火心吸了一口氣，想提出警告，但碎尾已經開始咀嚼莓子了。

黃牙一臉木然地站著凝望他。「你和影族把我趕了出來，我來到這裡，」她在碎尾耳邊說，「我是囚犯，就跟你一樣。可是雷族對我很好，至少他們夠信任我，讓我成為雷族的巫醫。你原本也能贏得他們的信任，可是現在——還會有誰願意信任你呢？」

碎尾發出輕蔑的嘶聲。「我哪在乎這個？」

黃牙又朝他挪近了些，眼裡閃爍著光芒。「我知道你什麼都不在乎，碎尾。你不關心影族，不關心自己的名譽，甚至也不關心你的親族。」

「我沒有親族。」碎尾氣憤地吐出這句話。

「你錯了。你根本不知道親族就在身邊。碎尾，我是你的母親。」瞎眼的戰士喉嚨發出好奇的嘶嘎聲，好像想要發笑卻沒成功。「老傢伙，妳的腦子被蜘蛛結網啦，巫醫是不能生孩子的。」

「所以我才必須棄養你。」黃牙告訴他，每一個字都飽含著好幾季以來累積的苦澀。「但我一直都很關心……從沒停過。當你還是年輕的戰士時，我真是以你為榮。」她的聲音轉為低沉的咆哮。「後來你謀殺了鋸星，你的親生父親。你殺害了族裡的小貓，讓我成為代罪羔羊。你很可能完全毀掉影族。所以現在該是結束這所有謀叛之事的時候了。」

「結束？什麼意思？妳這……」碎尾想抬起腳掌，卻無力地摔倒在地。他的聲音轉成了微弱的尖音，火心聽得毛骨悚然。「妳做了什麼？我……我感覺不到腳了。我沒辦法呼吸……」

「我給你吃了死莓。」黃牙凝視著他的雙眼瞇成了兩條縫，「我知道這是你的最後一條命，碎尾。這種事巫醫向來很清楚。現在再也不會有貓因為你而受傷了。」

碎尾在驚懼中張大嘴，想要喊叫。火心甚至覺得可以聽到那聲叫喊裡的悔意，但這位瞎眼戰士卻說不出話來。他的四肢扭動著，腳掌在泥塵裡亂扒，胸膛不停起伏，努力想要吸氣。

火心看不下去了。他往後退開，在蕨葉隧道的另一頭伏下，渾身發抖，直到碎尾最後的掙扎聲也消失。然後他想起煤掌的要求，又強迫自己再走回去，這一次他有意要讓黃牙聽見他穿過蕨叢走來的聲音。

碎尾動也不動地躺在小空地的中央。老巫醫伏在他身旁，鼻子緊靠著他的身體。火心走上前時，她抬起頭，眼神滿是痛苦，看起來比以前還要蒼老而虛弱。但火心知道她有多麼堅強，知道她對碎尾感到的傷痛並不會讓她崩潰。「我盡了力，可是他還是死了。」她解釋著。

火心不敢告訴這位巫醫，他知道她在撒謊。剛才所聽到、看到的一切，他永遠不會聲張。他盡量穩住自己的聲音，然後開口：「煤掌要我來問妳，該如何治療刮傷的舌頭。」

好像也受到死莓的麻痺感染似地，黃牙吃力地站起身。「跟她說我這就過去，」她粗聲說，「我得去拿些藥草。」

踩著不穩的步伐，她搖搖晃晃地走回窩裡，不曾回頭看碎尾靜止的身體。

⸻

火心以為自己會睡不著，但他實在太累了，結果一在巢穴裡盤好身體，就立刻陷入深沉的無意識睡眠。他夢見自己站在高處，風吹亂了身上的毛，銀毛星群在上方散發出冰冷的火光。

一股溫暖而熟悉的氣味飄上鼻端，他轉頭看到斑葉。她走上前，輕輕與他碰了碰鼻子。「星族在召喚你，火心，」她輕柔地說，「別害怕。」然後她的身影逐漸消褪，他身邊只剩下風與星星。

星族在呼喚我？火心疑惑地想，**我快要死了？**

他在恐懼中驚醒，然後鬆了口氣地發現自己還好端端地躺在光線微弱的窩裡。打鬥時所受的傷還隱隱作痛，起身時四肢也僵硬地抗議著，但體力已經慢慢恢復了。不過，他仍然無法控制地顫抖著。剛才斑葉是在預言他的死嗎？

然後他發現那股寒冷的感覺並不只是因為懼怕。通常被睡著軀體烘暖的窩，現在空盪得寒冷。他可以聽到外頭傳來許多貓的喃喃私語，於是他走出去找大家。幾乎所有的貓都聚集在空地上，黎明淡淡的光線剛從樹梢升起。

沙暴穿過一群貓走過來。「火心！」她急切地說，「月亮已經升上最高點了，藍星卻還沒指定新的副族長！」

「什麼？」火心警覺地瞪視這隻淡黃色的母貓。戰士守則被打破了！「星族會生氣的。」他喃喃自語。

「我們一定要有副族長！」沙暴繼續說，焦慮地揮動尾巴，「可是藍星甚至不願出窩一步。白風暴試過要跟她談，但她卻叫他走開。」

「她還沒從虎爪叛族的驚嚇中復原。」火心說。

「但她是族長啊，」沙暴反駁，「她不能縮在自己的窩裡，忘了大家。」

火心知道她說得對，但他仍忍不住同情起藍星。他知道她有多依賴虎爪，還在火心提出指控時忠實地為他辯護。她選了他當副手，並信任他會輔佐自己領導全族。現在發覺打從一開始就錯信他，她一定大受打擊，再也無法依賴虎爪的強壯和戰鬥力了。

「她不會忘記——」他開口，話卻只說了一半。

藍星從窩裡跌跌撞撞地來到高聳岩附近。坐在岩石前方的她看來蒼老而疲憊，根本不想爬上岩石。「雷族的貓啊，」她粗聲說，音量勉強蓋過一片焦慮的竊竊私語，「請注意聽，我要指定新的副族長了。」

每隻貓都轉身望著她，突然間，一股令眾貓不寒而慄的寂靜籠罩住空地。

「我在星族面前宣布，我們的祖靈會聆聽並贊同我的選擇。」藍星再度停頓，凝望著自己的腳掌好長一段時間，火心幾乎以為她忘了自己要說什麼。或許她還沒決定新任的副族長。一些貓開始不安地低語，但當藍星再度抬頭，他們又住嘴了。

「新的副族長是火心。」她一字字清晰地說。接著她就站起身，用彷彿變成石頭的四腳繞過岩石往回走。全族都愣住了。火心覺得好像有根刺刺進自己的心臟。他是副族長？他想把藍星叫回來，說這一定是個誤會。他才剛成為戰士沒多久呢！

然後他聽到雲掌的尖銳的歡呼響起。「我就知道！火心是新任副族長！」一旁的暗紋咆哮道：「哦，是嗎？我可不會服從寵物貓的命令！」

幾隻貓走向火心向他道賀。灰紋和沙暴是第一批前來的，接著是煤掌，她興奮地發出咕嚕聲，撲過來把他的臉舔了一遍。

但火心注意到，其他貓都悄悄走開，完全沒與他交談。顯然他們就跟火心自己一樣，對藍星的決定感到震驚。這就是斑葉在夢裡告訴他，說星族在召喚他的意思嗎？召喚他在族裡擔當重職？「別害怕。」她還這麼告訴他。

噢，斑葉啊，恐懼與不安湧上火心的心頭，他忍不住要想，**我怎麼可能不害怕呢？**

第三十章

「喂，副族長。」白風暴在他耳邊輕喊，「你要我做什麼？」

火心發覺他的詢問出乎真誠，感激地瞥了這位白毛戰士一眼。他知道白風暴也是可能的副族長候選，有他的擁護對自己大有益處。「嗯……這個嘛……」他開口，慌亂地思考目前最迫切的任務是什麼。這時他忽然驚覺，自己竟然在想像虎爪會怎麼做。「食物。我們全都需要吃東西。雲掌，開始把獵物拿去給長老。叫其他見習生去照料育兒室裡的貓后。」

雲掌揮動尾巴一溜煙地跑走了。「鼠毛，暗紋，你們各自去找兩、三位戰士出發做狩獵巡邏，巡邏區由你們自行分配。我們需要更多新鮮獵物。狩獵時別忘了注意那群無賴貓或虎爪是否在附近出沒。」

鼠毛冷靜地點頭走開，離開時帶走了蕨毛和柳皮。但暗紋卻瞪了火心好久好久，久到火心開始猜測，要是這位深毛色的戰士真的拒絕服從命令，他該怎麼辦。他堅定地迎向那對淡藍色的眸子，暗紋終於轉開頭，呼叫長尾和塵皮跟去。

「都是些同情虎爪的貓。」白風暴看著他們走開，然後開口：「你必須盯緊他們。」

「嗯，我知道，」火心承認，「但他們不也表現出對雷族的忠誠勝過對虎爪的嗎？如果我不踩他們的痛腳，希望他們會接納我。」

白風暴發出不置可否的咕噥。

「我要做什麼呢？」灰紋問。

「對了。」火心在他朋友的耳朵上迅速而友善地舔了一下，「回你的窩休息吧。你昨天受了重傷，我待會兒會拿一塊食物給你。」

「噢，好。謝啦，火心。」灰紋回舔了他一下，消失在窩裡。

火心走向新鮮獵物堆，看到煤掌正從逐漸變低的食物堆裡挑出一隻畫眉鳥。「我把這個拿去給藍星吧，」她提議，「我得替她檢查傷口，然後再拿點吃的給黃牙。」

「好主意。」火心說。看到自己匆忙下達的命令似乎正把情況拉回正常，他開始覺得有些信心了。「告訴黃牙，如果需要有貓幫忙採集藥草，等雲掌看過長老之後就可以找他。」

「好。」煤掌咯咯笑著，「你還真會給自己的見習生找工作哩，火心。」她在畫眉鳥身上咬了一口，馬上反胃地嘔吐。那隻死鳥的肉從骨頭處散開，露出裡面一大堆蠕動的蛆。一股惡臭衝上火心的鼻端，他皺著臉。

煤掌退開幾步，瞪著那一小具腐爛的屍體，舌頭在嘴邊舔了好幾圈，深灰色的毛全都膨起來，藍眼睛圓睜著。「烏鴉食物，」她輕喊，「新鮮獵物堆裡有烏鴉食物。這是什麼意思？」

火心想像不出獵物堆裡怎麼會混進一隻腐爛的畫眉鳥。沒有誰會把它帶進來的，就連最年幼的見習生都知道得一清二楚。

「這是什麼意思？」煤掌重複。

火心突然理解到，她並不是在思考長滿蛆的畫眉鳥怎麼會被放進獵物堆這個現實。「妳認為這是惡兆嗎？」他聲音沙啞，「是星族的訊息？」

「可能是。」煤掌渾身顫抖，睜大藍色的雙眼望著他。「星族還沒對我說過話，火心，從月亮石旁的儀式起就沒有。我不知道這是不是惡兆，但如果是的話……」

「就一定是指藍星。」火心接著說完。他全身寒毛直豎，知道這是煤掌當上巫醫見習生並且擁有新力量以來收到的第一個徵兆。「因為妳正準備把這隻畫眉鳥帶去給她。」想到這惡兆的可能含意，他感到一陣恐懼。星族是想說藍星的領導正開始從內部腐敗，即使來自虎爪的外在威脅已經解除了？「不，」他堅決地說，「這樣不對。藍星的麻煩已經結束了。這不過是有些貓太大意，不小心把烏鴉食物帶回來罷了。」

但這話他自己都不相信，看得出來，煤掌也不信，「我去問黃牙，」她說，混亂地甩了甩頭。「她一定知道。」煤掌迅速從獵物堆裡叼了隻田鼠，跛著腳快跑過空地。

火心在她身後喊道：「除了黃牙，誰也別說！不能讓大家知道。我去把這個埋起來。」

她揮動尾巴表示聽到了，然後消失在蕨叢間。

火心四處張望，確認沒有貓聽見他們的談話，或看見那隻腐爛的畫眉鳥。當他咬住那隻鳥的翅尖，把它拖到空地邊緣時，膽汁湧上他的喉嚨。一直到挖出足夠的泥土把那髒東西掩埋住，他才放鬆下來。

但就連那時，他都無法擺脫那幅景象。如果那隻腐爛、生滿蛆的烏鴉食物真的是個惡兆，星族準備給雷族和他們的族長降下什麼災難呢？

ᛋᛋᛋ

到了正午，全族又都恢復正常。狩獵巡邏隊回來了，全族的貓都已吃飽，火心也覺得現在是去藍星的窩的時候了，看她會不會跟自己說說如何領導全族。

金雀花隧道裡的一陣響動使他分了神。四隻河族貓出現了，就是前一天也加入戰局的那四隻貓：豹毛、霧足、石毛和黑爪。

豹毛的花斑肩膀上有個剛癒合的傷口，黑爪的耳尖裂了開來，證明他們跟雷族並肩同心地把那群無賴貓趕走。火心多麼希望他們來這裡，只是為了探知雷族戰士是否安好，但他也清楚知道，他們的任務一定跟灰紋的孩子有關。他勉力藏起心頭的沉重感覺，走過空地，對豹毛點了點頭──那並非戰士對副族長的尊敬信號，而是兩個旗鼓相當者之間的禮貌問候。

「你好。」豹毛說，看到火心的新態度，她眼中反映出驚訝的神色。「我們要跟你們的族長談談。」

火心遲疑著，不知道該告訴他們多少。如果要說出虎爪叛族的始末，再敘述自己如何被指定為副族長，這一切經過大概要花上大半天。於是在那停頓的片刻，他決定什麼也不對前來拜訪的河族巡邏隊說。即使是現在友善的河族，都可能會想攻擊有衰弱之勢的異族。下次大集會時，再讓他們知道也不遲。他再次點了點頭，去找藍星。

幸好，族長就坐在她的窩裡，正要把一塊食物吃完。她看來已經比受到虎爪攻擊時有精神多了。火心在窩口處稟報自己的身分，藍星抬起頭，嚥下最後一口田鼠肉。她舔拭嘴邊，然後開口：「火心嗎？進來吧。我們有好多事情要談。」

「是，藍星，」火心說，「但現在還不行。河族戰士來了。」

「喔。」藍星站起來，伸展著身體。「我知道他們會來，只是沒想到這麼快。」她帶頭出窩，河族巡邏隊已經在那兒等著了。灰紋也現身了，好像在跟霧足交頭接耳。火心希望他不會對她透漏太多，尤其是他才對這支河族巡邏隊傳達出敬而遠之的態度。

其他貓也開始聚集，臉上透露著對河族貓前來拜訪的好奇。

藍星與來客打過招呼，豹毛就開口了。「關於銀流的孩子，我們已經談了好久。我們認定他們屬於河族。因為早產，昨天河族死了兩隻小貓。小貓的母親綠花已同意哺育銀流的兩個孩子。我們認為這應該是星族賜予的徵兆。小貓絕對會受到良好的照顧。」

「他們在這裡也受到良好的照顧啊！」火心喊。

豹毛瞥了他一眼，但仍對著藍星說話。「曲星派我們來接小貓回去。」她的聲音鎮靜而堅決，代表她打從內心相信她的族有權接走小貓。

「何況，」霧足也說，「小貓現在已經長大不少，河水也消退得足以安全通行，他們能夠應付前往我們營地的旅途。」

「對。」豹毛說，用贊同的眼光看了這位年輕戰士一眼。「我們早就可以帶他們走了，但我們跟你們一樣關心他們。」

藍星站了起來，雖然動作僵硬，臉上也仍有倦意，但至少從外表來看，她已恢復了一族之長的權威。「小貓也有一半雷族的血統，」她提醒豹毛，「我已經說過了，下次大集會時再告訴你們我的決定。」

「這不是妳能決定的。」河族副族長的音調尖刻如冰。

她才剛說完，雷族貓群裡就響起抗議的聲音。

「真是無禮！」坐在火心身邊的沙暴呸了一口，「她以為她是誰啊？隨便進來就可以指揮我們怎麼做嗎？」

火心走向藍星，在她耳邊低語。「藍星，這些是灰紋的孩子。妳不能把他們送走。」

藍星動了動耳朵。「妳可以回去告訴曲星，」她冷靜地對訪客說，「雷族將為留下這對小貓奮戰到底。」

豹毛縮起唇準備開始咆哮，雷族貓則是大吼著表示贊同。

然後一個更大的喵聲蓋過了大家。「不！」

火心身上的毛豎了起來。那是灰紋的聲音。

這隻大灰貓走上前，站在藍星身旁。看到族貓對灰紋露出懷疑的表情，還有他經過時大夥兒退避的模樣，火心瑟縮了一下。但灰紋似乎早已對敵意有了準備。他先看了河族巡邏隊一眼，然後才看著自己這族的貓說：「豹毛說得沒錯。貓屬於母親那一族。我認為我們應該讓小貓走。」

火心愣住了。他想反駁，卻不知道該說什麼。其餘的雷族貓也都啞口無言，只有黃牙低聲咕噥著，「他瘋了。」

「灰紋，你再考慮一下，」藍星也提出要求，「如果我讓豹毛帶走小貓，你就永遠不能跟他們相聚了。他們會在另一族成長，而且不會知道你是他們的親族。甚至有一天，你還得跟他們對戰。」火心聽出她聲音裡的悲傷，看到她的目光游移著飄向霧足和石毛。她的話裡滿是苦澀的同情，他不禁納悶他們怎能聽著這些話，卻還不明白他們的族長在好久以前失去親生骨肉的真相。

「我了解，藍星，」灰紋同意，「可是我已經替雷族帶來太多麻煩了。我不會再讓大家為我的孩子而戰。」他停頓了一下，然後對豹毛說：「如果藍星同意，我就在夕陽時分把孩子帶去踏腳石。我向妳保證。」

「灰紋，別……」火心衝口而出。

灰紋望向他的朋友。火心在灰紋的眼神裡，看到痛苦和數不盡的不快樂，但同時也有一股堅決，他發現灰紋已拿定主意，他卻還不了解詳情。

「別……」他輕聲重複，但灰紋並沒有回答。

沙暴用鼻子輕碰著火心的身體，輕聲說了幾句安慰的話，但火心卻麻木得無法回答。他只依稀感覺到煤掌在沙暴的另一邊輕推著，小聲說道：「沙暴，別說了，現在我們說什麼都沒用。讓他去吧。」

藍星低下頭，過了好久好久。火心看得出她匆忙偽裝起的堅強，正在這件違抗事件中逐漸衰退，而且她迫切需要休息。最後她終於開口：「灰紋，你確定嗎？」

灰毛戰士昂起下巴。「很確定。」

「既然如此，」藍星繼續說，「我就同意妳的要求，豹毛。灰紋會在夕陽時分把小貓送到踏腳石。」

豹毛完全沒想到這麼快就獲得同意，她驚訝地跟黑爪交換了個眼神，好像在問這其中是否有詐。「那我們就期待你們遵守承諾。」她說，轉頭看向雷族族長。「星族為證，請妳務必守信。」她對藍星點點頭，領著那幾隻貓走了。火心看著他們走遠，當他轉身想再跟灰紋談時，灰紋已經去了育兒室。

⚡⚡⚡

太陽沉落到樹林後面，火心守候在金雀花隧道旁。頭頂上方的樹葉沙沙作響，空氣裡充滿新葉季末的暖香，可是火心幾乎沒注意到周遭的這一切。他滿腦子都在想灰紋，他絕對不會讓他的朋友就這樣放棄自己的孩子，他一定要再試著阻止他一次。

灰紋終於從育兒室裡出來，把兩隻嬌小、路都還走不穩的小貓趕在身前。深灰色的那隻小公貓儼然有勇士的架勢，銀色的小母貓則是她母親的翻版，將來一定也會出落得美麗靈巧。

說。

金花跟著他們走出育兒室，低頭跟小貓碰了碰鼻子。「再見，親愛的寶貝。」她難過地

兩隻小貓發出困惑的喵叫，被灰紋推著走，金花自己的親生孩子似乎想安慰她，不斷用鼻子擦摩著母親的身側。

「灰紋——」火心開口，在他朋友帶著小貓走來時踏出一步。

「什麼都別說了，」灰紋打斷他，「你很快就會懂的。跟我一起去踏腳石好嗎？我……我需要你幫忙叼小貓。」

「沒問題，你開口就是了。」只要能有一絲機會說服灰紋改變心意，留下小貓，火心什麼都肯答應。

就像他們過去常做的那樣，兩位戰士一起穿過森林，嘴裡各叼著一隻小貓；兩個小傢伙喵喵叫著，不斷扭動，好像想自己下來走。火心不知道他朋友怎麼忍心放棄他們。藍星把孩子交給橡心之前，最後一次凝視自己的孩子，她的感覺是不是像灰紋現在這樣？

他們抵達踏腳石的時候，夕陽的紅光已經開始消失。月亮漸漸升起，河水如同一條銀色緞帶，反映出暗淡的天空。空氣中滿是流水的潺潺私語，岸邊的長草在火心腳下清新而冰涼。

火心把小貓放在一塊柔軟的草地上，灰紋也在一旁放下另一隻，然後退了一兩步，歪了歪頭要火心跟他走。「你說得沒錯，」他說，「我不能丟下這兩個孩子。」

一陣突如其來的歡喜充塞在火心的胸臆。灰紋改變心意了！他們可以帶小貓回家，無論河族如何威脅，他們都要勇敢面對。但灰紋接下來的話卻讓火心涼了半截。

「我要跟他們一起走。他們是我與銀流之間的唯一聯繫，她要我照顧他們，如果跟他們分開了，我會活不下去。」

火心張大嘴巴，呆望著灰紋。「什麼？不行啊！」他喊，「你屬於雷族啊。」

灰紋搖搖頭。「再也不是了。自從他們知道我和銀流的事以後，他們就不要我了。他們再也不會信任我，我甚至不知道我想不想要讓他們信任我。我覺得我對雷族的忠心已經一點也不剩了。」

他的話就像仇敵的利爪狠狠刮過火心的肚皮，將它撕成一條一條。「噢，灰紋，」他低聲說，「那我呢？我要你留下啊。我連性命都能交給你，永遠也不會出賣你。」

灰紋那雙黃眼睛裡溢滿悲傷。「我知道，」他小聲地回答，「再也沒有像你這樣的朋友了。我也願意為你赴湯蹈火，這你也知道。」

「那就留在雷族啊！」

「我做不到。這是唯一我沒辦法為你做的事。我屬於我的孩子，而他們屬於河族。噢，火心，火心……」他的語音變成痛苦的嗚咽，「我的心不能分成兩半啊！」

火心靠過去舔他耳朵，感覺到折磨著他朋友強健身軀的陣陣顫抖。他們一起經歷了那麼多事。當年他還是寵物貓，在森林裡迷了路，灰紋是第一個開口跟他交談的雷族貓。他是他在雷族裡的第一個朋友，他們一起受訓，一起當上戰士；他們在綠葉季的大熱天裡，在滿是氣味和蜜蜂嗡嗡叫的空氣裡一起狩獵，一起度過全世界彷彿都結凍的嚴寒禿葉季；他們一起揭開虎爪的真面目，冒著讓藍星大發雷霆的風險去探索。

現在這些都要結束了。

最糟糕的是，火心完全想不出該怎麼跟他朋友爭辯。沒錯，雷族仍然因為這位灰毛戰士深愛銀流而不信任他，也從沒表現出會完全接納他兩個孩子的跡象。如果他們為了留下小貓而戰鬥，那也只是為了雷族的榮譽。火心看不到灰紋和兩隻小貓在雷族有任何未來。

最後灰紋往旁邊移開，回去呼喚兩個孩子。他們跌跌撞撞地走上前，發出尖細的喵嗚聲。

「時候到了，」他輕聲對火心說，「我們下次大集會時再見。」

「那時一切都不會一樣了。」

灰紋迎著他的目光好一會兒。「對，不會一樣了。」然後他轉身，帶著其中一隻小貓走下河岸到踏腳石，叼著小貓的後頸跳過石頭空隙。對岸一個灰色身影從蘆葦間閃現，等待灰紋回去帶第二隻小貓。

火心認出那是銀流最要好的朋友霧足。他知道她會像對待自己的親生孩子那樣愛他們；任何貓對灰紋的不捨都不會比火心強烈，因為他們一起度過了四個漫長的季節。

一切不會再一樣了，火心的心在哭喊。**再也沒有一起巡邏、嬉鬧打鬥，或者在狩獵一整天後，回到窩裡互舔身體了。再也不能一起放聲大笑或面對危難了。一切都結束了。**

火心不能做什麼或說什麼，只能無助地看著灰紋和第二隻小貓抵達對岸。霧足與灰毛戰士碰了碰鼻子，然後彎身嗅著兩隻小貓。她和灰紋很有默契地各自叼起一隻，然後四隻貓消失在蘆葦叢裡。

火心在原地待了好久好久，凝視著銀色的河水流過岸邊，直到月亮升上樹梢，他才勉強移動四肢，走回森林。

他感到前所未有的悲傷和寂寞，但也察覺內心深處升起了一股力量。他揭露了虎爪的陰謀，成功阻止這位副族長對雷族做出更多傷害。藍星對他大力表揚，還選他作副手。從這一刻起，他將在族長的指導下生活，斑葉和星族都會眷顧他。

他不自覺地加快腳步，在抵達深谷時已是用跑的了，那一身火紅色的皮毛在淡紫色的薄暮中變成一團模糊的影子，他迫不急待地要趕回雷族，展開副族長的新生活。

國家圖書館出版品預編目資料

貓戰士首部曲 Ⅲ，祕密之森 / 艾琳．杭特（Erin Hunter）
著；韓宜辰譯．-- 三版．-- 臺中市：晨星，2021.12
面；　公分．--（Warriors；3）
十週年紀念版（附隨機戰士卡）

譯自：Forest of secrets
ISBN 978-626-7009-94-9（平裝）

873.596　　　　　　　　　　110016030

貓戰士十週年紀念版首部曲之 III

祕密之森 Forest of Secrets

作者	艾琳．杭特（Erin Hunter）
譯者	韓宜辰
責任編輯	陳涵紀
協力編輯	呂曉婕
文字編輯	游紫玲、曾怡菁、郭玟君、程研寧、陳彥琪、蔡雅莉、謝宜真
封面繪圖	十二嵐
封面設計	言忍巾貞工作室
創辦人	陳銘民
發行所	晨星出版有限公司
	407台中市西屯區工業30路1號1樓
	TEL：04-23595820　FAX：04-23550581
	行政院新聞局局版台業字第2500號
法律顧問	陳思成律師
初版	西元2008年11月30日
三版	西元2024年02月15日（四刷）
讀者訂購專線	TEL：（02）23672044 /（04）23595819#212
讀者傳真專線	FAX：（02）23635741 /（04）23595493
讀者專用信箱	service@morningstar.com.tw
網路書店	http://www.morningstar.com.tw
郵政劃撥	15060393（知己圖書股份有限公司）
印刷	上好印刷股份有限公司

定價250元

（缺頁或破損的書，請寄回更換）

ISBN 978-626-7009-94-9

Warriors Series (1-6)